Pontes de Vento
(linguagens da vida e do tempo)

nada

Sabine Kisui

Pontes de Vento
(linguagens da vida e do tempo)

GRYPHUS

Rio de Janeiro

© Sabine Kisui

Ilustrações:
Susanne Bartlewski
(Bico de pena e nanquim sobre papel canson aquarela)

Revisão:
Lara Alves

Diagramação:
Rejane Megale

Capa
Carmen Torras (www.gabinetedeartes.com.br)

Os direitos autorais desta obra são uma doação para CVV – Centro de Valorização da Vida
https://www.cvv.org.br/

Adequado ao novo acordo ortográfico da língua portuguesa

CIP-BRASIL. CATALOGAÇÃO-NA-FONTE
SINDICATO NACIONAL DOS EDITORES DE LIVROS, RJ
....
K66p

Kisui, Sabine
  Pontes de vento : (linguagens da vida e do tempo) / Sabine Kisui ; ilustração Susanne Bartlewski. - 1. ed. - Rio de Janeiro : Gryphus, 2023.
  286 p. ; 23 cm.

  ISBN 978-65-86061-73-4

  1. Ficção brasileira. I. Bartlewski, Susanne. II. Título.

23-86837   CDD: 869.3
                                           CDU: 82-3(81)

....
GRYPHUS EDITORA
Rua Major Rubens Vaz 456 — Gávea — 22470-070
Rio de Janeiro — RJ — Tel.: (0XX21) 2533-2508 / 2533-0952
www.gryphus.com.br — e-mail: gryphus@gryphus.com.br

Agradeço a todos que fizeram, fazem ou ainda farão parte da minha vida.

Em especial, às pessoas que contribuíram diretamente para a realização do livro, bem como àquelas que com amor me incentivam e no amor me inspiram.

E ainda, dedico o livro a todos os construtores da paz em qualquer tempo e espaço, e em particular a: https://zenpeacemakers.org/ e https://eininji.org/

zero

17

Conheci Clara em uma cidade estrangeira, debaixo dos arcos de um grande portal, à beira do rio que cortava a capital. Nele navegavam navios cargueiros, cruzeiros turísticos, restaurantes flutuantes e barcos pesqueiros. E ali protegidos no antigo portal, vagavam os desvalidos, os desconhecidos sem nome, os sem-teto e doentes, mendigos, esquizofrênicos e loucos de toda espécie, refugiados e drogados, perdidos e bêbados, os normais. O frio destas almas de luz e sombra, de insaciável fome e sede, tamanha e tanta, Clara regularmente ia acolher, dava agasalho, dava de comer e de beber, e com elas gostava também de cantar e de dançar, compartilhar ao Sol o contentamento em viver. Do meu primeiro encontro fortuito com Clara nas ruas de Bremen, na Alemanha, conto em relato o que vivi, quando vi o fremir do tempo em contagem regressiva passar pela vida. Desde então uma estreita relação de confiança, cumplicidade e amizade passou a nos unir na busca de encontrar em todo fim um recomeço. Nunca mais nos perdemos, conexão virtual, quase irreal, um elo forte e terno com Clara, essa pessoa como todas, tão comum, tão singular e igual.

Morar na rua

Quantas vezes passamos sem mal olhar para quem vive na rua em alguma esquina a mendigar. Sem ver. Quem dirá olhar nos olhos da pessoa e se conectar, saber e sentir o que se passa nesses espaços urbanos do mundo, onde não há casa, não há comida, não há banheiro, não há família, não há trabalho, não há abrigo nem agasalho, nem quem olhe e veja tudo o que não há. Aconteceu em um retiro de rua com um grupo de pessoas entre 15 e 75 anos ligadas aos Zen Peacemakers, que queriam conhecer esta perspectiva dos sem-teto, eu era uma delas, e vou contar. A experiência começou semanas antes, ao pedir doações a amigos e familiares para iniciativas que apoiam pessoas em situação de rua. Falar sobre o tema que incomoda, pedir dinheiro aos outros, doar seu tempo e atenção ao que normalmente preferimos ignorar, sentir o sofrimento alheio e também a culpa. Sintonizar com a situação do ser humano sem dignidade às margens da sociedade, nossos vizinhos de rua, irmãs e irmãos.

Depois da decisão, a preocupação: o que levar? Nada. Um documento, só. Uma roupa velha no corpo, sem muda para trocar, um cobertor para a noite, e que possa carregar durante todo o dia. Sem lenço, sem óculos, sem celular nem escova de dentes. Perceber que nada é seu, nada do que tem, nem do que não tem, não há nenhum bem pelo qual precise se preocupar. Nada para perder, nada para esquecer, nada que possam lhe roubar, não há nada a cumprir, nem nada e esperar. Com você, apenas seu corpo e sua mente e um velho par de sapatos para andar. Perguntas como onde beber água, ir ao banheiro, onde deitar para dormir, será possível descansar ou haverá comida quando a fome apertar? – são questões sem sentido, pois não têm resposta. Tudo simplesmente acontece de um jeito ou de outro e só se sabe quando a hora chegar.

Durante quatro dias e três noites vagamos pelas ruas de Bremen, sem rumo, sem plano, sem hora para nada, sem certeza nenhuma, simplesmente expondo os corpos dementes ao que o momento tem a oferecer. Claro que sabemos ser uma situação temporária, uma escolha, um testemunho, uma experiência que depois seria processada em uma cama macia e quente. Ninguém aqui mente, apenas se propõe a conhecer. Um dos desafios é a vergonha que se sente ao precisar da ajuda de gente egoísta como tantas vezes somos nós no conforto de um lar. Então, a quem estou pedindo – sou eu mesma. As coisas da rua ganham um valor que nunca tiveram, a rua é uma exposição de coisas que nunca enxerguei, pois normalmente estamos sempre indo para algum lugar aonde ainda não chegamos, e o tempo é um prazo a cumprir, normalmente o que necessitamos, temos. O deslocamento tem itinerário certo, é trajeto traçado, mas para quem mora na rua não há trajeto, não há rua, não há meta, não há aonde chegar, só há o lugar em que já se está e os passos a seguir. Sob essa perspectiva um monte de caixas de papelão empilhadas na frente de uma loja de eletrodomésticos seriam as camas para aquela noite. Mas temos de pedir, não vamos simplesmente levar. É preciso bater e perguntar: por favor, moço, é para a gente dormir... Obrigada! Muito obrigada, mesmo! Agradecer e ir, quantos mínimos milagres do imponderável não há para agradecer?

Quem já mora nas ruas tem as melhores dicas de onde dormir. Assim conhecemos Lika, um refugiado romeno que há anos vive à beira do rio Weser, sob as arcadas que formam um grande portal. Lika instalou ali um verdadeiro *lounge*, com um sofá velho *bordeaux*, um tapete rasgado, uma pequena estante quebrada para as poucas coisas que tem e seu pertence mais importante: uma vassoura. Lika está constantemente a varrer o lixo que os transeuntes deixam cair sem pensar, quando passeiam pela paisagem dos barcos e os navios a admirar. Ele deixou a família no seu país, achando que os poderia um dia buscar, nunca teve dinheiro para voltar, nem condições para se integrar no novo país. Sem dinheiro, passou a viver à margem do rio que habita.

Fomos recebidos amorosamente por Lika na sua "sala de jantar", onde estendemos um papelão no chão e compartilhamos o que horas antes em duplas fomos mendigar. A fartura surpreendeu a todos, mendigar é como caçar, tem dia que sim e tem dia que não. Vieram outros moradores de rua se juntar, mulheres e homens, que sentaram na roda em volta da grande ceia. A comida que iria para a lixeira, doada por padarias, restaurantes e na feira, foi parar nos nossos estômagos vazios, cheios de gratidão por este momento que estávamos a repartir.

Então, surgiu do nada uma moça chamada Clara, em sua bicicleta colorida, trazendo na cesta da garupa duas grandes garrafas térmicas com café quente para todos. Desceu do pedal e foi se juntar com o grupo debaixo das arcadas. Abraçou Lika, seu velho conhecido, e todos os outros mendigos que lá se encontravam. Clara era uma cidadã do mundo e morava em qualquer lugar, no momento, sua casa era em Bremen. Nasceu brasileira com signo de estrangeira. Tem a alma livre e sem fronteiras, pode ser vista em qualquer lugar, seja em um convento, uma manifestação, no botequim sujo, em uma exposição, entre bem-sucedidos ou perdidos, Clara ri, mas ela chora eterna melancolia. Na roda com o grupo, ela cantou e compartilhou histórias e, então, assim como veio, quando ficou tarde, foi embora. Esta primeira noite ficamos ali perto de Lika e seus amigos na margem do rio Weser. Chão duro, mente macia, vento frio, coração quente, espírito de silêncio com barulho de gente que gritava e bebia, os torcedores depois de um jogo de futebol. Necessário fazer revezamento de vigília, a segurança do grupo é primordial. Uma noite mal dormida, mas com a alma repleta de surpreendente vida.

No dia seguinte, entramos em uma rede de supermercados para tentar a sorte de conseguir um pão velho e passado. Felizes com nosso êxito, ganhamos um saco de lixo grande cheio de doces, salgados e pães que o funcionário estava recolhendo da vitrine. Ao sair do estabelecimento vimos uma pessoa sentada na sarjeta, literalmente na sarjeta: era uma mulher sofrida com a face escondida entre as mãos. Ao abordá-la para oferecer do alimento recebido, ela mostrou seus olhos escuros, seu rosto inchado e sujo, seu olhar vago e sem nome, que se chamava Melina, como disse então. Mulher de origem desconhecida, tinha a beleza escondida atrás de agruras de uma história que ninguém sabia. Sua tristeza era dura, sua voz era rouca, sua saúde pouca. Olhou-me nos olhos e decidida indagou, por que haveríamos de ser com ela, assim, tão gentis? E daí foi Clara que surgiu atrás da minha sombra, a responder por mim – eu não sabia o que dizer... "Talvez porque optamos, neste momento, por ser assim..." E Melina respondeu, com o coração sangrando e a mente difusa: "Sim, só há mesmo duas opções de como ser... mas eu provavelmente ainda estou no meio, entre as duas, perdida".

Cada noite é uma incógnita do que vai se passar, se o corpo terá sono, em que superfície deitar, se a cabeça vai descansar, se terá frio ou se os ratos virão visitar, se o medo e a confusão vão cessar – e tudo responde: ou não.

Na segunda noite ameaçava chuva forte e nenhum lugar parecia adequado para dormir. Nervosismo, desânimo, insegurança e tensão no grupo de Peacemakers, paz em xeque, como lidar com a questão. Então um cartaz no muro da igreja convidava para um concerto de órgão gratuito, e estávamos ao lado. Em busca de calma para uma decisão, sentamos nos bancos da igreja para ouvir o som eclesiástico, pensar e esperar. Chegou então quem parecia ser o padre dessa casa de Deus e foi conosco conversar. Para o nosso grande alívio, seu profundo espírito cristão tomou a decisão que só ele podia tomar, responsável que era pelo lugar, e nos colocou tudo à disposição, a cozinha, o banheiro, o piano e o altar. Era Cristiano, na verdade pastor luterano, politicamente engajado e socialmente ativo, e contou que todo inverno abria a igreja para moradores de rua dormirem protegidos do frio. Assim, esta noite, que parecia perdida, transformou-se em pura magia de um sonho sem sono. Deitada em um banco de igreja do século XII, olhava a enorme janela de vitral colorido, que com as luzes da cidade projetava um caleidoscópio nos arcos da imensa nave-mãe. Não era uma noite para dormir, só para chorar de emoção. De manhã o pastor Cristiano veio nos despedir, não sem antes sentar conosco para meditar na cripta subterrânea de mil anos encravados nas paredes de pedra fria. Devoção de ossos sem palavras, sem pensamentos e nada para entender ou explicar. Silêncio de mil anos sobre nós.

A segunda vez que encontramos Melina foi na praça no centro da cidade, quando compartilhávamos com muitas pessoas o abundante resultado da mendicância de comida nos degraus da escadaria da prefeitura fechada, pois era domingo. Até uma cesta inteira cheia de cerejas nós ganhamos como xepa da feira! De repente começa a tocar uma música animada em uma caixa de som, que um grupo de estudantes botou no centro da praça, *flashmob* de uma festa de rua, manifestação de alegria, cena de cinema. E entre os estudantes estava novamente Clara ajudando a organizar, sem nenhum pudor, ela a todos fazia animar e, aos poucos, todo mundo em volta começou a dançar. Mães com seus carrinhos de bebê, o velho com a bengala, o casal de dançarinos, os jovens estudantes, os turistas e os mendigos da rua que a música atraía. Vejo então de longe a doce Melina, agora feliz e rindo muito, fumando seu cigarro sentada ao Sol, encostada na pilastra que sustentava um suave arco-íris a se formar com a fina chuva, que, apesar do Sol, então caía. Coisas que até Deus duvida acontecem nas ruas de uma cidade, veias da sociedade onde corre todo tipo de verdade: sangue, dor, medo e violência em noite de pesadelo, e também ternura, beleza e encantamento no sonho do amanhecer. A última noite deitamos diante da vitrine de uma boutique de marca cara, na rua de pedestres coberta de um centro comercial. Luz de holofotes sobre nós, no meio de muita gente, solidão imensa. O ser sem existir estirado no chão.

Tomar banho, fazer cocô (mais complicado do que fazer xixi), escovar os dentes, usar papel higiênico, lavar as mãos, botar uma roupa limpa, usar desodorante, fio dental, olhar no espelho, tudo o que nos parece tão normal.... Mas não é assim na rua, lá são vicissitudes do dia a dia. Tem de ser criativo e deixar a solução aparecer: usar o banheiro químico em um canteiro de obra, uma moita no parque, um *toilette* no *shopping*, um banheiro público de moeda, segurando a porta um para o outro, a fim de não precisar pagar. Mas há surpresas como o simpático funcionário de um bar que fazia faxina na madrugada e nos deixou entrar. Para o banho, um chafariz ou a água do rio no cais. Daí encontramos até esse lugar chamado Oásis, com chuveiro, direito a toalha, escova e pasta de dente! E fomos renovados, ainda que vestindo a mesma roupa suja depois. A ausência de políticas públicas globais para que todos sejam e tenham direitos iguais delega às igrejas a assistência, desloca a responsabilidade para as iniciativas não governamentais. São voluntários anônimos do bem, anjos que cuidam dos que nada têm.

Em uma cozinha destas que prepara refeições para moradores de rua, sentamos para almoçar com eles e conversar. Alimento é mais do que pão. Além de mendigos, refugiados e desabrigados, estes restaurantes de um vintém atraem também solitários, doentes, idosos, aposentados sem renda, esquecidos de todo tipo da sociedade. Estar junto dessa gente com tanta coisa para contar, olhar nos olhos e simplesmente ouvir e escutar, de igual para igual, nem melhor nem pior, nem menos nem mais, almas com fome de ser gente que sente. Não é isso que estamos fazendo aqui, matando a fome de ser gente? Não estamos todos sozinhos, na vida sem certezas a vagar? E nesse lugar de amigos temporários, mendigos e voluntários, irmãos na exaustão do ser, sentou-se à mesa também a Clara, vinda de algum lugar, tão cansada como todos nós, e, desvalida, comeu, bebeu e era apenas mais uma com muitas histórias para contar.

Um sonho inútil sobre a mesa

Não ficou mais fácil, por conhecer a população de rua, conviver com a realidade de mendigos e sem-teto que andam por todas as cidades. Pelo contrário, ficou ainda mais difícil, pois cada um deles é o confronto pungente com a impotência, a arrogância, os privilégios e a ignorância, a indignação e também a repugnância. Não ficou mais fácil passar reto, não ficou mais fácil parar e conversar, ouvir uma história difícil, não ficou mais fácil cumprimentar ou jogar uma moeda para ajudar ou para aplacar a consciência. Tudo ficou mais dolorosamente nítido e cruel.

Noel é um morador de rua que perambula pelo bairro e vez ou outra ganha uns trocados quando ajuda no depósito de bebidas. Ganha sobras do açougue, da padaria e da mercearia, alguma coisa dos vizinhos, e assim vive de soleira em soleira. Fila um cigarro aqui e ali e com o pouco dinheiro que ganha compra seu próprio maço ou uma cerveja ou um gim. O que veste, pega no contêiner para roupa usada da Cruz Vermelha, que fica ao lado dos tonéis de reciclagem de vidro na praça. É comum vê-lo sentado no banco, sempre tímido e educado, cumprimenta a quem lhe deseja um bom dia. Sua expressão muitas vezes é de constrangimento e vergonha, mas Noel olha nos olhos, não evita o olhar de ninguém.

Nesse domingo de manhã Noel estava péssimo, rosto inchado, vermelho, sujo, tremendo de abstinência dos vícios e de frio, bêbado também, desconfortável, sem bagagem, nem bolsa, nem mochila. Ele nada tem. A caminho da padaria, vejo que está sentado na sarjeta da rua, dou bom dia. Ao comprar meu pão, penso em levar alguma coisa para ele. Peço um café e um doce – escolho um sonho, sugestão do padeiro. Na volta, paro em frente a Noel, "eu trouxe um café para você", ele agradece com olhar claro, mas treme ainda mais, talvez ao se sentir exposto em sua miséria. Afinal, nunca havia dado nada, por que hoje sim? Porque estava péssimo o pobre homem, e parecia ter consciência disso.

Apoio o copo de café na calçada para evitar que se sentisse ainda mais constrangido, pois, da maneira que tremia, derramaria tudo. Ele pega um cigarro que mal consegue segurar para acompanhar o café. Lamentei em pensamento, o café serviu para ele fumar mais um cigarro... Então ofereço o pacote com o doce e ele tenta alcançar enquanto eu digo que o doce é um sonho. Noel me olha com os olhos vivos e responde, sem nenhuma dúvida e com a voz firme: "Não, não, disso eu não gosto, quero não". Recolho minha mão estendida, desejo-lhe um bom domingo, o que ele como de hábito, gentilmente agradece replicando, "para a senhora também". Quem será Noel?

Comecei a rir de mim, pois também não gosto de doce nem de sonho, e poderia pelo menos ter comprado algo que eu pudesse comer, caso ele não quisesse. Porém, estava entretida com meu ego que ajudava, em vez de perceber com empatia quem estava lá, quem é esta pessoa que, mesmo naquele estado, poderia, sim, rejeitar alguma coisa. Pois não é por morar na rua que Noel não tem gosto e preferências, nem precisa necessariamente aceitar tudo o que se oferece para atender ao que imaginamos ser bom para ele. Noel circulava na cena musical da cidade, assim dizem. Levo o doce para casa e deixo o sonho inútil sobre a mesa sem saber o que com ele fazer. Mas o que o sonho faz comigo, sei: lição didática de quanto pode ser arrogante "fazer o bem", e ficarei sem saber que sonho real e verdadeiro esse homem tem.

Dos espíritos famintos

Fui curar minha ressaca no Portal do Amável Néctar e lá chamei todos os Espíritos Famintos para ter comigo. Aqueles cheios de graça, os mais sórdidos sabotadores, os soberbos, os alegres teimosos, as saudades mais lindas e as mais dolorosas – e a volúpia de entornar o vinho em versos, a loucura de em fantasias se afogar. Também cantam a falta de companhia e a solidão tão fria. Têm a barriga enorme e a garganta longuíssima e fina, esses Espíritos Famintos, por isso jamais saciam seu prazer e a sua dor, fomes e sedes desde sempre. São todos espíritos irmãs e irmãos, a Preguiça, lânguida parceira, a Carência, eterna chorosa menina faceira, a Inveja, pobre tão míope moça feia, e os gêmeos Orgulho e Vaidade, de tão belos e fortes só enxergam um ao outro como a si mesmos. Mas há muitos outros Espíritos Famintos como o Apego, a Rejeição, a Indiferença, amáveis, porém, traiçoeiros, são tantos que nem os vejo, a Raiva, o Rancor, o Medo, que a todos assusta, a Angústia, todos pequenos, e a Culpa, que anda sempre a arrastar sua sombra. Já o mais velho deles, que cuida dos outros e é o mais companheiro, este todos conhecem, seu nome é Ego, e como um pai ele a todos conforta, defende e representa, e por isso a sua fome é tamanha e imensa. Mas conhecendo-os bem, estes Espíritos Famintos, vê-se que são apenas uns seres e como todos seres querem somente felicidade e precisam de quem cuide deles e os alimente, pois têm fome e sede que nunca acabam. E assim me zoam, me riem, me puxam o cabelo, sopram segredos no ouvido, rasgam minha roupa e me deixam nua na frente do espelho. Fazem ninhos na minha cabeça e vertem vinho pelo meu umbigo. Tudo isso porque querem atenção, essas crianças que são minhas crias, tudo isso porque não gostam de me ver de máscara nem em romaria e pedem que me mostre com tudo o que sou. Querem sorvete e cafuné, pedem colo e choram, tomam meu tempo e minha energia, mas também me dão alegria, feito a infância que do céu ainda emana a espiritual virtude de nada saber nem temer sobre o evento vida. E assim destemidos, os Espíritos Famintos, de mãos dadas comigo, pedem apenas que não os esqueça, pois estarão eternamente presentes e vivos. Daí os abraço e sentamos juntos na roda a meditar concentrados e em silêncio para então, com reverência e sacrilégio, degustarmos quase em transe a sagrada *bodhi mind*, essa mente desperta e encarnada como guia, caminho de sofrência, luz de viver a dor em estado de alegria.

Portal do Amável Néctar
(Krishna Das e Bernie Glassman)

Chamando os corações famintos
De toda parte e tempo infindo
A ti sem rumo, a ti sedento
Eu ofereço a mente desperta

Chamando todas as almas famintas
De toda parte e tempo infindo
Chamando os corações famintos
O que se perdeu e ficou pra trás

Juntos vamos compartir o alimento
Sua alegria e sua tristeza
Serão também minhas.

(Tradução de André Deluart)

16

Morfina, antes fosse ópio. Paralisia, antes fosse o álcool. A ressaca, a dor de cabeça e a tonteira que a gente sabe que vão passar. Mas não vão passar. Sim, vai passar, a vida. Por um fio. A dor lancinante e a agonia da impotência, de fazer, de se mexer, de resolver, de fazer o corpo obedecer. Igual ao pai em tempos idos, em um leito de hospital à beira da morte. E do lado de fora pipocavam as bombas, os corpos saudáveis dilacerados, enquanto o corpo enfermo era preservado. Agora a guerra é outra. Lá atrás, a II Guerra Mundial, agora uma guerra surda contra o planeta, pelo planeta, contra a humanidade e pela humanidade. Mas é o mesmo câncer, que cresce feito um cogumelo no corpo envelhecido da filha, assim como o fizera no corpo jovem do pai. Morfina, mais morfina, pelo amor de Deus. Metástase nos ossos, na coluna, um mês, dois meses, ou três...

A mãe de Clara estava internada no hospital, no leito de uma morte anunciada. A iminência de morrer é como todo fim, um ciclo que se conclui, é a vida que vai como quem vem. Cada instante é menos um, inspirar faz girar a roda, expirar faz a roda girar. Nesses momentos longos como a eternidade, os fantasmas assombram, os monstros rugem, a esperança reluz, o sono não dorme, a consciência brilha, o medo assusta e a valentia aspira. Durante as várias semanas morando com a mãe no quarto do hospital, Clara visita as estações da própria vida para se descolar desse ambiente frio hospitalar, trazendo lembranças vivas. A vivência de despedida da mãe que morre é também vivida como uma bênção pela oportunidade do carinho a tingir de amor todo o agudo sofrimento do adeus definitivo e inevitável. Clara, ou a personagem que lhe convém, permite-se o mergulho na água fria do rio e deixa o fluxo da correnteza a levar e lavar a alma rumo ao mar. Uma coisa em Clara é certa, não quer se arrepender de não ter vivido intensamente, ou não ter amado e sofrido profundamente, sempre disponível ao momento e nunca se acomodar. O que ela pensa, os sentimentos que afloram, o que ela imagina ou relembra e experimenta, o que sonha e projeta nos corredores gelados de um hospital – esta estação final –, Clara expõe com arrepiante verdade e uma sinceridade pungente e urgente. Enquanto sua mãe se despede para a morte, Clara personifica a vida e escreve deixando as palavras ecoarem no vento como o sino quando entoa e o eco soa:

"O tempo passa e a oportunidade é perdida, não desperdice a sua vida". (Dogen Zenji)

O pacote de Copacabana

Era realmente notável aquela velha senhora de cabelo lilás, tão cheia de histórias e de revelações surpreendentes – inimagináveis universos que habitavam o pequeno e abafado apartamento no 3º andar da Av. N. Senhora de Copacabana, frente. Os personagens da memória e todas as suas emoções eram diariamente atropelados pelas linhas de ônibus que ligam o mundo inteiro ao bairro de Copacabana. Acelerando por baixo da sua janela ininterruptamente, os motoristas nem pensavam que, em certo apartamento, dona Marieta, tossindo e quase surda, procurava nas mais recônditas lembranças de sua vida, aquela que por mais um dia iria preencher a sua existência e a libertaria das amarras da velhice.

Um daqueles ônibus traria esta tarde a jovem, bela e saudável Clara, que de vez em quando fazia uma visita à dona Marieta e adorava ouvir-lhe as histórias. Seus ouvidos atentos a remetiam a possibilidades improváveis, mas possíveis, de viver tão intensamente quanto os personagens sobre os quais contava dona Marieta ou dela própria. Enquanto as lembranças vivas da velha alimentavam a moça, sua juventude disponível emprestava vida e beleza à senhora em seu crepúsculo. Tinham por isto muito apreço uma pela outra e deixavam fluir aquele simples prazer de contar e de ouvir, sem pensar nos porquês, no verdadeiro sentido daquela solidão e daquele vazio que, por instantes, algumas tardes sobrepunham.

Mas, neste dia Clara não ia buscar uma história para habitar sua mente, mas apenas um pacote deixado ali por sua tia Marion, que vivia na Europa, nora da senhora de cabelo lilás. Entre uma conferência e outra pelas universidades do mundo, a tia, muito renomada arquiteta, doutora das esferas teóricas que procuram decifrar os centros urbanos, *habitat* do bicho homem, havia feito um breve pouso nas paragens da sogra em Copacabana. Usava os conceitos acadêmicos para tentar compreender os revezes daquele bairro a refletir às vezes a alma humana. Até por isso ela e o tio Júlio, seu marido, pensavam sobre a mudança da mãe, dona Marieta, para o Leblon. Um apartamento amplo e confortável que um dia eles mesmos habitariam, dando continuidade ao ciclo natural da vida.

Desta vez, em sua curta estada no Rio de Janeiro, Marion, a tia que era pela sobrinha muito querida, e vice-versa, deixara na casa de dona Marieta "umas lembrancinhas" em um pacote muito bem embrulhado – pois nada do que ela fazia era malfeito, do bordado ao livro que escrevia ou um simples embrulho com lembrancinhas – que Clara buscasse quando pudesse ou por ali passasse. Nem sabia a tia que regularmente ela podia e por ali passava, e que os laços com dona Marieta já não dependiam dela.

Tio Júlio era um brilhante cientista matemático e paradoxalmente era também um grande poeta, orgulho maior de dona Marieta, simplesmente enchia o coração daquela mãe. Embora fossem os tios muito diferentes da sobrinha Clara, pelos contextos e obras do destino e influências mais diversas, pelas impensáveis pontes do espírito que se lançam sobre os rios da razão, formavam os três uma constelação virtual que não era preciso entender, nem explicar. Para os tios, o espaço das elaborações racionais já era muito ocupado por suas profissões intelectuais, em que cada palavra era reivindicada ou remetia a algum conceito do pensamento formal. E para a sobrinha, tudo – menos as histórias de dona Marieta – era ocupado pela sobrevivência: o aluguel, o preço da condução, a concorrência e o desemprego, os estudos e o namorado, os sonhos e as férias improváveis.

Clara era para a tia e o tio a imagem idealizada de uma sílfide encarnada que vencia os dragões da realidade; e os tios para ela transcendiam esta realidade e eram a própria origem dos mitos. Porém, nada disso era verdade: Clara tinha 19 anos, cursava administração (noturno) e trabalhava como telefonista internacional seis horas por dia, gostava de escrever mas nem tanto de ler, fazia yoga e jogava vôlei de praia nos finais de semana, onde também vendia sanduíches naturais e bijouterias que ela fazia.

Naquela tarde o céu estava muito escuro, mas Clara havia prometido que passaria para apanhar o pacote em Copacabana. Não poderia demorar, pois à noite tinha prova na faculdade. Mas sabia que dona Marieta a esperava e por isso enfrentou a longa viagem de ônibus após um dia de trabalho e foi buscar o que já lhe pertencia.

– Como vai, dona Marieta?

Era preciso sempre falar em voz alta para que ouvisse, e ela respondia baixinho, com a voz fraca, porém determinada:

– Bem, minha filha. Eu estava lhe esperando... Estava olhando para minha cristaleira com as bailarinas de porcelana e lembrava de quando tinha a sua idade e dançava em um grupo ligado à Isadora Duncan, você conhece? Ela era uma deusa do movimento, mas os meus pais não gostavam nada daquilo, porque era muito moderno. Então eu os enganava e dizia que fazia balé clássico. Até que um dia insistiram em ver uma apresentação e aí, quando pensei que estaria perdida, eles vieram e me abraçaram, dizendo que realmente aquela dança era fabulosa... Logo depois começou a guerra e tivemos de fugir, e obviamente não pude continuar dançando. Você gosta de dançar, Clara?

– Eu gosto, só que não levo muito jeito, mas adoraria vê-la dançar, dona Marieta. A senhora tem alguma foto daquela época, que eu pudesse ver?

Mas a continuação daquela viagem no tempo, vasculhando álbuns e lembranças e projeções de sonhos futuros que se alimentavam daquele passado vivo, ficaria para outro dia. Hoje só havia tempo para apanhar o pacote de tia Marion. Clara precisava ir, tinha compromisso na faculdade, pediu desculpas, e disse a que veio. Dona Marieta entregou-lhe a encomenda em uma sacola e combinaram outra visita para a semana seguinte. Despediram-se com um abraço, selado pela cumplicidade de um olhar profundo, que teme a cada vez poder aquela ser a última despedida.

– Obrigada, dona Marieta. Agora preciso ir, está tarde e acho que vai cair um temporal. Quero ver se chego à faculdade antes da chuva. Até logo.

Mal passava Clara pela portaria do prédio para a calçada, começou uma chuva fina, mas intensa, daquela que rapidamente vai engrossando em volume d'água. Voltou um passo atrás para abrigar-se sob a marquise e pensar o que fazer. Não podia demorar para não perder a prova na faculdade. Abraçada ao seu pacote na sacola, viu de repente que aquilo que saía do embrulho disforme era um cabo de guarda-chuva. Nem acreditou na sorte, mas puxou o guarda-chuva lá de dentro e abriu-o sem demora. Era lindo, de cores vibrantes, verde, azul e lilás, com uma fina linha preta desenhando a silhueta de uma cidade antiga, com torres, castelos e pontes. A sua etiqueta balançava com o rápido caminhar pela rua, era da cidade de Praga. Clara chegou ao ponto de ônibus, mas não ficou na parte coberta, onde várias pessoas desprevenidas se amontoavam. Ela segurava feliz o seu lindo guarda-chuva novo, que a levava para as ruas antigas de Praga em uma tarde chuvosa. Esqueceu a faculdade e passeava contente pelas cidades da velha Europa, que um dia ainda haveria de percorrer. Tia Marion tinha bom gosto e conhecia o mundo. Por isto também admirava tanto a tia. Viajar era o maior sonho de Clara, conhecer o mundo, de trem, avião, balão, guarda-chuva, ônibus. Ônibus, a palavra-chave que a puxou bruscamente de volta para a Av. N. Sra. de Copacabana, onde ainda em tempo conseguiu subir na linha 465 que freava, passando do ponto.

Finalmente protegida da chuva e com os pensamentos roendo a realidade crua da situação, percebeu que nem havia almoçado direito naquele dia, já eram 17:30h e começava a hora do *rush* em meio à tempestade, que rápido começou a alagar as ruas. Certamente ficaria ali por muito tempo ainda, pois simplesmente não havia o que fazer, e o trânsito estava parado. Para se distrair e tentar esquecer a fome que sentia, abriu cuidadosamente um dos lados do pacote já desfalcado do seu guarda-chuva. Tirou lá de dentro com a ponta dos dedos o que seus olhos não podiam crer, pois mais lhe pareceu uma miragem produzida pelos seus desejos e sentiu a saliva invadindo com um jorro a sua boca, pela ânsia de morder um pedaço daquele maravilhoso e delicioso tablete de chocolate suíço, recheado de nougat. Era realmente incrível a sintonia gratuita e improvável daquele momento entre Marion, Clara e o Poeta. E com este gosto temperado com o apetite da fome e da poesia, Clara degustou e se deliciou com cada pedacinho daquele chocolate, o mais gostoso de toda sua vida. Sentia-se feliz.

Assim o tempo passou mais depressa e nem percebia as horas daquele engarrafamento no temporal na Av. N. Sra. de Copacabana. Sinais quebrados, bueiros entupidos, pedestres apressados atravessando a rua correndo, cobrindo a cabeça inutilmente com pastas, revistas ou jornais. Namorados alheios ao resfriado de amanhã eram seduzidos por suas roupas molhadas grudadas ao corpo, os pontos de ônibus lotados de aflitos, braços se esticando em vão para o meio da rua na esperança de conseguir um táxi. A água subindo, logo invadia as garagens dos prédios. Para aumentar o caos, os donos dos carros tentavam tirar seus veículos às pressas daqueles subterrâneos a se inundar. Muitos personagens a revelar instantâneos fragmentos da existência para Clara, que assistia. Tinha até a história do cachorro que bebe água em pé. Tudo se passava na janela do 465 como um filme no cinema, aquela sessão em que entramos por falta do que fazer, aquele filme que vemos sem ter referência alguma, mas que no final nos surpreende com um belo presente para a alma, transformando o nosso ser.

Pois, de repente, o filme acaba quando Clara se dá conta das horas que se passavam, dos seus compromissos e da desagradável impotência diante da situação. Nada restava além de ficar ali, sentada, esperando o final da intempérie e a volta da normalidade. Afinal cumpriu parte do que se propusera naquele dia: o pacote de tia Marion já estava em suas mãos. Ocorreu-lhe, então, quem sabe o pacote poderia conter a solução para aquele momento prisioneiro do tempo? Meteu a mão no papel semiaberto, rindo de seu pensamento, quando sentiu o corpo de um livro. Um livro!... Que outro presente poderia fazer passar melhor o tempo do que aquele? O título era *A viagem de Mozart a Praga* (ou seria *a viagem de Clara por Copacabana* em uma tarde de temporal?). Tio Júlio, o poeta, um dia lhe perguntara, por que ela não lia mais. Mas Clara guardava a resposta silenciosa: "prefiro viver o que eles escrevem a ler o que eles vivem". Queria ser protagonista de si mesma, a flanar, por exemplo, por um conto que tia Marion, sob as bênçãos de tio Júlio, havia preparado para ela, o Pacote de Copacabana.

E foi assim que a jovem Clara percebeu que *viver*, *escrever* e *ler* são como as variáveis de uma equação matemática, a "ciência que estuda, por meio do raciocínio dedutivo, as propriedades dos seres abstratos e as relações entre eles", uma sentença imbuída de ficção e realidade, que possui uma igualdade e, pelo menos, uma incógnita – ou infinitas incógnitas? E assim, referendada pela ciência, ela rendeu-se à equação literária formada por operações emocionais e racionais que envolvem elementos conhecidos e desconhecidos – e uma igualdade. "O objetivo de uma equação é encontrar a incógnita que transforme a igualdade em uma identidade, ou seja, uma igualdade verdadeira". Clara descobriu a liberdade de ser qualquer personagem na incógnita dentro da equação, podendo ser a própria variável entre viver, ler e escrever sua identidade verdadeira.

Identidade
(Fernando Pessoa)

Não sei quantas almas tenho.
Cada momento mudei.
Continuamente me estranho.
Nunca me vi nem achei.
De tanto ser, só tenho alma.
Quem tem alma não tem calma.
Quem vê é só o que vê,
Quem sente não é quem é,

Atento ao que sou e vejo,
Torno-me eles e não eu.
Cada meu sonho ou desejo
É do que nasce e não meu.
Sou minha própria paisagem,
Assisto à minha passagem,
Diverso, móbil e só,
Não sei sentir-me onde estou.

Por isso, alheio, vou lendo
Como páginas, meu ser.
O que segue não prevendo,
O que passou a esquecer.
Noto à margem do que li
O que julguei que senti.
Releio e digo: "Fui eu?"
Deus sabe, porque o escreveu.

15

O hospital parece um hotel, tudo amplo, limpo, instalações impecáveis, ar condicionado, recepção, crachá, catraca, elevador, um bom refeitório, cheiro de tinta, tudo novo, cantina também. É sorte estar em um hospital assim? Funcionários uniformizados, poucos e escassos para a quantidade de leitos e doentes. Ala ímpar. É como um jogo para o qual fomos sorteados. Há uma missão a cumprir, a vida até a última gota. Concluída, finalizada. Conduzir a passagem para outra dimensão, longa viagem, despedida do corpo, da fisionomia da pessoa, adeus à individualidade, aceitação do destino, karma que se cumpre e a entrega ao que há de vir. Permitir que os espíritos venham ter comigo, venham aliviar a insônia profunda do ser.

Clara cresceu com os olhos na coleção de revistas *National Geographic* na prateleira mais baixa que alcançava, e desde pequena queria conhecer aquelas culturas tão diferentes. Sonhava em encontrar a gente de olhares intensos nas lentes dos fotógrafos primorosos da revista. Eram as imagens e as paisagens mais belas que já vira. Sentia rasgar o peito uma liberdade aflita, vontade imensa de ir e se perder na vida que se apresenta, no aqui e agora dos lugares mais distantes. Entendia que países não são geografias de barreiras visíveis como uma pedra, um precipício, um rio, o mar que diz, aqui é o limite do seu país e, se der mais um passo, cairá em território do chão que não é seu. A natureza não tem noção de propriedade e nações, assim, um animal sorrateiro atravessa fronteiras sem documentos, invade sem autorização, ignora a separação, demarca seus territórios a bel prazer, como ao seu instinto convém. Os humanos são bichos diferentes, separam-se e se aglomeram por semelhança no que chamam de países, uma ideia metafísica de caldeirões onde cozinham culturas, religiões, raças e cores de gente. Aglutinados, buscam seus iguais, buscam inimigos, buscam ter razão na sua pequena e pobre dimensão. Clara quer invadir, transpor, voar feito borboleta, atravessar oceanos, rios, montanhas e vales para visitar seus amigos de todos os lugares, todas as nacionalidades e identidades que haveriam de ter. E assim ela faz. Amigos, conversas, muitos sonhos que pessoas aspiram e ela se inspira para seguir viagem e poder compartilhar. A saudade era imensa de conhecer o que não conhecia, de viver o que não vivia, de sentir o que não sabia. Mas sabia que conheceria o menino que um dia viu na reportagem da televisão. "O que você faria se não tivesse medo?" A pergunta soava como um apelo, e de repente esse amigo saiu da tela da TV para se materializar dentro do templo budista onde Clara costumava meditar. Nasceu uma singular amizade que fez longa viagem. Primeira estação, Chipre (uma ilha partida, país dividido entre Grécia e Turquia, exemplo do que é a política acima da identidade). No Chipre com o Roda Mundo, depois de um passeio de bicicleta sob chuva torrencial pelos sítios arqueológicos, Clara fez a primeira entrevista e conta uma história de quem está sempre aberto ao caos do momento, e por isso quase nada disso são verdades permanentes, camaleão a buscar o Sol na pedra quente, qualquer país é sua casa e seu sonho, sua verdade.

Roda Mundo e a *Bike* de bambu

Encontrar Ricardo Martins no templo Zen budista em plena Copacabana foi bastante surpreendente, só que não. Ele se define como uma pessoa prática e pragmática, mais como um cão ao qual se pode dar de comer e beber, mas que não pode ser convidado a meditar. Só que alguém lhe explicou: a consciência de pensar sobre a semelhança com um cão já o distancia completamente de "ser um cão". Ele lembra mesmo o cão de Joshu. ("Um monge perguntou a Joshu, um mestre Zen chinês, 'Um cão tem ou não a natureza de Buda?'. Joshu respondeu, 'Mu'".)

É fácil desconectar Ricardo das suas convicções, porque ele não está apegado a nada. Isto também se reflete na relação com as pessoas, quando ele faz palestras. Ele veio falar de seu projeto de vida, que começou com uma viagem ao redor do mundo em uma bicicleta de bambu. Não quis participar da meditação silenciosa de cinco minutos antes de iniciar sua palestra e usou o tempo para arrumar seus arquivos digitais. Depois ele começa falando sobre o que pensa e sente ao pedalar sua bicicleta chamada Dulci, Dulcineia: sente o cheiro, sente o clima, presta atenção aos sinais de seu corpo, sente o vento.... Então tive de sorrir e perguntar: "você acha mesmo que não medita?". Sem me contradizer, ele fica pensativo e cita Alberto Caieiro para se defender: "para mim o vento que sopra só me diz que é vento e que sopra!". Como se o fato de Ricardo ser ateu convicto o impedisse de qualquer metafísica. "Na verdade, eu me encontro muito longe do budismo no cotidiano. Acho chato. Mas a minha opinião certamente diz mais sobre mim do que sobre o que estou dizendo". Vamos ouvir o que tem a dizer.

Roda Mundo – Bamboo Trip passou a ser para ele muito mais que uma simples viagem ao redor do mundo, tornou-se uma dança entre fronteiras, entre países, entre culturas, a conexão de pessoas, um impulso de mobilização para o engajamento e desenvolvimento social, uma inspiração. É isto que liga Ricardo Martins a seus seguidores, amigos e patrocinadores ao redor do mundo. Ele estende sua rede pelas rotas que percorre e experimenta, "quanto mais viajo, mais acredito no poder e na energia das pessoas". Ele gosta de compartilhar a esperança e a perspectiva única que ganhou por meio de suas experiências em alguns anos de andança nômade pelo mundo. Ele atravessou a América do Sul, a África e a Europa de bicicleta, levando apenas uma barraca e seus alforjes. O mundo é sua casa. Seu próximo objetivo é experimentar a Ásia. Ricardo é sociólogo especializado em mobilidade urbana e um leitor apaixonado de Fernando Pessoa. Seu sonho de ser escritor já o fez publicar um primeiro livro sobre sua viagem de quatro anos pela América do Sul. O livro sobre a viagem pela África já está pronto. E, das três verdades que sua juventude tinha como certas, já provou não ter tanta certeza assim: jurava nunca possuir um carro, nunca se casar e não ter filhos. O tempo afinal revelaria a realidade de suas metas.

Ricardo iniciou seu primeiro projeto social no Rio de Janeiro, sua cidade natal: a montagem de um Oficina de Produção de Bicicletas de Bambu em Queimados, na periferia da metrópole, onde pobreza e violência são comuns. As bicicletas ajudariam as pessoas a conectar suas casas distantes com o transporte público na cidade, além de criar empregos na fabricação e manutenção de bicicletas ecologicamente sustentáveis. Também planeja a reciclagem de bicicletas usadas na oficina, o que melhoraria a mobilidade das pessoas nos bairros pobres, que geralmente moram bem longe de onde trabalham. O engajamento social tem um papel importante no projeto de vida de Ricardo e é uma consequência natural para quem procura agir, enquanto experimenta o mundo. Quando Ricardo esteve na Bósnia, em novembro de 2018, ele não apenas relatou sobre a cidade, o sofrimento e as feridas da guerra e do conflito, mas também visitou um campo de refugiados para ver de perto essa realidade. Esta visita o fez perder noites de sono sem dormir para tornar possível uma grande ação. Em uma semana, ele mobilizou a sua rede de apoio para comprar 120 pares de sapatos para o inverno, para aquecer os pés das pessoas que buscavam refúgio em situação totalmente adversa. Muito pouco diante das enormes necessidades, mas isso estava ao seu alcance e em suas mãos, por isso de fato o fez.

Nós nos encontramos, quando ele trabalhava no Chipre, à espera de que o inverno rigoroso se tornasse mais ameno para seguir viagem com sua *bike*. Surgiu então esta entrevista:

– *Ricardo, na verdade, por que uma bicicleta de bambu para viajar o mundo?*

Há três razões, primeiro, porque é um material muito forte, o bambu é resistente. Na absorção de choque, o bambu é mais forte do que o alumínio, ainda mais forte do que a fibra de carbono. A segunda razão é que com a *bike* de bambu eu consigo remover barreiras sociais. Se eu chego em uma vila na África ou no interior do Brasil com uma bicicleta cara de fibra de carbono, é como se eu viesse em uma Ferrari, há uma distância social, as pessoas não se aproximariam, haveria um preconceito. A bicicleta de bambu atrai a atenção de ricos e pobres, e assim eu me aproximo mais das pessoas. Muitas vezes estou sentado em algum lugar bebendo meu café e alguém me pergunta: "Isso é feito de bambu?". Uma hora mais tarde, é comum compartilhar um alimento com uma pessoa que antes era uma estranha, só por causa deste elemento de conexão de uma bicicleta de bambu. Para mim, que viajo por causa das pessoas, isto é muito importante. A terceira razão é a segurança, porque na maioria das vezes tenho a única bicicleta de bambu no país e, se for roubada, não poderá ser vendida facilmente, é uma bicicleta muito particular e individual.

– *O que significa o termo desenvolvimento, pela sua perspectiva e experiência?*

A preocupação com desenvolvimento sustentável começa quando você se pergunta o que aconteceria se o mundo inteiro fizesse isso nos próximos 50 anos, o que aconteceria com o meio ambiente, como você seria, então, como seriam as outras pessoas. É assim que eu julgo cada ação, seja ela o desenvolvimento da cidade, do povo ou de minhas ações. Para mim, o termo se aplica ao combinar o mais alto nível de felicidade com a menor quantidade de danos, é aí que sinto que estou em um lugar desenvolvido. Você precisa de uma referência para considerar um lugar desenvolvido, então para a antropologia europeia a África é muito primitiva, mas, não para mim, que valorizo relações comunitárias, boas dietas, tempo para a família, lazer – em nenhum lugar eu vivenciei isso como na África Oriental. O sonho europeu de consumo de alimentos orgânicos e naturais, para os africanos, é o alimento diário, quase não há indústria, eles comem o que plantam. Então é uma qualidade de vida que na sociedade ocidental apenas esperamos ter após a aposentadoria, como viver na natureza, comer melhor, exercitar-se, trabalhar menos – se você tiver sorte, poderá desfrutar disso depois de ter trabalhado um terço e dormido outro terço do tempo que vive, ou seja, quando não tiver mais a melhor vitalidade. Esse é nosso objetivo, mas para os africanos isso é normal, faz parte da filosofia de suas sociedades. Mas nada pode ser defendido cegamente, por exemplo, se você é mulher, ou homossexual, ou pertence a alguma minoria, esqueça – ser mulher é uma condição social desprivilegiada –, então, os problemas na África são apenas diferentes daqueles na Europa. Por um lado, há forte opressão das mulheres onde a religião manda, digo, qualquer religião, nenhuma religião em particular. Por outro lado, as mulheres têm um papel absolutamente importante em muitas tradições tribais. Mas ainda não existe igualdade, por isso não a defendo cegamente. Posso falar durante horas sobre coisas terríveis que acontecem lá, bem como sobre coisas maravilhosas – sobre a África ou qualquer outro lugar. Mas a vida comunitária, como eu acho importante, só pude viver na África, e esse é um aspecto que valorizo para considerar uma sociedade saudável.

– *O que significa para você o desapego, viver com tão pouco?*

Tornei-me mais eficiente com meus recursos. Matematicamente eu tenho menos, mas proporcionalmente é mais. Se antes eu tinha 100, mas 120 são necessários para minhas necessidades e desejos de consumo, daí a pouco preciso de 150 pela ambição gerada, não há fim para isso. Agora eu só tenho 50, mas 30 é suficiente para as necessidades, então sou mais rico com 50 do que eu era com 100. Tem sido um longo processo de aprendizagem para entender o que eu quero e o que preciso, porque isso não significa que eu tenha coisas baratas sem qualidade, não. Se eu precisar de um casaco para situações extremas, ele também é extremamente caro, mas eu só preciso de um e se eu cuidar dele, ele vai durar enquanto eu for vivo. Eu sempre penso na qualidade antes de comprar algo. Eu também tenho um limite de espaço, portanto, antes de comprar, tenho de pensar muito bem se necessito daquilo. Meu dia a dia é muito simples, tenho de comer, tenho de me manter aquecido, e me sinto bem assim. Não tenho vontade de encher minha vida com coisas porque minha vida e o entorno já me dão muito prazer e satisfação. Portanto, é fácil pensar pragmaticamente, as coisas não estão lá para preencher lacunas, elas não compensam frustrações, elas são apenas o que são.

– O que é sentir-se em casa quando sua casa é o mundo inteiro?

Se em toda parte pode estar em casa, ao mesmo tempo sua casa é em lugar nenhum. Quando chego a algum lugar, posso me sentir em casa em 10 minutos, esta transição acontece muito rapidamente para mim. Mas eu não tenho uma relação profunda com a casa, por exemplo, não deixo minha escova de dentes no banheiro mesmo depois de duas semanas ou mesmo três anos no Brasil, está sempre comigo, acostumei-me a ter um relacionamento de viagem com a casa. É plenitude e vazio ao mesmo tempo, dependendo de como você vê o mesmo ponto. Como me sinto confortável em todos os lugares e a casa não é importante para mim, ela simplesmente não me incomoda. Não sinto falta de um lar, tenho muitas outras necessidades, mas não de ter uma casa nesse sentido. Às vezes tenho demandas muito práticas em relação à minha casa, quando por exemplo preciso de uma pausa e depois tenho sempre muito o que fazer, para isso preciso de um teto sobre minha cabeça, para escrever ou organizar minhas ações do momento, mas isto tem mais relação com o que eu faço do que com a própria casa.

– Fronteiras, nacionalidades, culturas, como as pessoas se movimentam por elas?

Não é bom que todos estejam em constante movimento, porque as raízes são importantes para algumas pessoas, mas não para mim. É por isso que não defendo meus valores para os outros, pode parecer romântico deixar tudo para trás e ir embora, mas esse momento pode nunca chegar porque a pessoa não quer realmente isso. Eu posso dizer que quase não tenho problemas, primeiro porque sou brasileiro e não somos um país malvisto, portanto, qualquer tensão geralmente se dissolve imediatamente quando eu digo que sou brasileiro. E eu sou homem, isso é um privilégio, não tenho de me preocupar muito se alguém é simpático comigo, não há outra intenção por trás disso, diferente do que deve passar pela cabeça das mulheres na mesma situação. Além disso, tenho consciência de que as portas só se abrem para mim porque sou branco, isso não aconteceria se eu fosse negro, como é um fato com meus amigos negros, eles têm muito mais dificuldades a enfrentar. Desta perspectiva privilegiada, posso dizer que tenho poucos problemas em circular entre lugares, religiões, culturas, até mesmo em zonas de conflito. Não sou culpado pelos meus privilégios, mas preciso estar ciente deles para sentir empatia com outros que não os têm e para reconhecer e lutar contra esta injustiça. Portanto, sem culpa, mas é uma responsabilidade que carrego comigo e por isso procuro dar voz às pessoas. Faço isso, por exemplo, em meus *podcasts*, onde quero que as pessoas falem elas mesmas de suas experiências. Quando alguém me pergunta se uma mulher pode empreender uma viagem dessas sozinha, eu passo os contatos das mulheres que o fazem, não falo por elas, e assim elas podem trocar ideias e fortalecer umas às outras. Ou também o projeto social em Queimados, eu queria abrir uma oportunidade em um lugar que não tem opções, porque elas só estão disponíveis nos bairros ricos, então eu queria envolver pessoas que não costumam ter espaço.

– *Como você se comunica e qual é a mensagem durante a viagem?*
Cada lugar tem códigos de comunicação muito diferentes e eu tenho de aprendê-los e absorvê-los muito rapidamente para que minha vida e a das pessoas ao meu redor seja mais fácil. Por exemplo, na África, o sorriso é muito importante, a amizade e a simpatia, que vem antes de qualquer outra informação; já na Alemanha, onde um sorriso pode parecer suspeito e causar estranheza, outros códigos se aplicam lá, são muitas camadas. Em alguns lugares é apropriado falar alto, em outros é inapropriado, então sempre tenho que observar muito bem as pessoas para ver como esses códigos de comunicação funcionam para que eu possa me adaptar, mas eu gosto disso, não é um sacrifício para mim. Na minha primeira viagem eu queria mudar o mundo, mas há tantas pessoas que querem mudar o mundo e tão poucas pessoas que querem mudar realmente o seu ambiente. Acredito que, se eu reduzir meu alcance, posso ser mais eficaz. Eu experimento uma realidade e a partir dela desenvolvo um olhar crítico e reconheço o processo necessário que precisa acontecer – é assim que a ação emerge através da interação com o meio ambiente. Você também pode dizer que eu reduzi

minhas expectativas e aumentei meu alcance. Nem todos precisam ou podem mudar o mundo, mas se educarem bem os seus filhos, eles já contribuíram para isso.

– *O que significa experimentar o mundo por si mesmo?*

A história e o discurso são instrumentos de poder, e as pessoas têm pouca informação e assim também pouco a dizer. As coisas não são como o que se ouve, por exemplo, aconteceu um ataque terrorista no Tajiquistão que foi terrível, mas isso é 100% do que você aprende sobre a região e na verdade não houve um outro ataque lá em 70 anos. É tudo o que sabe porque sabe muito pouco. Eu tento equilibrar o discurso para o melhor ou para o pior. Se alguém conta apenas coisas boas sobre a Europa, eu posso contar apenas coisas ruins por 30 minutos, mas também posso contar coisas boas, então eu equilibro, dependendo da perspectiva da outra pessoa, do que eu quero transmitir. Se a maioria das pessoas só conta coisas ruins sobre a África, eu posso contar coisas boas por horas, o discurso depende do interesse do poder. Tudo o que você olha mais de perto não é nem muito bom nem muito ruim, existem diferentes pontos de vista. Não posso dizer que a África é muito melhor do que a Europa, mas posso dizer que é completamente diferente e mais de acordo com meus valores. Para mim, como sociólogo, é um prazer aprender sobre essas diferenças entre pessoas e países.

– *O que você espera para seu projeto Roda Mundo no futuro?*

Roda Mundo é como algo vivo que floresce e eu quero que ela cresça de uma forma bonita, como eu acredito, e quero que reflita meus valores. Quero que seja uma ferramenta de transformação, de mim mesmo e de todos os que têm acesso a ela. Eu não quero mudar o mundo, mas se vou publicar um livro, quero que ele gere positividade ou impulsione mudanças. Roda Mundo não é algo que dá paz às pessoas, Roda Mundo dá caos, mudança, confusão, é para encorajar as pessoas a repensarem. Gosto deste vento de tempestade que Roda Mundo cria, porque a tendência depois é que coisas melhores virão.

Reflexão sobre Fronteiras

"Não me pergunte para onde vou, pois viajo neste mundo sem fronteiras, onde cada passo que dou é a minha casa."
Dogen Zenji

Para viajar, preciso de um passaporte, um pedaço de papel que diz quais direitos tenho em cada pedaço de chão deste planeta dividido em quinhões. O privilégio de um pode ser a desgraça de outro, como se tivéssemos todos um carimbo na testa, um atestado de procedência, validade, origem e valor. Cada um tem seu preço no mercado, um mundo regido pela lei da oferta e procura, pelo lucro traiçoeiro, pela lei do mais forte. Rege a mentalidade de se dar bem, manter na ignorância seus irmãos – quanto mais ignorante melhor, mais poder de subjugação. Então digo onde nasci – lugar que não escolhi –, e tudo se define na minha vida, meus vizinhos, meus amigos, meus inimigos, o que devo e o que não devo fazer, o que posso e o que não posso sonhar. Mas, onde é o meu lugar? De onde sou eu, se não do lugar onde me sinto ser quem sou? O que significa nascer em um continente distante, tão diferente na cor da pele de todos os seus ancestrais, resultado de migrações? Se possuir privilégios vindos de nacionalidades, culturas e horizontes diferentes, pode dividir, então também pode somar e unir. Não há culpa sobre destinos, ainda que tão injustos no mundo e tão desiguais. Para tantos a discriminação da pele, na pele sentida, significa impossibilidade de integração. Enquanto alguns possuem dupla nacionalidade, tanta gente não possui nada, nem direito à dignidade, e não existe somar nem dividir, apenas subtrair, subtrair, subtrair...

Países são criados e extintos como mera invenção das guerras do homem contra o homem. Onde me sinto em casa pode não ser onde nasci ou cresci, ou onde moro, trabalho, ou de onde vem a minha família. Afinal, cada um desses *points* pode ser outro lugar, famílias se dividem sobre o globo de sesmarias pelas mais diversas razões, somos todos meeiros de terras impróprias. A escritora Taiye Selasi questiona como um ser humano pode ser atribuído a algum país, se país é puro conceito. Ela nasceu na

Inglaterra, cresceu nos Estados Unidos e hoje vive entre Berlim e Nova York, apesar de amar de verdade Roma. Sua mãe nasceu na Inglaterra e cresceu na Nigéria e hoje mora em Gana. O pai de Taiye nasceu na colônia (colônia!) britânica de Gold Coast, na África, depois cresceu em Gana e morou 30 anos na Arábia Saudita. Ela não gosta de ser apresentada como "inglesa" ou "londrina" ou como "nigeriana" por ser negra, e propõe ser apresentada assim: "Taiye Selasi é um ser humano como todos nós. Ela é uma cidadã do mundo, ou cidadã de mundos, e que se sente em casa em Roma, Nova York e Accra."

"Nossa experiência é o que importa, é de lá que somos, onde acontece a experiência", explica Taiye. Para definição de uma identidade, ela sugere fazer o teste dos três Rs: Rituais, Relações e Restrições. Observe seus Rituais mais comuns, em que lugar do mundo eles ocorrem, a maneira como faz as coisas, como reza ou bebe o seu café, qual comida tem sabor de pertencimento, que festas populares lhe são importantes. E suas Relações afetivas (não contam amigos na mídia social, nem necessariamente família), mas pessoas com que se relaciona regularmente por serem parte da sua vida, em que língua se comunicam, onde elas moram, quais são as suas experiências emocionais verdadeiras, ainda que virtuais. E, por fim, quais as Restrições que lhe são impostas, a sua nacionalidade, que passaporte lhe é concedido, onde lhe é permitido viver, onde é reconhecido oficialmente, onde tem direitos de cidadão. Tudo isso é que compõe a identidade e define onde se sente como um local, onde está em casa. "Não pergunte de onde sou, mas onde me sinto como uma local", pede Taiye Selasi. Enquanto ela se sente em casa em tantos lugares, milhares de pessoas não se sentem em casa em lugar algum.

Sunday Wamala não se sente realmente em casa em nenhum país, no seu imaginário o sentiria talvez na África, porém, este ainda é um continente a desvendar. Ele fala português com sotaque alemão, apesar de parecer talvez um *rapper* americano, mora no Brasil, mas tem nacionalidade croata, nasceu em Munique, seu pai nasceu em Uganda e sua mãe, na Iugoslávia. Sua história é a mais surreal prova do absurdo que é atribuir carimbos a uma identidade humana. Por motivos políticos o pai de Sunday fugiu de Uganda para a União Soviética, depois fugiu para a Alemanha na condição de refugiado, onde conheceu sua mulher, fugida da Iugoslávia, país que se dissolveu. Sunday nasceu livre mas na condição burocrática como apátrida, e assim permaneceu durante 37 anos, pertencente a uma pátria que nunca existiu e que imprimiu nele uma saudade eterna e imensa desse lugar que só em sonho seu coração chama de seu. Vivendo no Brasil desde os 23 anos de idade, onde foi parar por causa de amor, casamento e filhos, foi nesse país sulamericano que Sunday conseguiu por mero acaso um passaporte croata, pois a sua mãe, que recebeu cidadania alemã, apesar de ter nascido e vivido na região da atual Bósnia, foi atribuída a nacionalidade croata, depois da dissolução da Iugoslávia. Ela deu ao filho um papel que ninguém conseguia ler, e Sunday um dia resolveu enviar para a Embaixada da Croácia no Brasil para perguntar o que era esse documento. Era seu direito à nacionalidade croata.

Nos anos que Sunday viveu na Alemanha teve a nacionalidade alemã negada por muito tempo e depois, com ajuda de um deputado federal, ele a teria conseguido, mas então não a quis mais. Nunca se sentiu bem na Alemanha, sendo preto, ele sofreu muito com o racismo em um país de expressiva supremacia branca. Ao ser perguntado de onde ele é, sua resposta é pensativa: "Eu sou da Alemanha... mas eu sou Ugandense", diz, apesar de conhecer pouco o país em que seu pai nasceu. Já visitou a Croácia, mas não se identifica com o país ou as pessoas de lá. No Brasil ele está em casa, mas se identifica mais com a África. Estar em casa ainda não é a mesma coisa que se sentir em casa. Casa remete a pertencimento, que remete a saudade sempre de algo que é seu, lugar da pátria, rosto e identidade, cultura e história, cumplicidade de sentimentos e jeito de ser.

"A apatridia, às vezes, é considerada um problema invisível, porque as pessoas apátridas muitas vezes permanecem invisíveis e desconhecidas. Elas podem não ser capazes de ir à escola, consultar um médico, conseguir um emprego, abrir uma conta bancária, comprar uma casa ou até casar" – assim está escrito na página da Agência da ONU para refugiados. A princípio aos apátridas são garantidos os direitos humanos básicos pela convenção da ONU. Mas, afinal, qual ser humano não teria direito aos direitos humanos? Propõe o escritor e ativista

Dénètem Touam Bona em seu livro *Fugitive, Where Are You Running*?: "A marronagem, arte do desaparecimento, nunca foi tão cabível. Impedir a vigilância, a captura de perfis e o rastreamento pela polícia e pelas corporações; desaparecer dos bancos de dados; estender a sombra da floresta por um clique de chave. Em nosso cibernético tempo real o controle de indivíduos está cada vez mais a norma, precisamos reinventar a marronagem para nosso tempo e reconhecer o *maroon* como uma figura universal de resistência."

"Nenhum ser humano é ilegal", diz uma faixa de protesto contra a proibição de salvamento de pessoas naufragadas no Mar Mediterrâneo na tentativa de fugir de seus países em convulsão de guerras. Desde 2014 até abril de 2022 já morreram 23 mil pessoas afogadas no mar, na esperança de serem consideradas seres humanos em algum país, já que a dignidade lhes foi roubada pelos interesses políticos e econômicos de guerras que também são financiadas pelos países que não as querem receber como refugiadas. Comandantes de navios que resgatam pessoas do mar são processados, a ordem internacional é deixar morrer "para que não se incentive a fuga"! Salvar homens, mulheres, crianças, bebês, velhos e velhas é crime, guardas costeiras impedem a entrada dos navios nos seus portos, proíbem os doentes de serem desembarcados – miséria de humanidade em que vivemos. Estas são as verdadeiras fronteiras realmente visíveis, as que separam atos de ignorância e de compaixão.

Reencontrei Clara por acaso em uma Igreja na capital da Suíça, quando eu estava a passeio para aproveitar o verão e dar um mergulho nas águas cristalinas que descem dos Alpes e banham transparentes a bela cidade de Berna. Nadar nestas águas e ouvir o canto das pedras no fundo do rio Aare é uma experiência mágica. Berna parece mesmo um conto de fadas. Uma realidade de privilégio raro, uma bolha de ilusão possível por causa das desigualdades gritantes no planeta. Mas é uma cidade politicamente bastante engajada e por isso eu quis ver de perto uma ação de protesto em memória aos mortos no Mar Mediterrâneo, esse cemitério de sal- uma iniciativa de ONGs locais e da Igreja. Lá encontrei Clara, participando da vigília de três dias. Era feita uma leitura durante 24 horas por três dias seguidos, dia e noite, sem parar, com pessoas se revezando em frente ao altar a cantar destinos que se acabaram no mar. Ao microfone eram lidos os nomes e as histórias levantadas sobre cada pessoa que morreu entre a tentativa de emigrar e de imigrar nesse lugar algum. Um número considerável de fugitivos das guerras comete suicídio por não ter mais esperança de viver com dignidade. Desespero, rejeição, doença, luto. Pobres almas humanas sem direitos humanos. Nos bancos da igreja recebíamos papel cortado em bandeirinhas, caneta e uma lista de nomes e pequenos textos das histórias para copiar. Estas bandeirinhas eram penduradas nas paredes externas da igreja e já formavam um gigantesco tapume esvoaçante ao redor. Apenas uma ação simbólica para chamar atenção e protestar contra a criminalização dos salvamentos e para levantar fundos por meio de doações para financiar os processos de defesa dos comandantes ameaçados de prisão pelos resgates proibidos realizados. Clara, que estava em peregrinação, se dedicava incansável a esta ação; eu me sentei perto dela no banco dos fiéis e ficamos algumas horas lado a lado em silêncio, escrevendo os destinos desfeitos nas pequenas bandeiras gritando paz.

Refugiados
(Adam Zagajewski)

curvados sob fardos que ora
se veem, ora não,
a se arrastarem na lama ou no deserto de areia,
subjugados, famintos,

taciturnos homens em mantos pesados,
vestidos para todas as quatro estações,
velhas mulheres de faces marcadas,
agarram-se a algo – uma criança, o candeeiro herdado,
o último pedaço de pão?

Seria a Bósnia atual,
a Polônia em setembro de 1939, a França
oito meses depois, a Alemanha de 1945,
a Somália, o Afeganistão, o Egito.

Sempre uma carroça a puxar ou um carrinho de mão
repleto de bens (uma colcha, a caneca de prata,
o cheiro de lar que se dissipa no ar),
o automóvel sem combustível na vala largado,
um cavalo (logo deixado para trás), neve, muita neve,
neve demais, sol demais, chuva demais,

e sempre um total desmazelo
como se tendesse para um planeta melhor,
com generais menos ávidos,
menos neve, menos vento, menos canhões,
menos História (mas, não existe
esse planeta, só o desmazelo).

A passos cambaleantes
movem-se lentos, muito lentos
em direção a país nenhum,
e à cidade de ninguém
ao longo do rio jamais.

(Tradução do inglês de Sabine Kisui)

silêncio

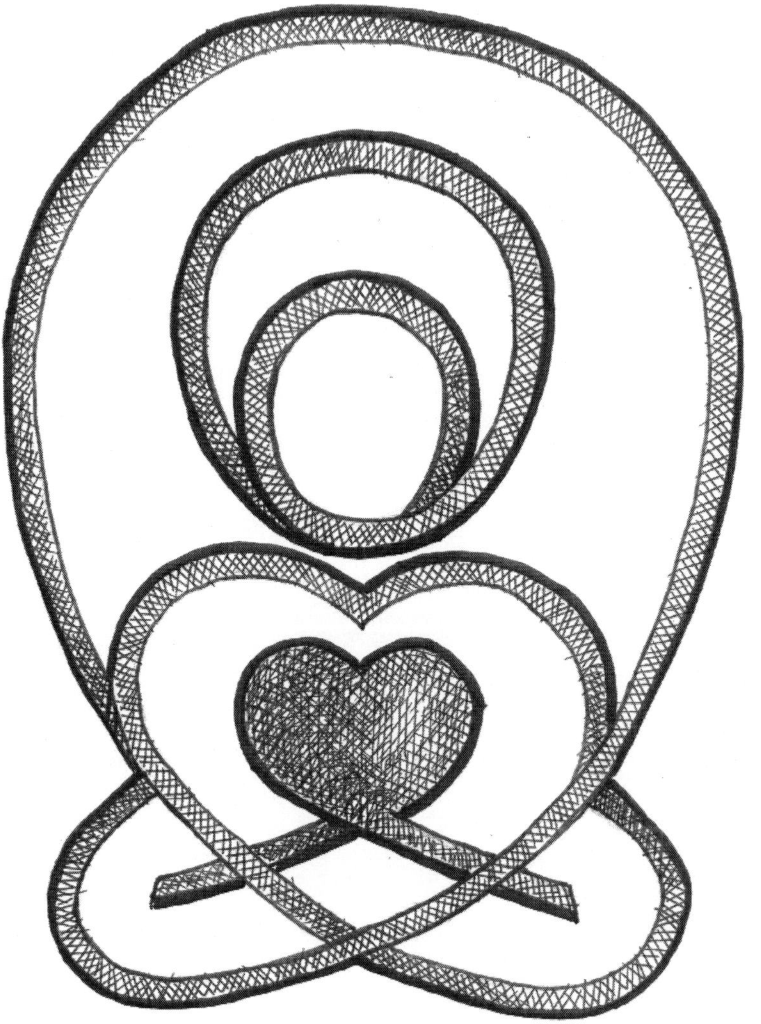

14

A mão de luz sobre o tumor maligno. Que lhe alivie o sofrimento da carne e dos ossos a aura espiritual do momento. Em comunhão com o divino, rompe-se a tensão da matéria e de tudo o que é passageiro e que provoca sofrimento. O desejo, o medo, a angústia, a ansiedade. O passado e o futuro com suas amarras perniciosas se dissolvem lentamente em um azul celeste. Apenas o presente existe e persiste. Lúgubre e fúnebre como pode ser ao olhar humano no fim da vida. Nada como uma prece para restabelecer o elo com o divino, conexão com o espaço ilimitado, pedir forças para oferecer esteio aos que tombam ao redor aqui...

Tudo o que se precisa está bem à frente, provavelmente escondido por tudo o que se sabe, acredita ou deseja, encoberto por uma névoa de ilusões. Mas todos os ingredientes da vida estão disponíveis, como peças de um grande quebra-cabeça desmontado. Clara parecia ter suas peças espalhadas pelo mundo e queria juntá-las. Mas algumas conquistas precisam de tempo. Haja paciência, pensava Clara, na sua ansiedade desesperada de acertar e de se entender. Como preparar-se para essa longa viagem, sem saber se teria volta ou não? Clara estava vacilante, mas corajosamente disponível para o imponderável. Tinha certeza de que o primeiro passo é a intenção. "O que é prioridade na vida?", perguntava-se Clara, "quais seriam as coisas das quais não queria se arrepender, por não ter feito antes de morrer?". Pois que a vida passava depressa, ela sabia. A disposição de sair da zona de conforto era pressuposto que ela possuía. Clara tinha uma aspiração, mas o que significaria desapegar de tudo o que é fixo para permitir o fluxo, deixar a intuição dizer se sim ou se não e em qual direção? Para isso era importante lembrar da trajetória que a levou a buscar um caminho onde só era previsível que tudo seria imprevisível. Fazia parte desse caminho deixar para trás a vidinha ajeitada, deixar o emprego, encarar a solidão, buscar a solitude. Fazia parte desencavar raízes, entender pedaços da história espalhada na Europa. Com essa ideia em mente, o fluir do acaso indica rumo e sentido para movimentos como ir morar oito meses em um templo budista. Os passos eram dados a fim de abrir espaço e tempo para um ano sabático e apenas ser e estar disponível. A reflexão de Clara para chegar no agora se faz sob o sopro das palavras do Mestre Zen Dogen Zenji: *"Estudar o Zen é conhecer a si mesmo. Conhecer a si mesmo é esquecer de si mesmo. Esquecer de si mesmo é ser um com todo o universo."*

Da calma ao caos (O que importa é o perfume que fica)

Os quatro votos do Bodisatva.

I – "As criações são inumeráveis – faço votos de libertá-las."
    Quando era menina, ficava muito tempo a me encarar bem de perto no espelho, olhava no olho, rindo ou chorando, com raiva ou alegre, medrosa e destemida, imóvel, cara a cara comigo, para ver o que havia lá dentro, quem é esse eu. Conhecer a mim mesma. Uma vez, da profunda agudeza se fez o gesto e encostei a ponta de uma agulha, com perspicaz delicadeza, lenta e precisamente no meu globo ocular, na minha pupila. A ponta afiada na retina macia. Em um desafio de precisão e firmeza, queria sentir a tensão entre a sanidade e a loucura, tocar o limiar entre forma e vazio. Entre os dedos o livre-arbítrio, se quero com minha mente penetrar a mim ou a agulha na pupila dilatada. A agulha como flecha lançada na extensão do arco, congelada antes de ferir o alvo, véspera da tragédia, saber a decisão nas mãos do arqueiro.
    Conhecer limites, momento de urgência ousada da juventude. Quem é essa pessoa no mundo? Despir, tirar todas as máscaras, conhecer o corpo nu e sua natureza telúrica. Sem maquiagem, sem depilar, todos os pelos no lugar. Uma índia loura no meio do caos urbano. Sentir o

habitat humano, perplexa, muitas vezes feliz, tantas vezes indignada, ora frágil e enternecida. Absorver o complexo e puro sentir, no sentido de só ser. Até que perguntaram o que eu pensava das coisas, qual era a minha opinião, meu julgamento. Sabia apenas o que as coisas causavam em mim, sem dar parecer. Nem começos, nem fins, nem conclusões, apenas o som das impressões a fluir por mim. Havia um livro zen, sem parágrafos, escrita contínua como uma recitação de conhecimento milenar, do qual remanesce apenas aquilo que ele transforma, o efeito que reverbera no corpo e se faz ação. Tinham sentido então as práticas orientais, yoga, meditação, tai chi, alimentação sem carne. Vida integral, pura e simples.

Mas a cobrança era grande, o que quero, o que acho das coisas, o que vou fazer, padrões que se impõem como ordem estabelecida, e eu deslocada no meio de tanta gente adequada. Pressão. Identidades construídas a partir do achismo, sobre tudo uma opinião. Mas o que a sociedade esperava de mim? Saber me adaptar e competir para ser competente, mostrar personalidade, cultivar um ego: para todas as perguntas, ter uma resposta. Troquei o tai chi de 6:00h manhã pelas noitadas nos bares. Voltei a comer carne, a proteína animal a fazer o sangue escorrer pelas veias. Saber aceitar regras e pertencer à normalidade, mesmo sem ter ideia do que isso significa. No grande *shopping mall* com opções de perfis de gente procurei ofertas nas prateleiras organizadas em algoritmos, convenções que me coubessem na medida. Cada item era embrulhado e entregue como escolha, tal qual comprar roupas novas para usar. Tudo parece novidade e alegria quando se compra roupas novas da moda.

Ter uma profissão bacana, uma família feliz, ser uma mulher legal, companheira, boa mãe, disponível, sempre. Vesti esta personagem e convenci a todos com o papel que me cabia tão bem e atendia às expectativas gerais – inclusive minhas próprias – não devia mais nada a ninguém. Era a vida real ideal, projetada de dentro de uma verdade, mas também espelho das irrealidades idealizadas, reflexo entre duas dimensões. E não chegava a ser uma mentira, pois infinitos detalhes eram tecidos de pura verdade. Porém, quando começam as noites de insônia e os acessos de choro sem explicação, médicos receitam antidepressivos e remédios para dormir, pílulas de solução da indústria farmacêutica para o produto ser humano, que satisfazem muita gente, mas não a mim. Dispara um alerta vermelho, algo não ia bem. Mas eu sabia ter o controle sobre a agulha na mão – e decidi não ferir o olho que vê.

II – "As ilusões são inexauríveis – faço votos de transformá-las."

Terremoto interior, lava de vulcão, o grito que pede terapia. Seja de que linha for, a terapia é profunda investigação em terreno seguro, amparado pela ciência e o cuidado afetuoso de um outro ser, um par. Esta é condição indispensável para o êxito da terapia, o afeto consigo e o afeto terapêutico. Muito mais importante do que a linha de trabalho aplicada é a sintonia com o/a terapeuta. A exaustiva garimpagem das entranhas mentais e emocionais revelou-se uma valiosa ferramenta de autoconhecimento. Desde Buda ou desde o Oráculo de Delfos ou quem sabe muito antes desde tempos imemoriais, os mais importantes filósofos do oriente e do ocidente elaboram a importância de conhecer a si mesmo. Platão, Nietzsche, Sêneca, Jung, Freud e tantos mais – queria todos poder ler, não faltasse o tempo para que eu mesma descobrisse, livre dos (pré-)conceitos lidos, viver intensamente. Sempre tive convicção de que cuidar de si não é um ato egoísta e sim uma contribuição à sociedade. Se cada um vivesse o que realmente é, haveria paz, tempo e espaço para compartilhar de verdade a vida e abraçar de fato toda diversidade.

A singularidade do ser vaza pela máscara do personagem que veste. Inunda, transborda e causa comoção. Estar em casa dentro de si e aquietar-se no meio do turbilhão é a prática diária que se tornou essencial para cuidar da alma – meditar é higiene mental. Onde encontrar abrigo no meio do caos, buscar refúgio no meio da dor? Ter consciência é fazer escolhas a cada momento, como sugere Pema Chödrom, ser honesto consigo: "eu me refugio no vinho, eu me refugio no chocolate, eu me refugio na série da Netflix", e ainda, "eu me refugio, ao caminhar, ouvir música ou ler, eu me refugio ao rezar e ao meditar, eu me refugio no prazer". Ao meditar ela sugere sentar com o sofrimento como se faz com uma visita, receber com gentileza, oferecer um chá, conversar e ouvir, agradecer e se despedir. Parece fácil – e é. Mas complicar o que é simples parece ser um talento humano... e descondicionar essa lógica é de fato uma musculação mental. Estar em forma exige treino constante de transformação.

Estou no centro do furacão, as coisas voam loucamente ao meu redor: objetos, pensamentos, pessoas, ideias, sentimentos, minha casa, o futuro, o passado, quero agarrar-me a qualquer dessas ilhas que me escapam na ventania. Nada pode ser fixado, nada me sustenta, nada me dá o apoio de que necessito, não há garantia nem seguro. Gritos, lamentos e pedidos de socorro ecoam de um labirinto que canta músicas indecifráveis. Os sons não conectam, as dúvidas não se dissipam, o murmúrio é inaudível, o silêncio barulhento. Pare. Respire. Calma. O pânico é um pântano de ilusões. Farei como o varredor de rua na história de Momo de Michael Ende: nunca olhar para a estrada toda que tem a varrer, apenas dar o próximo passo, a próxima respiração, o próximo traçado da vassoura, e assim por diante: um passo, respirar, varrer, um passo, respirar, varrer, um passo, respirar, varrer... e logo a estrada estará varrida.

III – *"A realidade é ilimitada – faço votos de percebê-la."*
Sempre gostei muito de viajar. Viajávamos de carro quando pequena e eu, criança, ia no banco de trás e adorava deixar o meu olhar sair pela janela e fixar alguma árvore da paisagem longínqua. Imaginava ser aquela árvore com a vida enraizada àquela paisagem, desde o nascimento até a morte. Então, às vezes um pássaro voava da copa e eu sabia que a árvore podia voar, assim como eu, dentro do carro, voava com o pássaro, com as nuvens do céu ou com a poeira no rastro da estrada. E lá se ia com o ronco do motor do carro, a árvore e o universo da sua paisagem, a se perder para sempre de mim, depois de tão grande aventura. Eu sabia que nunca mais veria a árvore, mas de alguma forma sentia que um pouco de mim ficava plantado naquela paisagem.

A ideia de um ano sabático surgiu depois de alguns anos de desgaste de uma separação e reconstrução da identidade perdida em um casamento que não era mais. Para me reinventar, uma bússola interna apontava para a Europa, pois sabia que lá havia parte importante a conhecer sobre a origem e as raízes da família. Saímos de casa as três mulheres, Clara, Sophia e Alice, mãe e filhas, cada uma ensaiando seu voo solo. Ouvir o coração e obedecer a aspirações internas, cumprindo-as como rito de passagem. Hora de ficar mais leve, mais solta, mais livre. Sem bagagem. Amadurecer é trabalho de desconstrução, muito mais do que uma construção. Mas afinal é preciso conhecer luto e paixão. Encarar o ego para dele abrir mão como um Bodisatva. Dois votos de Bodisatva passaram a ser lemas: usar todos os ingredientes da minha vida e ser um instrumento de construção da paz.

Mas não se leve tão a sério, Clara, nada de querer salvar o mundo, nenhuma pretensão, por isso vista o nariz de palhaço quando tudo parecer sério demais, como fazia Bernie Glassman. Às vezes não fazer nada é a melhor ação. E não criar obstáculos à natureza do movimento, a melhor maneira para ajudar o seu destino. O anseio de ser um com o universo e não precisar da prática para praticar. Muito além de qualquer papel que se possa vestir, independente de qualquer hierarquia, servir e ser útil na existência. Reconhecer no mundo onde a prática é demanda e onde é alimento. Quero ser meu próprio mosteiro, fazer o que tem de ser feito, sem esperar resultado nem reconhecimento. Que vão e aflito querer na insônia profunda do ser!

IV – "O caminho do despertar é insuperável – faço votos de corporificá-lo."

O privilégio de ter dupla nacionalidade é um presente que a história deixou, ter cidadania em dois países, dois continentes, duas culturas, dois mundos. Seria um desperdício não usar deste benefício gratuito guardado na gaveta de documentos: o passaporte europeu. O ano sabático seria planejado com porta aberta para voltar. Havia conhecido dois professores Zen Peacemakers da Europa em uma palestra, um movimento zen de engajamento pela paz no mundo, que promove retiros em lugares de grande sofrimento da humanidade com o intuito de reconstruir a compaixão. Decidi perguntar se aceitariam uma aluna residente por um ano, oferecendo minha dedicação de estudo e trabalho em troca de cama e comida. Tantas vezes deixamos de tentar alguma coisa com medo do não, com medo de fracassar, como se tudo tivesse sempre de resultar em sucesso para se validar. Dar uma chance ao imponderável, permitir a mudança de rumos, acolher os erros e os acertos. Correr riscos era parte do plano.

E tudo começou a se encaixar de forma espantosa com sintonia e tempos ideais. Minha proposta de ser aluna dos Roshis na Suíça encaixou-se perfeitamente com os planos de montar uma residência para professores e alunos visitantes de todo o mundo, na casa onde vivia a mãe, já com mais de 90 anos, que queriam levar para dentro da casa deles para melhor dela cuidar. E a tarefa de cuidar do novo Zen Haus por um ano seria útil para eles e para mim, tudo fazia sentido. Chegou a hora de desfazer-me dos bens, reduzir, distribuir, desapegar de carga desnecessária. Apartamento, carro, livros, móveis, roupas e tantas coisas acumuladas ao longo do tempo "que um dia a gente pode precisar". Pode precisar inclusive para aprender a desapegar. A meta: chegar a ter apenas duas malas de "coisas". Poder carregar tudo o que é posse. Ou quase tudo, algumas caixas sempre ficam para trás...

O desafio era fazer as coisas encontrarem seus lugares em outras vidas, onde fizessem sentido. Doar, vender, emprestar, encontrar um novo lar para cada coisa. Tudo no mundo, afinal, tem um lugar para existir. Também eu precisava encontrar um lugar temporário para esperar a reforma do Zen Haus e o ano sabático poder iniciar. Praticando zen há alguns anos, nada melhor poderia se oferecer do que morar em um dos quartos do templo que já frequentava, em uma antiga casa com muitos quartos no coração de Copacabana. Junto com alguns móveis doados para a casa, instalei-me em um dos dormitórios, que com o aluguel pôde ser reformado. Minhas dúvidas sempre se dissipavam quando via tudo caber no passo seguinte, a fluir e a se encaixar. Ainda assim, muitas vezes me sentia insegura. O que eu estava fazendo? O que me esperava? E o que eu estava deixando para trás? Junto com o medo havia grande alegria e curiosidade em ver o filme da vida a se revelar diante dos olhos.

Lentamente todas as "coisas" ganharam novos donos: roupas, livros, decoração, utensílios de cozinha, carro, móveis. Uma peregrinação de fretes para brechós, casa de amigos, lojas, instituições de caridade, transportadoras, correio. Foi um trabalho imenso e imensamente gratificante também, pois um pouco de mim ficou em cada um desses lugares. "*Você é o que espalha, não o que junta*", dizia uma frase na internet. Às vezes me pergunto se as escolhas que fazemos são realmente escolhas, ou são a única opção possível, de acordo com o que somos no momento, se deixarmos acontecer. E na luta com tantas dúvidas, nasceu no divã do analista o *insight* de que "nem a coragem é ausência de medo, nem ter força significa não ser vulnerável". O que verdadeiramente importa é se manter aberta, ficar desperta, estar alerta, ter humildade e ser grata sempre, aceitando os desafios do caminho, seja qual for, seja onde estiver, com maciez e firmeza.

Oito meses no templo Eininji

Há um silêncio de alguns minutos enquanto eu seco a pia com um pano, para que não fique visível uma única mancha de água, para que brilhe como um espelho, tão claro quanto minha mente deveria estar naquele momento. Prática. Cada gesto no Templo Zen Eininji é uma oportunidade para praticar. Não importa se a música alta do bairro começa a qualquer hora e dura a noite inteira, manter o ritmo é disciplina, e agora é hora de dormir, último ato, a pia deve estar limpa para o dia seguinte. Em Eininji se aprende a diferença entre *usar* e *cuidar* das coisas, da casa, das ferramentas, das tarefas, das pessoas e de todos os seres senscientes. Usar é a separação, cuidar é ser um com o outro.

Pela manhã, às 6:45h, toca o *Han* (placa de madeira tocada como um sino para anunciar o início da prática formal de meditação e chamar os praticantes): duas vezes médio, uma vez fraco, uma vez forte. Então, contando segundos com pausas e intensidades exatas por 15 minutos, o gongo de madeira chama as pessoas para a meditação matinal. Somos quatro praticantes residentes que vivem no templo, e o monge responsável Alcio Braz Eido Soho Sensei mora nas proximidades e chega alguns minutos antes do início, às 7:00h da manhã. Às vezes o som dos tiros entre a polícia e traficantes soa muito mais alto e bem antes do Han. Os tiros cruzados de balas perdidas atingem corpos inocentes na favela, nosso gongo soa firme para atingir corações. Quando há paz no bairro e a rua está tranquila, pessoas de fora podem frequentar a sessão matinal de *zazen*, e o portão é aberto às 6:30h, se a situação permitir. Em frente ao templo, o lixo espalhado deve ser varrido bem cedo, mesmo que na calçada em frente uma montanha de lixo de toda a vizinhança se espalhe pela rua, a entrada do templo deve estar limpa. Também o quintal da casa-templo deve ter as folhas varridas no primeiro horário da manhã.

As responsabilidades são distribuídas por semanas. Sentamos em *zazen* por 30 minutos e depois recitamos o Sutra do Coração com uma pequena cerimônia matinal, na qual todos têm um papel e podem praticar todas as funções. *Jikido*, acólito, *densho*, *doan*, cantor, tambor, celebrante. Depois, todos vão para a cozinha, onde é feita uma breve recitação para o Buda, protetor do Darma, com o pedido de que a harmonia prevaleça dentro e fora da Sanga, e o lembrete de que nosso trabalho é feito livre do ego e sem qualquer expectativa de resultados. Começar o dia com o som destas palavras tem um grande impacto na rotina diária e influencia a atitude em relação aos desafios que se apresentam durante o dia. Ter flexibilidade para aceitar as coisas como elas são, fazer o que precisa ser feito, sem expectativa de resultado, e permitir a ação correta sem julgamentos. Manter-se em harmonia, especialmente quando tudo ao seu redor parece ser o fim do mundo. Meditar no silêncio de dentro em meio ao caos do barulho de fora, encontrar o centro sempre disponível no espaço interior que conecta o universo com o que é único em cada um.

Enquanto alguns preparam o café da manhã na cozinha, outros vão fazer o *soji* no Zendo, a meditação na ação. No templo temos a oportunidade de fazer as coisas não de acordo com o que pensamos ser o certo, mas da maneira como se apresentam e são mostradas. Neste fazer a partir do não saber, buscamos ser um com todas as coisas: com a vassoura, o aspirador, o pano de chão, o chão, o pó, ou com o alimento que preparamos, vivenciar a unidade. Toda vez antes de entrar no Zendo, os chinelos são cuidadosamente colocados na prateleira. Mesmo que seja apenas para dar um passo e pegar a vassoura — a lição é que nenhuma ação é mais importante que outra e não se pode pegar a vassoura sem entrar no Zendo (se ela está lá), e não se entra no Zendo sem tirar os chinelos, e ao tirar os chinelos eles não são largados e sim colocados cuidadosamente no lugar.

Este é o caminho e ritual da prática. Tudo é uma e a mesma ação. "Nossa opinião sobre as coisas nos atrapalha a ver as coisas como elas são", dizia o professor. Além das palestras do Darma, há cursos de formação em Eininji para instrutores de meditação, professores de Darma e curso de cuidados paliativos. Alcio Braz Eido Soho Sensei, responsável pelo templo, é também psiquiatra e antropólogo. Eininji é um templo Zen independente e autônomo, da linha do Budismo Mahayana Soto Shu. O *Jukai* é oferecido a quem quiser, e todos são livres para fazer ou não os votos de Bodisatva. É um compromisso consigo, não há uma ligação formal nem uma ordenação oficial junto à escola da linha praticada no templo Eininji.

Não existe o fazer certo e errado sobre a prática zen, há apenas a maneira como é feita em Eininji ou como é feita em cada lugar. A finalidade de haver uma maneira definida de fazer alguma coisa é para que os questionamentos e os porquês não atrapalhem. O desafio é superar seu ego na ação. Eininji é um lugar para praticar, o mundo lá fora dá espaço suficiente ao ego, o templo é espaço de treinamento. Cada aluno residente tem sua função, cada função tem regras precisas, cada regra tem especificações que podem ser consultadas nos folhetos de instruções cuidadosamente preparados. Pode-se observar como cada instrumento é tocado ou como cada sala deve ser limpa, há coisas a serem feitas diariamente, outras semanalmente, ou mensalmente, e também o que deve ser feito anualmente. Pode parecer uma disciplina muito rígida, mas na verdade a vida no templo é dinâmica e está em constante desenvolvimento e transformação. O silêncio coletivo da prática preenche os espaços da Sanga e da casa com a singularidade de cada um. É como uma dança, onde cada um é tão importante como o todo e o conjunto expressa a coreografia do uno. Tudo acontece em silêncio, especialmente na semana após o Fusatsu, cerimônia da lua cheia, onde renovamos os votos. Manter apenas a fala funcional e dizer somente o que é de fato necessário é bem mais difícil do que o silêncio absoluto, pois é preciso decidir se o que quer falar realmente precisa ser dito, se é útil ou se pode ficar no silêncio. O silêncio que conecta.

Por que entramos no Zendo com o pé esquerdo primeiro? Poder-se-ia dizer que é por ser o lado do coração, ou simplesmente para termos o cuidado de entrar com atenção e não de qualquer forma. Essa é também a razão pela qual saímos com o pé direito, o cuidado e a atenção. Aos iniciantes é sugerido simplesmente imitar, ver como os outros fazem e procurar fazer igual. O ato de imitar exercita bastante a atenção. Todo aprendizado na infância não começa com a imitação? Fora do templo, o que cada pessoa faz em sua biografia com o que aprendeu, de que maneira aproveita o exercício que se imprime no corpo e na mente, depende de cada um. Nosso ego nos leva até Eininji no Zendo e nos senta no *zafu*, a almofada. Quando saímos, levamos o perfume da prática para outras esferas ou não, a tocar com a fragância o mundo ao seu redor, ou não. Eininji, que fica na turística Copacabana, no sopé e acesso à comunidade Pavão-Pavãozinho, parece mesmo ser um símbolo da forma e do vazio, da vida e da morte, do samsara e do nirvana, e nos lembra a cada instante como nada disso é separado de nós. O importante não é o que alcançamos com a prática, mas a intenção que nos move. "Zen não é uma maneira fácil, nem mesmo o caminho certo, é preciso ver se funciona para você e, se não funcionar, procure algo que funcione, o caminho que faz de você uma pessoa melhor", na reflexão do irmão Alcio.

Não é preciso ser um monge ordenado, fazer votos ou mesmo participar de qualquer grupo de prática para praticar. Muitas pessoas existem no mundo que nunca fizeram votos, não sabem o que é Buda, Budismo, meditação ou zen – e são bem mais autênticos no Darma do que outras pessoas que usam um manto e um título religioso, mas traem na intenção e na ação os votos que fizeram. Alguns cavalos precisam de chicote, dizia o professor, outros, de esporas, e para alguns basta um leve toque para fazer andar. A busca acontece pela via do amor ou pela via da dor. Zen é uma prática que só existe vivida, na teoria não é nada, seu conceito é vão. "Ser um com o universo" é deixar a vida acontecer com todo seu encantamento e toda sua dor. Soam as palavras de Dogen Zenji a seus discípulos, que também encerram a sessão de meditação no templo e deixam um eco profundo: "Deixe-me respeitosamente lembrá-los, a questão de vida e morte é de importância suprema, o tempo passa e a oportunidade é perdida, vamos despertar, despertar, preste atenção. Não desperdice a sua vida."

Ainda falta à minha vida a realização
(Hermann Hesse)

Com todo o ardor das longuíssimas viagens,
Com toda a rubra chama sacrificada,
Com todas as aventuras mais ousadas
E todo o florir da paixão mais selvagem,
Ainda assim à minha vida falta realização,
Pois nem é bela qual a árvore em natureza,
Florida ao Sol ou iluminada de beleza,
Fugidia qual um sonho em dissipação.
Jovem não sou, e sigo a queimar
Sem descanso nesse incêndio de saudade,
Isso a que até hoje não sei dar tranquilidade
E a que só posso de juventude chamar.

Ó juventude, queres sempre mais a me levar
Incansável e à deriva por mares do desconhecer,
E nunca em casa estar, a lugar algum se apegar,
Nem nos braços amigos permanecer?
Venha, então, e seja meu senhor! Até o momento
Aquela bela terra da vida
Não vislumbrei, aquela que sem lamento
Eu menino por lindas noites sonhei sem medida,
E ainda imensa dor de amor haveria,
Como ainda caberia um gesto em minha mão
A me oferecer qual anônima doação
Essa disposição à tristeza, à glória, à alegria!

(Tradução de André Deluart)

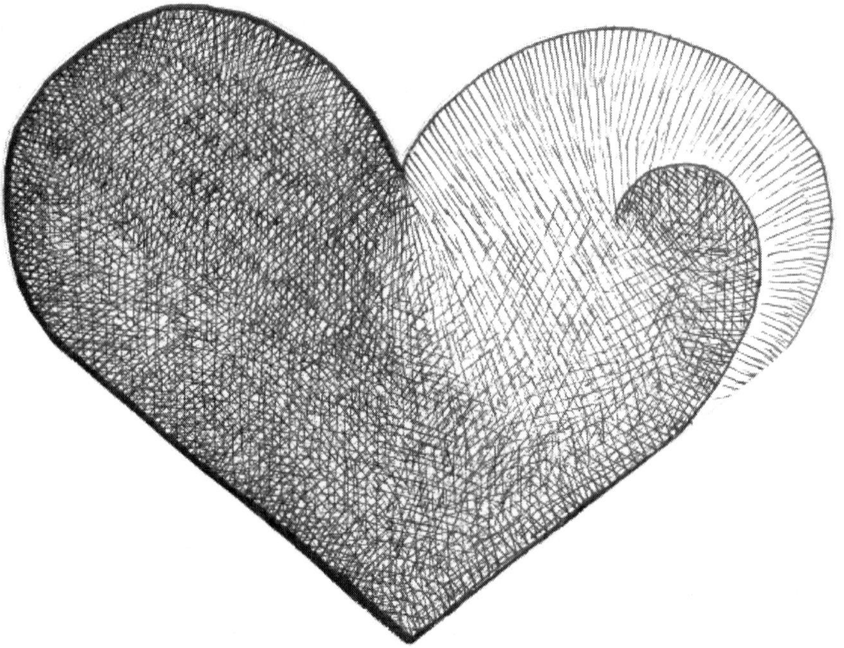

13

Procuro o enfermeiro, procuro o técnico, apita o equipo, fim da infusão. Oclusão de equipo, procura-se outra veia, enquanto veias houver para receber a medicação. Esta já não tem sangue. A outra, então. Morfina. Vamos preparar a paciente para o procedimento. Pro-ce-di-men-to! Nunca mais repitam esta palavra, grita a paciente com o pavor já sem forças do que pode significar o procedimento, ou de qual ocorrência pode acontecer daqueles "termos de responsabilidade" assinados. É necessário, curve-se ao inevitável, é necessário passar pela dor. Mais um resultado, mais um exame, só assim podemos avaliar o que podemos fazer pela paciente. A paciente é minha mãe.

Sobre o amor, os amores, a amizade, os encontros, o desejo e o ensejo de viver plenamente, Clara tinha ideias um pouco diferentes, um pouco livres, um pouco vagas, um tanto intensas, relações tão vigorosas quanto as aspirações de viver apenas verdades – ilusão de poder ser sempre una. Leito fugaz da paixão, dor de constante transformação, saudade infinita que movimenta o rio de amor em direção ao mar, sal da compaixão. O amor é uma longa viagem de muitas paisagens, às vezes começa ao acaso em uma barca com um encontro de puro encanto e é viagem para sempre celebrada em cerimônia profunda, em versos e perfumes que deixam rastro de estrelas no ar. Toques de puro êxtase no brilho do espelho, tatuagem de vinho na alma do abismo com vertigem de centelhas, música dos tempos. Ou começa como um plano concebido na motocicleta, que vira projeto de vida, que vira sonho em um barco a vela e vira casa com teto, filhos, festas, brigas de família e renúncias, paciência, tolerância – ilusões, dor, decisões e fim. E pode também começar do nada, no universo do improvável e sem explicação, então crescem o apoio, a dedicação e a disponibilidade, ceder e acolher, ondas a vagar no infinito e sempre perdão. Sentimentos fecundos, jardim de tulipas com passarinhos a fazer ninhos nas copas de um pé de jasmim. Clara nada tinha contra o casamento, desde que voo, desde que livre, desde que para sempre e denso, desde que forte e intenso, delícias de ser um casal singular. Mas vivia também muito bem só e gostava bastante da própria companhia, sobretudo das experiências que somente se pode fazer sozinha. Ainda assim, as relações são exatamente tudo para Clara, e o seu verbo ser significa compartilhar. Estar sempre aberta frente ao horizonte largo é fotografia da solitude, imagem do mais belo pôr do sol rumo à noite escura. Clara arrisca, esperança de faísca na escuridão. E ela questiona, existem mesmo escolhas certas a fazer? Se fosse assim, não haveria de sofrer, mas a dor, tensão do viver, vem e vai com a emoção de sentir sem fim. O caminho a seguir não é escolha, é aquele que se oferece, que se estende feito um tapete à sua frente, com seus espinhos, suas pedras, suas flores, suas cores, sua gente. E Clara se revela e expõe tão despudoradamente nas suas relações amorosas, que faz bater feito *reggae* o coração de quem supõe ser possível amar sem se desnudar assim.

Do Amor à compaixão
– Leitura e convicção de Clara –

"*O Bodisatva conserva os braços abertos, mas ele não toma as pessoas em seus braços, o que pode parecer paradoxal. Trata-se de ter os braços abertos, de aceitar o outro no seu pedido sem fechar os braços sobre ele.* Um Bodisatva *pode amar alguém, mas ele não o ama para si mesmo. Amar alguém sem querer guardar para si, é complexo. O outro crê muitas vezes que é amado quando pode pertencer a você, e isto cria nós, cria amarras, cria dificuldades. O amor e o conhecimento estão de tal maneira ligados, que amar infinitamente alguém que não é infinito é ignorância, e, portanto, é sofrimento. Amar alguém por aquilo que*

ele é, mas não mais do que por aquilo que ele é, isto é verdadeiro amor. O que chamamos de paixão é a projeção do infinito sobre um ser que é finito. De repente este ser se torna nosso infinito, se torna tudo para nós. Ora, um ser vivo é uma parte do todo, um ser único, infinitamente precioso e infinitamente amável, mas ele não é o Todo, ele não é Deus. Esta qualidade de dom que é necessário despertar em nós é um estado de consciência que permanece em todas as circunstâncias. Se a gente não tem mais ninguém para amar, se esta mulher tão maravilhosa ou este homem ao qual eu estava tão apegado não estão mais aí, porque estão mortos ou com alguma outra pessoa, como guardar em si a qualidade de amor que a gente conheceu neles? Aí está a questão. Na via da compaixão, é justo desenvolver esta qualidade de amor, despertado em um momento de nossa existência por tal ou tal rosto, sem tornar esta qualidade de amor dependente deste rosto, porque no dia em que ele desaparecer de nossa vida, será como se perdêssemos nosso amor. Identificar o amor com a pessoa que despertou esta qualidade de amor em nós é o drama de muitos dos ocidentais. Ora, esta qualidade de amor pode permanecer, mesmo se esta pessoa não está mais aí. Posso dar esta qualidade de amor a um pedacinho de erva, ao vento, a todos os seres. Tudo é o rosto do bem-amado."
(Trechos de A montanha no oceano, Jean-Yves Loloup - adaptação livre.)

Pessoas para a vida –
relação amorosa de amizade erótico-platônica

Este era o nome de uma exposição sobre a obra de dois artistas que viviam uma liberdade incomensurável e lindamente inspiradora, rompendo com os padrões de sua época. Tinham um elo que transcendia qualquer entendimento – e para citá-los, quase disse, uma exposição do "casal" Alexej von Jawlensky e Marianne von Werefkin, russos, nascidos na segunda metade do século XIX, só que não é fácil defini-los. Como não era um casal convencional, na exposição, os textos referiam-se com aspas à família, "família", como definiram o núcleo familiar da pintora Marianne, com o pintor Alexej, e Helene, que trabalhava para eles, com seu filho Andreas, que Helene concebeu com Alexej, o pai. Ninguém era casado com ninguém e todos viveram unidos com amor e dor, nem sempre juntos, nem sempre no mesmo lugar. Mas eram uns dos outros "pessoas para a vida". Entre Marianne e Alexej havia o que se pode tentar entender por uma relação amorosa de amizade erótico-platônica, como definiu uma amiga dos artistas. A vida dos dois é tão expressiva nos amores que viveram quanto o é a sua obra nas tintas e telas de sua criação, dos quais Helene e Andreas sempre foram parte. Saio da exposição feliz de não me sentir sozinha, identificada nos sentimentos pouco comuns, e me vejo inspirada por eles, meus amores, meus amigos, meus desejos eróticos e sonhos platônicos e sento em um café com o meu *laptop* para um momento de criação e uma taça de vinho branco gelado.

Nesse café da praça, ao Sol do entardecer, surpreendentemente aparece de repente o João, sujeito que me faz desvanecer em um turbilhão. Ao primeiro olhar vejo tudo: o melhor de cada um dos grandes amores, ele tem. João se senta à minha mesa como quem não quer nada e, em silêncio, se revela olhando para mim, sem dizer palavra. Bebe do meu vinho, descobre meus versos, me sopra um carinho e eu adivinho quem ele é: o olhar é de Ariel misturado ao de Martim, de Ariel tem o beijo, a boca e a paixão, a melancolia e o tesão. De Martim, a compreensão, as carícias e o sentimento irmão, tem dele também a compaixão, o riso solto e o gozo torto, o cheiro dos lençóis, a espuma de sabão, a mão sacana e o abraço de fusão. João tem de Pedro os dedos e a habilidade das mãos, tem dele a mente científica, tem seus sonhos e projetos, sua energia, a visão estética e receitas magníficas. Mas é de Ariel que João tem o poder sobre o coração. João é o cara perfeito, minha alma gêmea, um *match* do Tinder ancestral, nunca falta nem é demais, me deixa solta e livre voando mais, me busca e envolve na hora certa, me abraça e acolhe na solidão. Então, João, nossas mãos se entrelaçam, acariciam, passeiam, penetram e se soltam, dizem adeus e voltam, agarram estrelas, desenham poemas, adentram sertões, navegam os mares e voam pelos ares. João adora boa música, dança como Martim, toca o piano do Pedro e, como Ariel, compõe lindas canções para mim. De Martim tem a espiritualidade, de Ariel, a combativa indignação e como Pedro, João às vezes é criança, mas seu riso é dos três, sorriso que faz feliz. De Pedro, João tem o nariz desenhado, a boca gostosa de Ariel ele tem, mas é cheiroso como Martim. Todas as partes do corpo, propícios e orifícios e vales e montanhas, costas, coxas e pés se encaixam com minhas entranhas. Mas sem nenhum apego, esse João tem por mim amor maior que o fim. Quase esqueci do Tomás, de quem João tem o espírito aventureiro e, por que não, também o dinheiro. De outros Zés e Manés o João não tem nada não, aqueles equívocos relâmpagos na contramão. Mas João é ainda – quem diria – fogoso e ousado como é a Núbia destemida, e tem da tímida Maria a doçura e a delicadeza, e essa absoluta surpresa. Tem delas duas a cumplicidade feminina, sua porção mulher, que fosse Deus justo, a nenhum homem faltaria. Esse é o João, meu homem, meu amigo, meu companheiro, meu namorado, amante, marido e irmão, cúmplice do sim e do não.

Com João, sem dúvida, eu casaria, viro do avesso, desmancho em tesão. Basta um toque, deitar de conchinha ou enfrentar o mundo, a velhice, a doença, e por ele posso até morrer, mas também viver toda a existência em um lampejo. É bom namorar João em qualquer lugar e em qualquer posição, no banco da praça, no trem, no barco, em casa, na areia ou no banheiro. Para ele sou santa ou louca, sou aluna e mestre, sou exatamente aquela e todas que vejo no espelho. João é sempre aberto, carinhoso, sincero, parceiro. Quando dele só tenho uma parte, é o lado de mim que sem ele eu não vejo. João é transbordamento, minha sorte, minha vida e morte, meu *koan*. Ele é o caminho e as flores do caminho e as pedras do caminho também, o rio e a ponte. João é flor, semente e fruto de sermos um, de sermos dois, de sermos tão verdadeiros. Esse é o amor de outro mundo, que vem de mansinho e me acorda com um beijo desse sonho profundo onde ele mora, puro mito e desejo. Então o beijo dele me desencanta e a realidade me espanta com a solidão deitada ao meu lado, a ocupar a cama com perfume alado de João. E aqui permaneço no susto acordado de mulher meio estranha, meio sereia, meio bruxa, meio musa, meio feia, meio fada a roer cruéis ossos no precipício e chorando lágrimas de borboleta, anjos sem sexo. Nas vidas de Ariel, Pedro e Martim, que nunca se esqueceram de mim, paira a doce lembrança do que para eles eu poderia ter sido e não fui, pobre de mim. Já o João, minha existência autêntica por todos os lados, dentro e fora, por cima e por baixo, esse tudo nenhum ao meu lado, sonho desperto. Ser inefável a conceder a extrema-unção entre corpo e alma na luz e sombra da pessoa inteira.

Muitas incertezas, poucas certezas e infinitas surpresas – assim a vida é

Algum dia, daqui a uns 30 anos, mesmo estando bem velha, talvez, quero reencontrar o meu grande amor, o homem que perdi, mesmo que seja para passar com ele um único dia, antes que a morte nos surpreenda e fim. Direi à mulher dele, "olha, você passou a vida toda com ele, desfruta todos os dias da sua companhia, dorme, acorda e come com ele todos os dias, com ele faz sexo quando e onde quiser, passeia por aí de mãos dadas sem pudor, tudo como fosse ele apenas seu, como se eu precisasse pedir, "me empresta o teu marido para passar um dia comigo, pois nos une paixão maior que o mundo e ninguém pertence a ninguém – depois eu devolvo todinho, ainda muito mais feliz, completo e verdadeiro do que o encontrei. Pois, entenda, nenhum abraço tem dono, não me impeça de amar alguém, não nos peça para esquecer o inesquecível!" E ela, a esposa, diria ao esposo: "Você concorda, meu bem?". Tudo se resolveria em um contrato de arrendamento previamente estabelecido. E ele, o marido, endossaria a carta de alforria por um dia com prazer e clamor. Meu grande amor, *mon chèri*, neste dia estaria inteiramente livre para mim, bem como eu seria tão completamente dele, sim. Faríamos, enfim, nossa cósmica viagem passando pela estação lunar, pelo rabo de estrelas, pelos abismos sem fim, regaríamos juntos nosso baobá, iríamos ao Jardim de Monet e a um concerto de Bach na Catedral de Berlim. No Museu de Viena iríamos apreciar o original abraço de Gustav Klimt. Van Gogh e Rembrandt em Amsterdã não poderiam faltar. Também resgataríamos em Paris os cacos daquele passado, nosso triste fim, e com os pedaços colados a ouro, vamos beber água da fonte com a tigela de Kintsugi. Depois em taças de cristal beberíamos um vinho francês no château de Nerval, eu vestida com o chapéu florido de Renoir, você com a cartola a combinar. Então o casal livre e feliz, em uma ação espetacular, liberta de seus cadeados todos os amores trancados, presos à Pont des Arts sobre o rio Sena, Paris... Celebraríamos muito, sim. Se faríamos amor não sei, por cada gesto ser puro amar e isso é uma viagem sem começo, nem meio, nem fim. Mas nesse dia, nem uma única vez ele diria "o problema, *chérie*, é que sou um cara casado", pois o empréstimo estaria legalizado, como convém. Tínhamos um sonho a sonhar, uma lembrança a guardar, um livro a escrever, um filme rodar, uma música compor e um poema a criar – uma história de amor para contar. Nesse dia, nada do que aconteceu teria jamais acontecido, o tempo não poderia voltar atrás, mas também não passaria mais a passar. Pesadelos se desfazem no enlace solar e as almas se fundem em fumaça estelar – depois iríamos jantar um risoto de camarão ao luar na areia beira-mar, sob as bênçãos de Yemanjá. Daí, bem feliz, escrevo no cartão com o beijo de Klimt para ele levar: "Agradeço com todo meu amor, o eterno amor do meu grande amor." E essa noite amanheceria como se dela fossem todas as alvoradas e todos os dias. Depois cada um voltaria para sua casa como se nada houvesse havido – mas os dois não se despedem sem antes plantar um pé de dúvidas no Jardim de Alah, para um dia sentar à sua sombra e colher então os frutos de poucas certezas, muitas incertezas e infinitas surpresas da vida como ela é. Isso feito, monto na *bike* e vou embora, plena de sim e de não, a soltar estrelas em versos de cósmica corrosão. E, pensando bem, os astrônomos explicam que são quasares os responsáveis pela extinção de galáxias inteiras, diante disso, por que temer entre nós a explosão?

5mx' wmc rj³ZF."m '.k 22 hgp
(Sabine Kisui – Poema a quatro mãos)

De um céu inacessível
caiu-me um dia
estranha coordenada
louca numerologia.

Fui ao lugar indicado
esperar o grande amor.
Encontrei um baobá
de dois mil anos em flor.

Jorrava dele uma fonte
feita de versos em prantos
ao som de fluida quimera
que porejava de espantos.

Acima da fonte
uma ponte
feita de verde bambu
levava aquele que passa
a uma estelar praça
onde o Buda angelical
resplandecia
nos corpos de um casal
que sabia
que o sêmen do muito amar
ardia
em cada onda do mar.

Ridículo

Não gosto da raiva com que acordei hoje, mas talvez seja mesmo tudo muito ridículo. Sentimentos só cabem "de verdade" em versos de delírio. E não há espaço na vida "real" para poesia, que não seja nas veladas entrelinhas de um livro.

Um bambu não passa de uma vara, cerimônias são profunda baboseira, Kintsugi e o ouro, inútil tigela quebrada. Cacos encravados no muro da realidade para que nunca se possa transpor. Pois do outro lado há apenas abismos e a vertigem do vazio desconhecido.

Um baobá não passa de um mato no Quênia, plantado por um maluco e também ridículo Saint Exupéry. Não somos nem príncipe nem raposa de planeta algum. Pois o planeta em que vivemos faz a minha raiva ser tão mesquinha e pequena diante do soco cruel do botão de liga e desliga da televisão.

Bombas sobre uma maternidade. Imagens de incubadoras destroçadas, bebês feridos em colos desolados, mães grávidas parindo filhos mortos da guerra. No rio de sangue nadam bichos de pelúcia e ruínas de espíritos e tijolos formam as margens do leito de trevas. A raiva muito além do ridículo.

E o destino cumprindo efemérides burocráticas, onde um reencontro no tempo é apenas um equívoco disléxico. Como salvar sentimentos cósmicos perdidos no espaço? Dizer com raiva "vamos esquecer tudo isso" é a única maneira de dizer que nunca e jamais poderemos esquecer nada disso.

E minha raiva se torna ainda mais ridícula, pois não é verdadeira e não creio nela. Nenhuma fé. Inútil brado trazido pelo vento surdo e mudo, palavras inaudíveis, que chegam a lugar algum. Dançam almas vivas e enlaçadas a ciranda de paz e de amor, ao som medíocre e efêmero do mais ridículo sofrimento que for.

A raiva é apenas por saber que não há como não ver a tatuagem na pele que envolve ossos, tripas e o coração do ser. O coração, o coração, o coração, única bomba que não explode em vão. A raiva é ridícula, ridícula, ridícula e se não a posso dizer, ouvir nem cantar, só resta sentir, sentir, sentir...

> *Out beyond the ideas of right doing and wrong doing there is a field,*
> *I will meet you there. (Rumi)*
> *This field will be the time of a new rhyme.*
> *And we will be dancing to the poem´s wise rhythm in heart and mind.*
> *Yes and yes. Yes.*

Fragmentos – sete ondas de uma separação

É urgente, estou só, tão raro momento. Não é uma emergência, destas edições especiais na televisão e nos jornais, de bombas e assassinatos, de crimes de corrupção, de movimentos coletivos contra ou a favor de uma causa urgente. É apenas importante, sou apenas eu me elevando à categoria urgente para que outras coisas não se sobreponham como prioridade nesta manhã de domingo.

É urgente dizer tantas coisas que calam na urgência do dia a dia. Certamente a liberdade de estarmos juntos é a mesma liberdade de não. Só que não para você. E disso eu não sabia, por quê?

I. Ela

Meus pentelhos brancos combinam com a sua barba branca. Sim, tínhamos planos de envelhecer juntos, tínhamos planos, tínhamos. Eu planejava como você seria para mim, e você fazia planos de como você seria, e eu para você. Como seria se não tivéssemos nos separado, somo seria se não tivéssemos nos esquecido, como seria se tivéssemos nos amado para sempre, se tivéssemos amado sinceramente? Apenas se. E os pentelhos cada vez mais brancos e ralos, e a barba cada vez mais branca e malfeita. Do que adianta esse se, se o tempo já passou e passa? Na parede aquele relógio do qual arranquei as horas e os minutos para olhar o passar dos segundos rodando e rodando sem parar. Apenas o movimento é o tempo genuíno de cada momento.

Um dia eu me perguntei por que deveria assistir o Sol nascer sempre do mesmo ângulo da janela, da mesma janela que não me convidava a sair e me lembrava apenas de que eu estava do lado de dentro. Eu queria o Sol, e várias vezes lhe chamei para pular a janela comigo, mas você fugia pela porta já com as malas feitas para mais uma viagem sem mim. E me escapava do que eu gostaria que fôssemos. O melhor de você sempre no retrato, fotografia esplendorosa de um instante. Queria tanto que fosse verdade, que preferi não enxergar a sua sombra na quina da porta sendo a última a sair e a primeira a entrar. O vulto só tomou vulto quando um impulso me fez pular a janela para o jardim, sozinha mesmo, foi aí que a sombra me agarrou e pude ver sua matéria etérea e sombria. O medo assustador é força motriz que faz desvencilhar a dor e faz voar para o azul celeste com os passarinhos, onde à noite é possível agarrar o véu de estrelas.

Realizava-me nas suas histórias, nas suas memórias, nas cores que trazia das coisas de outro lugar. Passei a me esconder direitinho atrás de cada móvel e cada objeto no quarto de dormir, na cozinha ou na sala de estar. Via-me nas flores do jardim, nas folhas secas, nas micas brilhantes e nas sementes que queriam brotar. Terra que a gente queria plantar. Mas o pomar nunca deu frutos, eram estéreis as árvores que plantamos em solo de brita inútil. Ninguém podia imaginar que, embaixo da terra fértil escura, uma imensa laje de pedra impedia as raízes de se espalhar. Só a chuva, o tempo e a erosão iriam esculpir essa rocha fria então exposta, areia seca no pedregoso chão. Destinos esmagados.

II. O que ela supõe que ele sinta

"Não me conheço mais, não sei do que sou capaz. Apesar dos arrependimentos, de reconhecer responsabilidade na história, ela foge e me escapa, não consigo retê-la, impedi-la, convencê-la, protegê-la de si e prendê-la no meu jardim. Eu faria qualquer coisa, desde que soubesse que seria minha novamente, parte de mim para sempre. Fomos feitos um para o outro, sim! Não se arranca assim nem um enxerto de si mesmo. Quando fui, foi porque tinha certeza de que ia voltar. Mas deixar ir é impossível, se a água escorre para onde recuo, inverto a lei da física a favor de mim. Quando quero, planejo e executo, construo barragens, pontes e estradas sobre o nada e o vazio de lugar nenhum, mas vou canalizar a água para onde estou. Ciência inútil, pois nem toda engenharia consegue mais capturar a alma dela, que, se não for minha, nunca mais terá nada de mim. Nunca e nada e jamais, disso sou capaz. Luto decretado. Ódio... e ela não se descabela como deve, nem raiva sente, que raiva dela!"

III. Da Raiva

De repente preciso lidar com ela. Não lhe reconheço mais, não conheço ou será que esqueço? Ouço as músicas que colou no meu HD porque no acordo estava escrito, não mais um belo acorde musical, e sim um "acordo musical". Boto para tocar uma música alegre que nada sabe sobre a desgraça que reina no vão que se criou entre mim e você. Porque "mim e você" não existe mais, nem vão, nem espaço, nem nada, como você quis. Esse agouro do nunca mais, apesar de vivos no mesmo tempo, com as mesmas filhas, quem sabe um dia netos. Fico então com as tênues e agudas lembranças vivas de tudo o que foi bom, sim. E a raiva vai se dissipar na névoa entre o ontem e o amanhã. Ouço a boa música no compasso do tempo que a sua raiva reverbera e se traveste de solene indiferença, eco surdo do desnecessário abismo.

IV. Tantas perguntas

Por que nunca ouviu meus apelos antes que fosse tarde? Por que nunca me ouviu? Me viu? Me sentiu? Por que não quis casar quando pedi? Onde estávamos quando nos perdemos? Para que buscar culpa ou culpados em vez de buscar sentido? Por que me tirou o melhor de nós, a terra, o mato, o céu, o rio, o fogo e Deus sobre nós? Por que revelou esse lado obscuro, a sombra que eu nunca quis ver? Que eu nunca quis que você visse. Que eu nunca quis que nos atingisse. Que eu nunca quis. Por que nunca encaramos isto? Por que não fomos nós simplesmente toda a nossa imperfeição? Como uma separação vira ameaça, pressão e vil manipulação? Onde estava tudo isto, em que recônditos esconderijos descansavam esses tenebrosos versos? Por que quis à força mudar o rumo da história? Que violência poderia convencer o amor de alguém? Como poderia o ódio resolver se nem o amor conseguiu nos devolver?

V. Consciência

Estamos alavancando séculos. Natural que uma separação desejada pela mulher não aconteça com naturalidade. São milênios de amarras, de opressão cultural, submissão do sexo frágil, falta de autonomia, de voz, de respeito com o feminino, com o espaço, com a igualdade. Nossa dignidade à prova, sendo o tempo todo sepultada na culpabilização da vítima. Mas somos todos coniventes, também homens e mulheres supostamente esclarecidos, educados e educando ainda com disfarçados valores feudais. Os vincos são demasiado profundos, muito mais fundos e invisíveis do que julgamos ser nossos argumentos, do que podem alcançar as terapias ou esconder o inconsciente. Como poderíamos falar de igual para igual? Foram tantas as vezes que quis lhe chamar para junto de mim, você sabe. E tão poucas vezes nos encontramos em nós, apesar de tantos gostos, tantos sonhos compartilhados – mas nunca fomos "meu amor". Fomos feitos um para o outro? Talvez sim, no desafio das almas: viemos nos encontrar, nos perder, e decidir o que disso tudo fazer. Éramos amigos, sim, éramos amigos e não sabíamos dessa oportunidade perdida. Um dia Yemanjá percebeu e pediu de volta o anel que lhe dei. Minha Mãe, Deusa do Mar, quis para ela o meu sonho de casar. Nada dói como o desejo de serem as coisas como não são, só isso é o que dói. A ilusão.

VI. Saudade (Não há saudade mais dolorosa do que a das coisas que nunca foram. – Fernando Pessoa)

Às vezes é lancinante a saudade e chego a confundir com um lamento, mas não. É a saudade do que a gente poderia vir a ser, saudade de saber que você é apenas você, e eu sou apenas eu. Construímos alicerces para um castelo de areia, cenário perfeito para uma família feliz, mas esquecemos de habitar com nossos seres imperfeitos, com todos nossos defeitos, os espaços vazios. No vácuo de ilusões éramos os personagens idealizados de tudo o que não fomos. Então o príncipe e a princesa, durante o baile de máscaras, se olharam no espelho e cumpriu-se o desencanto do "era uma vez". Apesar do medo, descubro que o mundo não acaba por um acesso de raiva nem por uma separação. E sinto muita saudade, principalmente da amizade possível de um futuro em vão, sonho inacessível. Ou não.

VII. Sobre perdão e arrependimento

Não há do que se perdoar. Perdoar ser o que somos? Eu poderia lhe perdoar por ser como é ou pedir o seu perdão por ser eu como sou? Nenhum arrependimento, pois fizemos o melhor possível do que éramos a cada momento. Inevitável a dor de sofrimento, quando um terremoto faz mover árvores centenárias. Ruínas vivas a revelar a beleza da história e a finitude do tempo. Fragmentos de vidas eternizados no esquecimento, o abandono e a desistência, cruel e inútil perdão. Dissolução de destinos que escorrem pela estrada, cada um em uma direção. Mas a impermanência, Sol que nasce e se põe todo dia na linha do horizonte comum, nada é para sempre...

A vida é a arte do encontro, embora haja tanto desencontro pela vida. *(Vinícius de Moraes)*

Do fundo escuro do precipício você me puxou com sua rede de pescador. Me levou a passear no Méier, me beijou na rua sob a luz do holofote, me agarrou no carro e desmanchou na areia. E, no coreto, o guarda proibiu o beijo por ser o lugar patrimônio tombado, nem beijo roubado, e ele se desculpou. Mas os anjos que viram tudo inspiraram o padre a cantar discreto alarde na igreja vazia, canto de voz cristalina estalando os vitrais e nós na calçada em frente, nus a dançar. Cachoeiras na mata sob a bênção de Oxum, que jamais esquece de que matéria é feito o Sol a brilhar. Tantas vezes li Sêneca no bar, bebemos e comemos Sêneca, dançamos na roda de choro ao luar, choramos com filmes no sofá e dormimos a dizer amém. Amém também no Pub do Harlem, acordes de viver o soul do jazz a pedalar de bicicleta pelo Central Park, passeios mitológicos por Nova York. Viagens você e eu. Do Chile com Pablo Neruda à Califórnia com baleias, de mãos dadas na estrada, entre zebras, faróis, castelos de vento, aquários gigantes e cabelos de alga da sereia. Nas inesquecíveis paisagens só um erro foi fatal, pois deixamos de abraçar uma sequoia gigante e no demente semblante de espanto, vimos escorrer a invisível lágrima na chuva. Apesar disso nos amamos, nos casamos, nos divertimos, nos separamos, nos reencontramos e cozinhamos sardinhas na panela de pressão. E o vinho na Espanha e tanto parma na Espanha e tanto violão na Espanha, que sem nenhuma manha a manhã veio cantar, deixou entre nós imenso oceano, esse longuíssimo navegar feito peixes perdidos no mar. Mas você sem dúvida nem vacilar, sempre com a mão estendida, que amor é esse sem condição? Porto seguro é o farol que na enseada apenas vislumbramos, mas não paramos para visitar. Deixe estar, nunca saberei mesmo qual é o lugar adequado de adeus ou de voltar do passeio sempre à deriva.

Poemas soltos
(Sabine Kisui)

Sento em cima de tuas palavras cometa
E viajo pelo azulás
Das minhas sensações anônimas

Bruxa, roubo a vassoura de tua boca
Para ver espaço a dentro
Enfeitiçadas loucuras que não ouso cantar

Pouso nas janelas abertas
E fico horas contando pupilas
Que brilham negras no teu céu de poesia

Voo livre no delta das tuas asas
E juntos levamos Ícaro para ver o Sol

E quando tuas palavras se imaginam
Metáforas no papel
Imprime-se a vertiginosa concordância
Entre o ser e o não ser do meu ser.

Respirar a distância
Engolir o coração
Tatear a alma na escuridão
Abrir o peito para a luz
Andar a passos lentos
Pelo caminho do horizonte
Buscar água da fonte
Para molhar as flores do jardim
Saber das estações o
Tempo de arar tempo de semear,
Tempo de esperar e de colher
E nutrida então lutar
Pela paz, pelo amor,
Pelo amar, por não sofrer
Aceitar o fluxo, banhar-se no rio
Água que purifica, mata a sede
Corre, escorre, passa e vira mar
Nós oceano entre continentes
Sendo pontes, pixels, ondas
Refletindo estrelas e brilhos
Brilho da Lua e super-luas
Anoiteceres e amanhaceres
Solitários, únicos, divinos
Como todos Seres entre lençóis e gramas
A se fundir e se transformar
Num eterno vir a ser do que já é
Aqui e agora no abraço infinito

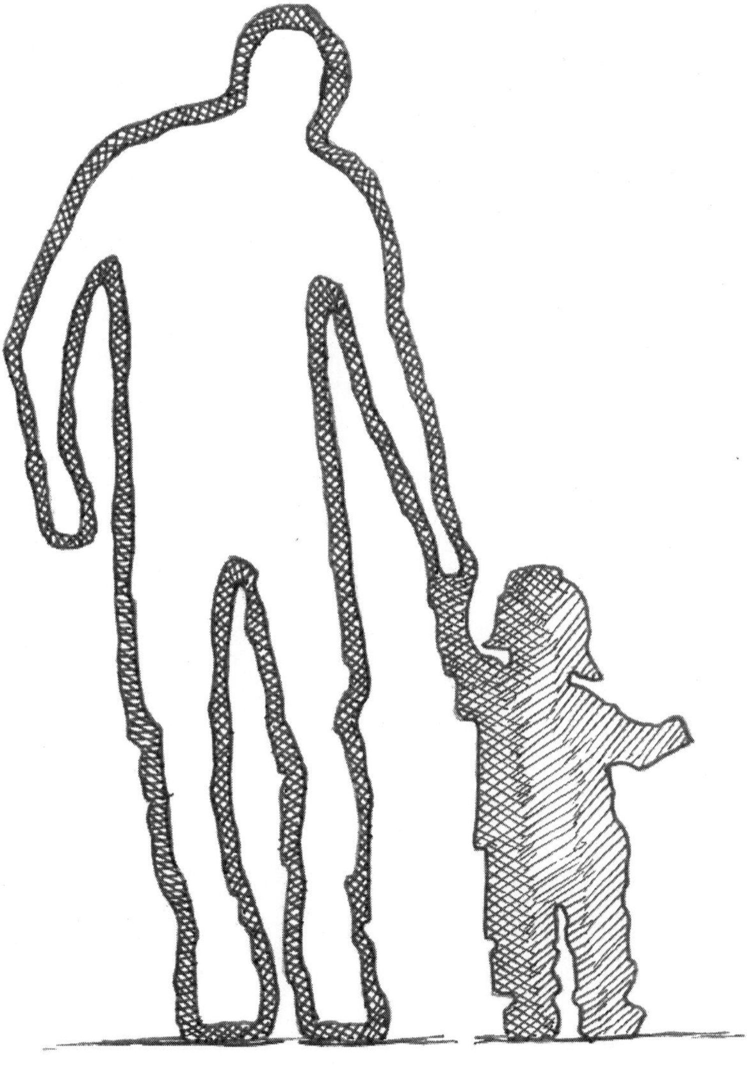

12

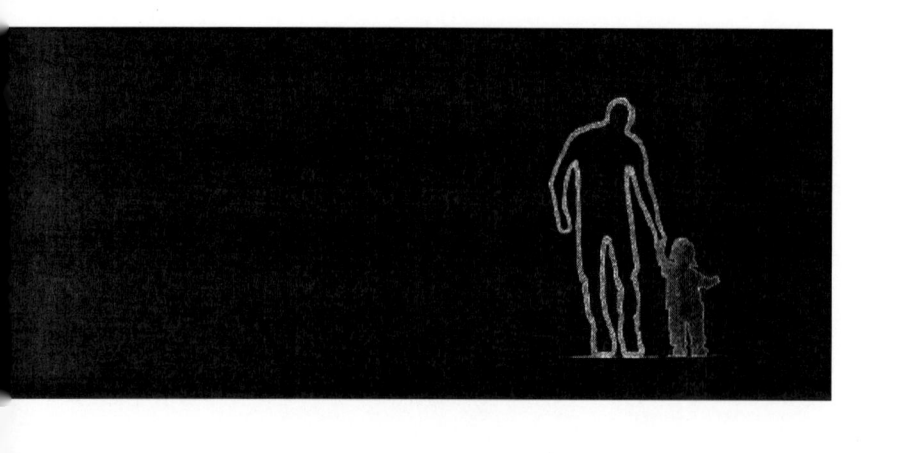

Toc toc toc bate à porta que rompe o meio da noite, no meio da madrugada, no meio do sono, a luz acende, a cama levanta, abra a boca para o comprimido da dor. Metadona. Mas acordar quem está dormindo para medicar contra a dor? Se está dormindo, está sem dor e em paz pelo amor de Deus, sim, mas é necessário, é necessário. Não pode mexer o braço, nem as pernas, não pode sentar, não pode ir ao banheiro, não pode, não pode nada. Será que estão me envenenando? Entrei nesse hospital andando e agora não consigo me mexer, mal sinto minhas pernas, massagem, por favor, preciso mudar de posição, quero sair daqui, vou chamar a polícia, socorro, estão me matando! Seus olhos brilham quando digo, vamos fugir de ambulância? Se pudesse, mas não pode...

O cemitério fica em uma floresta no alto da cidade e é um parque fundado no início do século XX. Clara o conheceu já adulta, quando subiu com o bondinho histórico que é também atração turística. Muito tempo depois, ela soube que lá estavam enterrados o seu pai e dois irmãos, seus tios. A cidade de Stuttgart foi duramente atingida durante as duas guerras mundiais, e o cemitério florestal abriga mais de mil vítimas civis da Primeira, e mais de mil vítimas da Segunda Guerra Mundial. O pai e seus irmãos foram convocados como meninos, jovens, a servir na Segunda Guerra, e a trágica experiência como soldados e prisioneiros levou três dos quatro a tirar a própria vida, anos mais tarde. Se a morte já é um tabu, o suicídio tem ainda o peso do julgamento moral, da culpa, e da condenação na sociedade, nas religiões e suas igrejas. Durante séculos o corpo de um suicida não tinha os mesmos direitos de ser enterrado como um morto comum. Quando Clara visitou pela primeira vez o túmulo do pai, já não havia túmulo, nem a pedra memorial com os nomes, colocada clandestinamente por parentes. Havia apenas uma espécie de pinheiro que se derramava como um cobertor, cobrindo com seus velhos galhos o pedaço de chão misturado com ossos defuntos. No parque, a maioria dos túmulos são quase obras artísticas que homenageiam os mortos. A morte dorme tranquila entre as árvores e a arte, e oferece um profundo espaço verde de reflexão sobre viver e morrer, a singela diferença entre respirar e parar de respirar.

Dos primeiros tempos da televisão, Clara se lembrava de uma propaganda, onde apareciam um telefone e a sigla CVV. A imagem ficou em sua cabeça adormecida e apenas anos depois, quando buscava se engajar em um trabalho voluntário, voltou à sua mente a imagem do Centro de Valorização da Vida, e então ela sabia por que. O trabalho pela prevenção do suicídio entrou em sua rotina e foi determinante na compreensão da morte do pai. De acordo com a Organização Mundial de Saúde (OMS), mais pessoas morrem por suicídio do que por HIV, malária ou câncer de mama contados juntos – ou em decorrência de guerras e homicídios. São mais de 700 mil pessoas que se matam a cada ano, uma em cada 100 mortes no mundo acontece em consequência de suicídio, um caso a cada 40 segundos. Só no Brasil, anualmente, cerca de 12 mil pessoas se suicidam. A sociedade moderna não atende às necessidades básicas para o equilíbrio emocional. Mesmo assim, dificilmente alguém dá à sua saúde mental e emocional a mesma atenção que dedica ao corpo. Clara tem a convicção de que uma mente sã consegue viver em um corpo doente, mas pouco pode um corpo saudável com uma mente em desequilíbrio. Ser voluntária na prevenção do suicídio é como abrir uma porta e deixar entrar a alma humana em todas as suas facetas, sem saber o que vai encontrar ou acontecer. As sombras da existência e os silêncios não ditos apontam para a luz no fim do túnel que cada ser humano tende a buscar, para Clara, expressão essencial de que a vida está sempre a se afirmar.

Como Vai Você...?

Toca o despertador às 2:30h da madrugada. Meia hora para levantar, enfiar uma roupa, pegar o carro e rezar para que os anjos me protejam no caminho até o Centro da cidade. Confio, e pronto. Com o coração na mão, talvez já à procura da sintonia fina com os alguéns que vão ligar em mais uma noite tensa. Quem pega no telefone é porque não consegue dormir, quem liga é porque não tem com quem conversar, quem chama é porque não sabe mais o que fazer, quem toca CVV é porque não pode mais consigo, quem liga é porque está só, muito só. O plantão telefônico do CVV era feito a partir do Posto, um apartamento-sede no Centro do Rio.

O plantão era das 3:00h às 7:00h, e de lá eu ia direto para o trabalho. Já me programava para dormir bem cedo na noite anterior – e o corpo obedece, quando a missão é clara. Quando não há dúvida do que fazer. E não havia dúvida sobre a tarefa de estar lá disponível e presente para atender o telefone quando tocasse e dizer "CVV, boa noite". Nem sempre a resposta vem, nem sempre a voz sai. Afinal, pode ter levado horas, dias, meses para que alguém criasse coragem de ligar. Pois ligar é sempre um pedido de ajuda, e pedir ajuda é sinal de que a vida se manifesta e quer vencer. Por certo, é muito mais fácil e confortável poder oferecer ajuda do que precisar de ajuda e ter coragem de pedir.

Então, pode seguir um longo silêncio, uma cachoeira de palavras ou um choro incontido, talvez uma raiva desmedida a brotar em palavrões e xingamentos, gritos do desespero. Ou talvez um fio de voz já em despedida de uma decisão tomada de encerrar a vida. Mas também pode ouvir uma solitária alegria de um sorriso sem par, alguém sem ter com quem dividir uma boa notícia, uma felicidade qualquer que não encontra no coração um lugar. Toda pessoa precisa compartilhar a dor e a alegria, precisa sentir sintonia, reconhecer-se no reflexo, perceber empatia, compreensão pelas loucuras incompreensíveis da vida, sombras perdidas à procura de uma fresta na escuridão. O ser humano precisa ser ouvido e precisa poder, sem pudor, falar.

Um voluntário ou uma voluntária é a pessoa que naquele momento está no lugar de ouvir. Acolhe sem julgar, não toma para si nada do que é dito, não leva para o pessoal, não investiga, não dá conselhos, não pergunta sobre a história, não define nem conceitua comportamentos, nem os analisa. Não é terapia. Empatiza mas não se envolve. Apenas escuta ativamente quase como uma meditação do ouvir. Ativamente, porque devolve o que ouviu, para que o outro se ouça e se perceba e saiba que não está só. A voluntária se dedica, doa seu tempo, seu ouvido, sua atenção e oferece ao outro respeito, sigilo absoluto e compaixão. É puro exercício de viver.

Como não é uma postura comum do dia a dia, quando normalmente escutamos, apenas à espera da deixa para falar, é preciso treinamento para colocar-se adequadamente com aqueles que estão em risco de se matar. Necessário um profundo trabalho de autoconhecimento para reconhecer o que é seu e o que é do outro para entender quanto os próprios valores influenciam suas reações, quanto sua história deixou marcas e se projeta no outro. Ser uma página em branco onde tudo pode ser escrito, e quem vai contar e escrever a história naquelas quatro horas de plantão dedicado ao outro é o outro. O tempo é do outro, o espaço é do outro, sua atenção é do outro, a vida que está em jogo é a do outro. É pelo outro que o voluntário respira durante o plantão, transfusão *on-line* de vida no coração.

Lesão pessoal

O alto-falante na estação de trem anuncia 90 minutos de atraso por lesão pessoal nos trilhos. Todos os passageiros em trânsito na estação sabem o que isso significa isso. "Lesão pessoal nos trilhos", mais um suicídio na rede ferroviária alemã. Dos cerca de 10 mil suicídios anuais na Alemanha (número superior ao de mortes por acidentes de carro, drogas e HIV somados), 800 ocorrem nos trilhos da enorme rede ferroviária do país. Um condutor de trem, em sua vida profissional tem, em média, a probabilidade de atropelar três pessoas que se jogam voluntariamente na frente de um trem. Muitos destes condutores não conseguem voltar ao emprego nunca mais. E a empresa ferroviária faz treinamentos com esses profissionais, a fim de tentar prepará-los para uma situação assim. A recomendação da companhia é que, caso a tragédia ocorra, que eles não olhem para o acidente, que desviem o olhar e gritem bem alto o quanto puderem. Esta técnica ajuda para que não se imprima na memória nem a imagem, nem o som da desgraça que aconteceu, além de liberar a energia do choque sofrido. Um acidente dessa natureza é então oficialmente anunciado dentro do próprio trem e em todas as estações afetadas com a mesma mensagem: "lesão pessoal nos trilhos".

Dessa vez afetou a linha do trem que eu pegaria e que por este motivo tem previsto um atraso de 90 minutos. Ouço alguém na plataforma xingar: "Merda!" Furioso, o passageiro anda de um lado para o outro, submerso na própria impotência, na raiva e na falta de controle. E eu penso: mas o que afinal para ele é uma merda? Que ele esteja perdendo sua conexão? Que mais alguém tirou sua própria vida? Que os funcionários ferroviários têm 90 minutos para liberar os trilhos e limpar o local do acidente, juntando os pedaços humanos estraçalhados para um enterro digno? Ou que o condutor esteja destruído com o crime que involuntariamente cometeu? Que tantos familiares e amigos do suicida sejam traumatizados para sempre, talvez por gerações? O que são 90 minutos, qual é a merda a que se refere o sujeito na estação sobre esses 90 minutos? Será toda sua angústia apenas pelo atraso em seu compromisso, ou pelo compromisso que irá perder, ou seria pela morte que aconteceu? Talvez pela consciência da desgraça de alguém ou da sua própria vida desgraçada?

Fato é que as pessoas se aborrecem com a notícia. Seu dia, seu cronograma, seu planejamento ficam em suspenso. O tempo para. O fato é inconveniente, obriga ao sofrimento, à reflexão. Os passageiros na estação não percebem a sorte que têm de serem tão marginalmente atingidos pelo suicídio, ao contrário de tantos outros diretamente envolvidos no evento. Ou talvez se lembrem de alguma história, afinal, ninguém passa pela vida sem saber de alguém próximo ou conhecido que cometeu ou cometerá suicídio. Sento em um café para esperar o tempo e tomo um *cappuccino* com um coração de espuma. Choro por todo esse sofrimento, grande e pequeno, o profundo e o raso sofrimentos, que neste momento costuram com um fio trágico a existência de centenas de pessoas na estação de trem na Renânia. Respiro e medito, procurando me centrar, aceitar e esperar. Ficar inteira no centro de quietude de qualquer tempestade. Ao meu lado está uma jovem mulher descompensada, discutindo em seu celular com alguém com quem ela não quer falar, pois está fazendo uma aplicação, ela explica, e não consegue se concentrar. Mas a moça continua a falar, argumenta e se preocupa inutilmente com o fracasso da aplicação que nem terminou de escrever. Ela sofre por uma variável futura, completamente alheia ao que está acontecendo nos trilhos agora, a apenas um quilômetro do Station Coffee. Eu a sorver o coração de espuma na xícara até que se dissolve metade na boca e metade no leite de amêndoas tingido de café. Estamos todos nos mesmos trilhos, a moça, a merda, o suicida, o condutor, o *cappucino* e o sangue derramado que choramos.

Amigo É pra Essas Coisas (Chico Buarque)

Salve
Como é que vai
Amigo, há quanto tempo
Um ano ou mais
Posso sentar um pouco
Faça o favor
A vida é um dilema
Nem sempre vale a pena

Pô
O que é que há
Rosa acabou comigo
Meu Deus, por quê?
Nem Deus sabe o motivo
Deus é bom
Mas não foi bom pra mim
Todo amor um dia chega ao fim

José (Carlos Drummond de Andrade)

E agora, José?
A festa acabou,
a luz apagou,
o povo sumiu,
a noite esfriou,
e agora, José?
e agora, você?
você que é sem nome,
que zomba dos outros,
você que faz versos,
que ama, protesta?
e agora, José?

Está sem mulher,
está sem discurso,
está sem carinho,
já não pode beber,
já não pode fumar,
cuspir já não pode,

Triste
É sempre assim
Eu desejava um trago
Garçom, mais dois
Não sei quando eu lhe pago
Se vê depois
Estou desempregado
Você está mais velho

É
Vida ruim
Você está bem-disposto
Também sofri
Mas não se vê no rosto
Pode ser
Você foi mais feliz
Dei mais sorte com a Beatriz

Pois é
Pra frente é que se anda
Você se lembra dela
Não lhe apresentei
Minha memória é fogo
E o l'argent?
Defendo algum no jogo
E amanhã
Que bom se eu morresse!
Pra quê, rapaz?

Talvez Rosa sofresse
Vá atrás
Na morte a gente esquece
Mas no amor a gente fica em paz.

a noite esfriou,
o dia não veio,
o bonde não veio,
o riso não veio,
não veio a utopia
e tudo acabou
e tudo fugiu
e tudo mofou,
e agora, José?

E agora, José?
Sua doce palavra,
seu instante de febre,
sua gula e jejum,
sua biblioteca,
sua lavra de ouro,
seu terno de vidro,
sua incoerência,
seu ódio – e agora?

Com a chave na mão
quer abrir a porta,
não existe porta;
quer morrer no mar,
mas o mar secou;
quer ir para Minas,
Minas não há mais.
José, e agora?

Se você gritasse,
se você gemesse,
se você tocasse
a valsa vienense,

Adeus
Toma mais um
Já amolei bastante
De jeito algum
Muito obrigado, amigo
Não tem de quê
Por você ter me ouvido
Amigo é pra essas coisas.

Tá
Tome um cabral
Sua amizade basta
Pode faltar
O apreço não tem preço
Eu vivo ao Deus dará
O apreço não tem preço
Eu vivo ao Deus dará...

se você dormisse,
se você cansasse,
se você morresse...
Mas você não morre,
você é duro, José!

Sozinho no escuro
qual bicho do mato,
sem teogonia,
sem parede nua
para se encostar,
sem cavalo preto
que fuja a galope,
você marcha, José!
José, para onde?

Amor e Paternidade

A ausência dessa entidade "pai" que me deu a vida e que deixou a vida tão cedo, tão triste e sem explicação, compreensível dor esfolada de história e paixão, deixou a marca de uma solidão que sempre foi como minha casa. De dentro dessa solidão perdoei a incontornável realidade e aprendi a respeitar o desejo e o direito de simplesmente não existir neste mundo. E neste mundo tratei da ferida em anos de terapia e de vivência com intensidade sofrida. Deixei para lá o que não há como resgatar e resgatei a mais-valia, como a certeza de nenhuma culpa carregar. Saber, sim, o direito ao amor e dirimir qualquer dúvida ser deste amor, digna.

Um dia o tio, a figura masculina tão admirável para mim desde menina, disse e repetia que "queria uma filha que fosse *igualzinha* a mim". Desenhou-se com essa ternura a figura paterna como presente, um pai de alma, mesmo sempre longe e distante, foi até confidente. Ao contar de um novo amor, ele perguntava a saber como ia: "vocês riem muito juntos?". De fato nenhum melhor termômetro diz se uma relação vai bem. Tantas vezes seu amor gratuito de pai embalava meu frágil ego, como em um aniversário em que me felicitou dizendo: "Parabéns, querida, parabéns ao mundo por ter recebido você!".

A lembrança mais família era essa paternidade sentada à cabeceira de uma farta e grande mesa mineira, cozinha de estuque, fogão à lenha. Tiradentes colonial. Café da manhã com passarinhos cantando e bicando os frutos colocados na fontana portuguesa do jardim interno. A mesa para umas 10 pessoas: bolo, café, queijo minas fresco, pão de queijo, geleia caseira. Na ponta da mesa, entre o prato e a xícara do meu tio, sempre um livro aberto. Seus óculos sujos que eu devia limpar para que ele pudesse ler o trecho do autor que ainda agora havia citado. Havia sempre uma frase inspirada com que acordava e oferecia como bom dia singular, "os Ss de hoje em dia não fazem mais o plural como antigamente". Depois a minha tia, sua mulher e parceira, recitaria talvez um poema em alemão com referência ao texto lido. E passa a geleia de jabuticaba por favor que ela mesma fez. O Sol a entrar pelas janelas de vidros quadriculados, enfeitados de paninhos de crochê feitos à mão. O cheiro do café se mistura com ideias, e as risadas com o doce do bolo na boca.

De repente o grito estridente da tia, pois, como de costume, o leite no fogo ferveu e transbordou sujando tudo. Então uma piada que alguém contava fazia todo mundo rir, primas, primos, sobrinhas, crianças, amigos convidados, mais um gole de suco de laranja azeda do quintal. As vozes gesticulavam por sobre a mesa e o tio buscava mais um livro na biblioteca, porque uma coisa leva a outra, da arte à política, à cultura, à humanidade, pulsar da vida. E os espíritos de tantos filósofos, pintores, cineastas, compositores e poetas sentavam-se conosco ao redor da mesa a reunir séculos de prosa solta. Então traziam o violão, pois não podia faltar uma cantoria e todos a cantar na roda de alegria, cena que lembrava um quadro de Renoir.

A manhã ia longa, até que, antes do almoço, a hora mais esperada do dia, o tio pegava uma cachaça, um limão, gelo, açúcar e um brinde. Faça sol ou faça chuva, momento de celebrar a vida. E dela, a sua lenta despedida doída, meu tio paterno querido nos ensinou a paciência que se há de ter no caminho da morte natural. Esperar a vitalidade se esgotar como a flor que murcha, não sem antes espalhar sementes de ideias e exemplos na memória de quem fica. Afinal, por que se matar se disso já se encarrega a vida e tantos outros fardos temos a carregar. O suicídio é a única morte evitável, não há por que abreviar a vida, lição de dois pais para uma filha. Além disso, o suicídio é como sair do filme sem ver o final. Como rasgar as folhas do livro sem ter lido o fim ou jogar fora o que ainda nem escreveu. Não tem explicação e ao mesmo tempo habita o abismo da compaixão.

Homenagem a Sergio Paulo Rouanet – a despedida

Quero lhe dizer o quanto você é para mim inspirador, na sua gentileza e humor, sua presença de espírito e criatividade, suas histórias mais malucas, brincadeiras de criança e seu imensurável saber. Saber distinguir entre o que promove a vida e a liberdade, e o que para estes valores é uma ameaça. Saber o que é necessário combater para preservar o bem da nossa humanidade. E sou imensamente grata por sempre valorizar a alegria, os pequenos e grandes prazeres de viver, o bom vinho e a boa comida, assim como o Sol em um belo dia ou a chuva no jardim e uma feliz cantoria em família. Sua generosidade ímpar em compartilhar conhecimento, em oferecê-lo como lúdico instrumento para afirmar o que é importante na vida. O direito à oportunidade de cada indivíduo poder desenvolver seu potencial para ser o melhor de si. Seu espírito de pai para com essa menina que para você sou, seu afeto, o carinho e sincero acreditar em mim são uma referência a me dar coragem, motivação e a afirmação de todos os valores que me ensinou acreditar... Agora você conquistou a Liberdade de fato, imensurável e incondicional. E se antes sua presença era finita, agora verdadeiramente é imortal.

O Último Poema
(Manuel Bandeira)

Assim eu quereria o meu último poema

Que fosse terno dizendo as coisas mais simples e menos intencionais
Que fosse ardente como um soluço sem lágrimas
Que tivesse a beleza das flores quase sem perfume
A pureza da chama em que se consomem os diamantes mais límpidos
A paixão dos suicidas que se matam sem explicação.

vazio

11

Intensidade e dor, olhar disperso, o que fazer? O que dizer? Como lidar com a sentença dada, a corrida contra o tempo, querer que seja tudo amoroso, confortável, menos sofrido possível, digno, quem sabe com alguns momentos até felizes e bons, sobretudo o carinho. Mas a duração do tempo, – quanto tempo? – tão curto e tão longo para tratar da morte, da perda, da finitude, da despedida, da alma, do espírito, do depois nesta e na outra dimensão. Ficamos presos à preocupação material, do que há para ser resolvido, das decisões burocráticas e administrativas, das demandas do dia a dia que não cessa. E a morte chega de mansinho e já espreita. Ainda assim botar fé, confiança de que tudo tenha um sentido, certeza de aprender algo grande ou pequeno com cada acontecimento da vida.

A teia de Indra*
(*Deus dos Deuses, Deus da Tempestade,
Filho da Terra e do Céu)

A teia da Indra é uma metáfora profunda e sutil para a estrutura da realidade, uma vasta rede, formada por fios de tempo e de espaço. Em cada intersecção há uma joia, um diamante, ou uma pérola brilhante. Cada joia é perfeitamente polida e reflete todas as outras joias desta teia, que representam, cada uma, um ser, célula, átomo, uma consciência e uma existência individual. Cada joia ou pérola brilhante está intimamente ligada a todas as outras pela teia, e o que acontece com uma das pérolas reflete em todas as outras joias e em cada um dos diamantes brilhantes desta rede, o universo.

"Imagine uma teia de aranha multidimensional na alvorada, coberta com gotas de orvalho. Cada gota de orvalho contém o reflexo de todas as outras gotas de orvalho. E, em cada gota refletida, os reflexos de todas as outras, assim por diante até o infinito. Esse é o *conceito budista do universo em uma imagem"* – definição de Alan Watts.

Seu anseio e sua angústia eram de ser igual à maioria para se sentir parte do todo. Ao mesmo tempo Clara queria desesperadamente ser reconhecida na sua diferença. A singularidade de cada um que se projeta no todo, o indivíduo a se revelar na diversidade da sociedade onde vive. Cada instrumento da orquestra, cada bailarino do corpo de baile formam juntos o espetáculo no palco da existência humana. Somos todos solitários, em primeira e em última instância, ao nascer e ao morrer. Porém, nessa tragédia do ser só, Clara sabia bem a diferença entre solidão e solitude, ondas que vão e vêm e são movimento de vida.

Cena 1: solidão
Noite. Cidade. Clara está bem mal, voltava para casa em sua *bike* pelo *boulevard* arborizado entre duas pistas movimentadas de carros. Luzes amarelas vindo, luzes vermelhas indo, carros a cruzar sua existência em alta velocidade como se ela não existisse. Ninguém andando pelas ruas. Nada a registrar senão morte, ausência, fome e luto. Então o seu choro contido se solta dela e ela chora bem alto, soluçando muito, quase gritando, pranto em rios saltando dos olhos, o vento a levar as lágrimas, fazendo chover gotas de sal atrás dela enquanto pedalava.

Cena 2: solitude
Dia. Sol. Clara está bem feliz e não sabe o porquê. Monta em sua *bike* e toma a ciclovia entre duas alamedas arborizadas a oferecer uma dança de sombras esparsas no caminho. Pessoas passeiam com seus filhos, cachorros

e companhias em todas as direções. Vivas cenas para se maravilhar e gravar na memória da plenitude e louvação. Com a brisa no rosto do seu sorriso, a boca se abre em gargalhadas de alegria, riso solto e alto, sonoras ondas de bem-estar e euforia. O vento quente do meio-dia a secar suas lágrimas emocionadas enquanto pedalava.

Podemos ser tão solitários

Quanto é possível estar só, quanto podemos nos sentir sozinhos, mesmo entre tantas pessoas, imprensados no meio de uma multidão. Estamos na Alemanha em uma viagem de trem, vagão superlotado com pessoas aproveitando o final de semana, todos ainda querem entrar, todos querem seguir no trem, ninguém quer ficar para trás. Assim, os assentos rapidamente são ocupados e os lugares em pé estão tomados, e os espaços entre as pessoas também. Nem um centímetro de chão está vago, um sapato rente ao outro. O ar está abafado, o trem sacode, é verão, está quente, as janelas deste trem não abrem. O cheiro do suor, a sensação de medo por trás das máscaras da pandemia, que aqui não protegem mais ninguém. As pessoas com os olhos fixos em seus celulares, tentam fugir pela internet. Micro-ondas são a ponte no silêncio.

De repente, um homem grita: "Alguém pode oferecer o lugar para esta mulher, que está passando mal!? Ninguém se move. Afinal de contas, todos estão mal ali. Eu estou sentada, mas longe da mulher, que nem consigo ver, não consigo reconhecer quem ela é e onde está. Então eu espero, supondo que alguém ao seu lado se levantaria, claro. Mas nada acontece e ninguém se move. Então eu me levanto e chamo de volta, "aqui tem um lugar, por favor pode vir, aqui atrás, pode sentar aqui". A multidão se movimenta como uma onda, e ela, a mulher, é arrastada pela correnteza, impotente, até chegar onde estou. O homem bem à minha frente no lugar para quatro pessoas, se levanta e insiste que ela fique no assento que era dele. Faz questão que eu permaneça sentada, e assim eu fico bem de frente para ela.

Ela está sentada, rios de lágrimas silenciosas jorram de seus olhos fechados. Seu corpo inteiro está tremendo, tiram dela a máscara para que tenha mais oxigênio. Entre nós está a mesa do cubículo de quatro lugares. Eu olho para ela, quero oferecer-lhe minha ajuda, meu olhar, uma palavra, mas ela não abre os olhos. Ela está quase se afogando em suas próprias lágrimas. Inclino-me para frente e espero que ela levante um pouquinho as pálpebras, então estendo os braços sobre a mesa e sob seu olhar semicerrado ofereço-lhe minhas mãos. A mulher em luto percebe o gesto, aceita-o como uma oferta sem olhar para mim, sem ver de quem é a mão, apenas a compaixão ela entende. A mulher coloca suas mãos nas minhas, fecha os olhos novamente e eu fecho os meus, e respiramos juntas, e medito silenciosamente em **tonglen**. Inspiro com seu sofrimento, expiro amor e alívio, devolvendo compaixão. Inspirando e expirando, inspirando e expirando, mão em mão.

Durante cerca de 15 minutos ficamos de mãos dadas assim. Então abro meus olhos para ver como ela está, saber se está melhor. Ela parece mais calma, não treme mais, respira mais facilmente e o rio de lágrimas é agora apenas um riachinho. Seus olhos ainda estão cerrados. Então alguém lhe oferece água. Uma jovem lhe dá uma embalagem fechada de lenços de papel. Pessoas perguntam a ela como se sente. Nenhuma resposta ainda, mas há gestos de empatia. A pessoa sentada ao lado dela coloca a garrafa de água em suas mãos, mas a mulher não tem força para levá-la à boca. "Posso ajudar?", pergunto eu em alemão. Ela olha para mim e sussurra na mesma língua, "sem força...". Então me levanto e me ponho ao lado dela, seguro sua cabeça com uma mão e com a outra levo a água até os seus lábios, como uma mãe dá de beber a uma criança. Ela bebe um pouco, um golinho mínimo de cada vez, depois, já está bom... Agora ela consegue com os lenços de papel secar seus olhos e o nariz.

Eu posso ver que ela não é alemã, é fácil de reconhecer, ela tem cerca de 50 anos, pele morena, talvez fosse de outro país. Imaginei que sua pátria poderia não ser a Alemanha. Não quero perguntar, mas de alguma forma oferecer uma conversa, para que ela possa falar, desabafar, caso queira. E ainda em pé ao lado dela, eu me inclino, toco suavemente seu ombro e me apresento discretamente em alemão: "Meu nome é Clara, eu sou brasileira. Qual é o seu nome?" Então ela me dá o seu olhar bem vivo e aberto e diz: "Meu nome é Ana, eu sou da Bahia, do Brasil". Daí sorrimos uma para a outra em português mesmo e eu me sentei, de volta ao meu assento, de frente para a mulher que agora eu sabia ser Ana.

Ana então me contou na língua materna que nos unia, que teve um ataque de pânico e que nunca havia sido tão ruim quanto no trem lotado. O trem continuava exatamente como estava antes, mas a situação já não parecia tão ameaçadora para Ana, que falava muito bem o alemão, vivendo na Alemanha há mais de 20 anos. A mulher acometida pelo pânico há bem pouco agora falava devagar e eu apenas ouvia, e ela já não parecia assustadoramente doente como antes. Tínhamos as duas a mesma cidade como destino naquele dia, eu a caminho de casa, Ana, em seu dia de folga, ia visitar um amigo. Eu a acompanhei a pé e no ônibus até o endereço que ela tinha, até vê-la no abraço caloroso do amigo e assim eu pude enfim me despedir tranquila. Ana é enfermeira. Normalmente é ela quem apoia e ajuda pessoas em sofrimento.

Mantra da mística cristã alemã
(autor desconhecido)

Estou a salvo,
qual na tormenta, uma pluma.
Estou a salvo,
qual pluma em plena tormenta.

Aflada nas ondas eu não me afogo,
jogada nas rochas eu não me destroço.

Passeio Noturno

Foi um longo e intenso dia com palestras, vivências e exercícios sobre o estresse, estudos exaustivos para entender as causas e formas de combater o que mais aplaca os seres humanos. Ao final o professor dá ao grupo a tarefa de ainda revisar, depois do jantar, o conteúdo estudado no dia, analisar mais uma vez racionalmente os esquemas e técnicas de como se pode desconstruir o estresse. E todo meu corpo responde, não é possível, não! É preciso sair da abstração e da teoria e botar a questão em prática. O que me estressa é essa tarefa nessa hora do dia. Decido que não.

Para combater o estresse (neste caso causado pelo professor) o melhor seria não *estudar* e sim *fazer* de fato o que me pede a mente, o que exprime o corpo, a que me impele o momento: meditar só e em silêncio, ao pôr do sol por uma boa hora, na torre do antigo mosteiro beneditino. Insetos inquietos a zumbir na janela envidraçada da velha torre, casulo perfeito para o si mesmo. Apenas ser, apenas estar, harmonia necessária para dissolver o estresse produzido. Temia sair de lá com o corpo doído, mas nenhuma dor havia ao término do profundo treinamento, sentada em *zazen* por quase uma hora.

Hora de sair para dar uma volta e movimentar o corpo na paisagem já escura, na noite estrelada, encher os pulmões e respirar fundo. Sem luz nenhuma no campo, a tatear o caminho com o brilho do tênis branco, os olhos cada vez mais aguçados no breu noturno. Ando por cerca de 20 minutos inspirando e expirando o ar fresco e frio da noite até chegar a um banco em meio aos campos plantados, semeaduras da colheita futura. A deitar no solitário banco da paisagem, contemplava o céu e contava os aviões a cruzarem o universo. Nenhuma ilusão havia de encontrar, neste Hemisfério Norte, algum Cruzeiro do Sul ou Via Láctea ou estrelas cadentes de saudade, apenas a Lua do lado avesso do que conheço. No horizonte, a pequena vila e a torre da igreja, e ao longe a silhueta de uma floresta medieval, brisa da noite fria, o cosmos aberto no escuro. Relaxar profundo, a tarefa de estudar o agora fora cumprida.

Solitude boa de sentir quando plena e em paz, com cheiro de chuva na terra molhada – ainda assim é a mesma solidão a morar no peito apertado com sabor amargo de cinza queimada. Apenas que saiu a passear nessa noite sem luar e ficou pacificada – o que muda tudo. Sentada no meio do nada, é hora de soltar, deixar passar também esse instante, sem apego, sem tristeza, sem estresse. Deixar o banco, o campo e as estrelas, retomar os passos no escuro, voltar ao quarto na hospedagem do mosteiro, onde um dormitório aquecido prometia conforto, um chá quente e um gole de vinho guardado. Tudo certo e no seu lugar, nada seria melhor do que aquilo que pode ser vivido, a partir do que o momento tem a oferecer.

Deu samba no avião

Ela está no avião em um voo de nove ou 12h e mais tantas horas de conexão. Sua respiração está ofegante. Seu batimento cardíaco acelerado. Sua mente, o semblante sorrindo atrás da máscara pandêmica sufocante. É justa a sua ansiedade, ou deveria ela *take it easy and let it go*? Mas como conter a maré de saudade que vem com volume avassalador de tantos anos... Esse tempo respira dentro dela e agora a deixa sem ar. Por que lhe falta o ar que respira? Ela escreve na mesinha do assento da aeronave, tela pequena para que ninguém consiga ler, pois todos falam a sua língua. E esse sorriso que não se apaga, lembranças de um futuro próximo, encontro marcado – a verdade em carne e osso, fora do sonho virtual –, agonia da espera, só mais algumas horas, os anos, os dias e os minutos que já se passaram. Será esse anseio só seu? Afinal, pode existir corrente de prótons e elétrons que atravessa o oceano, a transmitir para o núcleo da mitocôndria de uma célula estelar, milenar, em única direção? É preciso estudar mais química, física, astrologia e taoísmo para entender esse movimento. Também a biologia e a gramática. Um fóton na frequência de mega-hertz, procurando sintonia fina no rádio quântico. Se não é a vida inteira, que seja muito além do dia a dia, cotidiano de sempre, seja esse latejar na alma, amizade de infância a pulsar na eternidade do universo sem saber por que, mas saber que sempre além da razão.

Voar 10 mil quilômetros distantes, sobre baleias, tubarões e ilhas de lixo flutuante de uma civilização perdida para traçar essa viagem à terra onde fora nascida, quem sabe só de ida, pois não sabe se do reencontro morre, ou sobrevive à nova despedida. Tudo por um átimo esplendoroso, vulcânica convulsão no centro da existência, lava cuspindo tempo, céu, calma e tensão. Ela chora, mas não é de tristeza, ela chora lágrimas de cristal líquido do sonho, feitas do mesmo sal que porejava sob a mão tocando a tatuagem extrema de outrora. Ri com os olhos marejados dessa véspera cristalina em que tudo resplandece no sagrado parir de sentidos na vida. O que fazer, se o solitário existir mergulha nessa flama de vertigem, abismo da poesia que canta o paradoxo de luto e prazer. Imaginar um encontro sobre o abismo dos anos?... beijar o chão que pisa, a espera de consagrada alegria, pois não importa como, quando, onde, quantos abraços e beijos, sorrisos e olhar o rosto da infância a sobrepor o tempo perdido. E eles hão de se perder e hão de se reconhecer no eterno e profundo rito de reverenciar o espantoso instante, o bravo e breve instante. E, principalmente, não esquecer jamais, pois não é qualquer par que faz retomar da meada o fio que escapuliu, para com ele costurar o velho e o novo mundo em um só lugar. Sem nada temer ou temer apenas a idade passar ligeiro. Mas toca o sino, o estribilho certeiro: de novo e de novo o fecundo tinir a pedir bis.

Ainda lhe falta o ar ao escrever, mas da janela do avião, no céu desponta a ponte sobre o oceano letárgico. Tudo imaginação surreal de uma vaga lembrança de nascer em um país e em um tempo impossível, o urgente sentido meta-químico-físico. Ela vai pousar com o avião a poucos metros de distância das mãos ainda molhadas de infinito. Veio para reinventar ou para reescrever o que não tem fim e não pode parar. A sentença proclama: o mito mitológico dos poetas clássicos e profanos é laço de compromisso com o verso infindo que resiste na alma da civilização que se extingue. Há de se manter acesa a tímida chama da solar resistência no pós-desmonte do todo tudo, na correnteza de quasares semânticos da nossa tão breve existência. Tem gravidade e leveza a íntima solidão do ser no espaço que aqui se espelha. Exaustão dos tempos que vêm no embalo sem freio, que não quer arrefecer enquanto vida brotar. Mas é permitido relaxar, é permitido refletir, quando o avião pousar, na terra de algum lugar dessa lembrança de um país onde é possível revisitar os sonhos de criança – terra natal – para então botar pelas tripas o coração. Ai, meu Deus, como suportar a profusão de estrelas-sementes que nascem e morrem a cada momento como um milagre nas mãos em busca do amém.

Arrebatamento
(Sabine Kisui)

A poesia in(flama) a estrela lá dentro
Como fosse acender o firmamento
De uma só vez
E desmancham-se as ovelhas do sono
Em nuvens ou bolhas de pensamento
Se posso, se devo, se há ou talvez
Se existe
O tal chão que recolhe as pétalas de rosa
Que afloram, transbordam, que choram
E se o abismo de som me engole
Será que Pink Floyd breaks the wall
Ou será que the wall makes me floyd?
Serenidade
Alvo em conquista, flor de maio
O eterno presente balança
No efêmero infinito de agora
A música é bela, o rio fervilhante
Preenche
Transparente o céu já amanhece agora
Anuncia uma certa aurora que
De repente, não mais que de repente
Com magia desvenda o fulgor de outrora.

Da Solidão
(Cecília Meireles)

Estarei só. Não por separada, não por evadida.
Pela natureza de ser só.
No entanto, a multidão tem sua música,
seu ritmo, seu calor,
e deve ser uma felicidade, às vezes,
ser na multidão o que o peixe é no oceano.
Ah! mas quem sabe das solidões que haverá nessas águas enormes!
Estarei só. Recordarei essas cidades, esses tempos.
Recordarei esses rostos. Pode ser que recorde
alguma palavra.
Nada perturbou o meu estar só. Por vezes, com o rosto nas mãos,
pode ser que sentisse como os desertos amontoavam suas areias
entre meu pensamento e o horizonte.
Mas o deserto tem sua música,
seu ritmo, seu calor.
Era uma solidão que outrora se levava nos dedos,
como a chave do silêncio. Uma solidão de infância
sobre a qual se podia brincar,
como sobre um tapete.
Uma solidão que se podia ouvir, como quem olha para as árvores,
onde há vento.
Uma solidão que se podia ver, provar, sentir,
pensar, sofrer, amar,
uma solidão como um corpo, fechado sobre a noção que temos de nós:
como a noção que temos de nós.
E andava, e sorria, cumprimentava e fazia discursos,
dava autógrafos, abria a janela, conhecia gavetas,
chaves, endereços, comprava, lia,
recordava, sonhava,
às vezes pensava – solidão – e logo seguia,
tinha até dinheiro comigo, tinha palavras, também,

que escolhia, dava, usava, recusava...
Solidão – dizia: fechava a tarde de mil portas,
andava por essas fortalezas da noite,
essas escadas, essas plataformas, essas pedras...
e deitava-me sobre o mar, sobre as florestas,
deitava-me assim – aldeias? cidades?
O sono é um límpido deserto – deitava-me nos ares,
onde quer que estivesse deitada.
Deitava-me nessas asas. Ia para outras solidões.
Se me chamares, responderei, mas serei solidão.
Serei solidão, se me esqueceres ou lembrares.
Qualquer coisa que sintas por mim, eu te retribuirei:
como o eco.
Mas és tu que vens e voltas:
a tua solidão e a minha solidão.

espaço

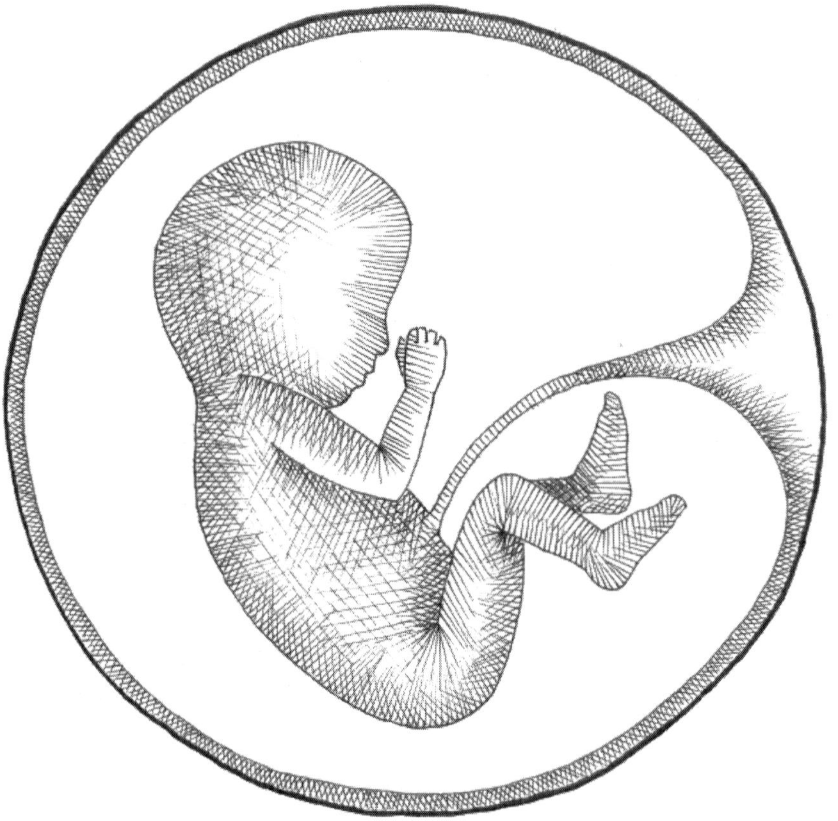

10

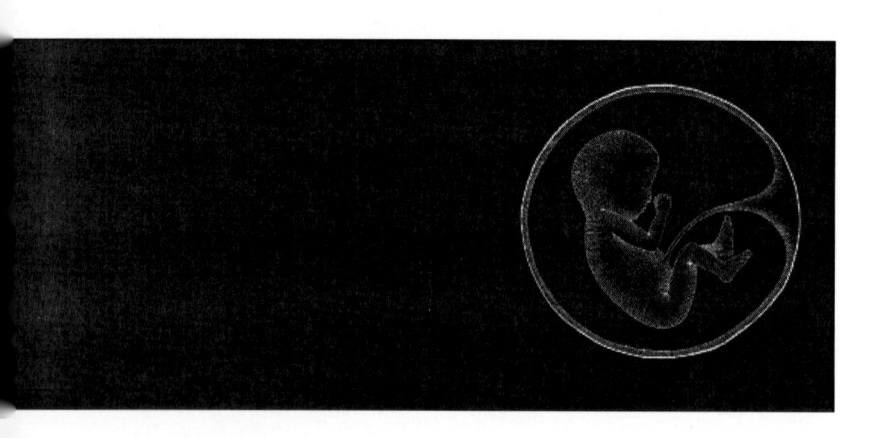

Forjando esperança, a medicina não pode deixar de realizar o próximo procedimento recomendável para o caso. Radioterapia. Sim, para aliviar a dor. Claro, se justifica, como negar? Mas pra quê? Mesmo tendo o longo caminho a percorrer em uma lúgubre ambulância vestida de dor e de medo, gritando a sirene no meio do rush, rumo ao endereço da clínica, onde um raio de luz promete melhorar a vida da paciente, a mãe. Desespero no caminho misturado à esperança de certo alívio. Por favor, cuidem de mim, que não posso mais cuidar de vocês. Olhem minha bolsa, minhas coisas, minha vida, ela não pode mais dar conta de si, de nós todos, de quem sempre cuidou com tanto amor. Deitada na maca, sente-se ainda como responsável, a mãe tão querida.

Ser filha, Clara sabia, apenas com a maternidade se revela inteiramente como fruto maduro da singular existência feminina. O elo filial se faz completo quando uma ponta é mãe e outra ponta é filha, laço maternal, fita a unir gerações, enfeite da dança do ventre nessa romaria sobre a terra que gira. Do início ao fim, uma ciranda de convulsões e canções de ninar para sempre. Não há relação mais forte do que essa indissolúvel garra de amor encravada no osso do coração. Uma luz líquida que corre nas veias e vez ou outra escorre pelas feridas, e nem mesmo seca quando cessa a vida. Oleoso bálsamo a dar sentido ao ranger do inexplicável e inevitável átimo de destino incompreensível. Para lembrar do inesquecível, Clara tatuou as inicias das suas filhas, com a letra delas em seus punhos, que, cerrados ou abertos, a trabalhar ou em prece, fosse no gesto de dar ou de receber, tudo o que as mãos fizessem teria a assinatura de suas meninas, gesto autenticado. Educar é tornar-se generosamente desnecessária em nome da autonomia da cria, a mais grandiosa, difícil e complexa missão de aprender e crescer, ato de amor incondicional, irracional doação de benefícios e maior presente do universo, como Clara deixa transparecer.

Ser mãe

Quando ligaram do laboratório e me perguntaram se eu era a mãe de Sophia, dias depois de nascer, senti o significado do gesto maior de ser mãe, a generosidade de sempre doar, abrir mão de si mesma. Pela primeira vez eu não era Clara, mas a mãe de Sophia. Depois veio Alice, e sou mãe de duas filhas, terminações nervosas do coração ampliado. Dos desafios da vida, este o maior: maior amor, maior dor, maior dúvida, maior certeza, maior lição do não saber. Disposição para sofrer, disposição para se maravilhar com o universo de incertezas. São muitos anos de dedicação à difícil arte de educar, rezando todos os dias para que elas se desenvolvessem a partir do que é verdadeiro, para além dos erros, para além da insegurança de responder sim ou não e dizer o que é certo ou errado. Ser mãe é não se apegar a essas extensões de si mesma e saber que são elas tentáculos do mundo. Saber reinventar a cada momento a relação com os seres que vieram para afirmar e reafirmar a cada geração o sentido de exisitir.

A filha e o tempo
(Sabine Kisui)

Quando o amor nasceu em mim
Pela primeira vez me fez assim
Ser dois de uma vez: você e eu
A dor e o prazer, o tudo e o nada
O medo e a coragem, o ser ou não ser.
Mas nada é somente bom ou ruim
Tudo a intensidade do não e do sim
Menina moça, querida Sophia
A luz que queima também ilumina
O meu caminho, o teu caminho
Um dia você saiu de dentro de mim
Um dia você saiu

Menina
(Sabine Kisui)

Quero ver o milagre
Quero ver você, saber a menina
Quero ver Alice nascer e crescer.

Quero enfim desvendar o mistério
Do anjo que dentro de mim
Procura ser gente assim
Como todos nós.

Te convido à vida livre
Do ventre em que você já não cabe:
não é mais tão pequena nem é mais semente.

Um dia você
Um dia eu
Um horizonte sem fim espera por nós
Um lugar passado e futuro e
O tênue presente costurando tudo
No mundo você e eu,
Você é do mundo, o mundo é seu –
A filha e o tempo
Para mim, um presente de Deus.

Somos duas agora a nos conhecer
Tem mais gente aqui fora
Querendo te ver:

Seu pai, sua irmã
Suas avós, seu avô
E os amigos, parentes
Todos a querem como o mais belo presente.

Vem, minha criança
Ser singular em todo o universo
Espírito único – vem dar
Sua parte ao mundo onde quis encarnar.

Sua mãe lhe espera – não importa a dor
Que envolva o ato do maior amor –
Quer lhe dar à luz.

É chegada a hora de você nascer
Vem logo, menina, preciso lhe ter
Em meus braços
E crer.

A relação parental – reflexão de uma jovem mãe
(Carta no Dia dos Pais)

Tenho em mente a educação por responsabilidade, a educação para a liberdade: possibilitar o desenvolvimento de um ser humano livre, sadio, consciente, seguro e confiante.

Estamos formando um pequeno ser que tem suas próprias características e que poderá desenvolver aspectos positivos ou negativos, conforme os estímulos do mundo que o cerca, principalmente nos primeiros anos de vida, durante a formação do querer, do sentir e do pensar.

A criança ainda não tem forma definida e a sua alma ainda está se moldando: toda ação dos adultos ao seu redor é imitada pela criança, os exemplos são os seus parâmetros, e ela reflete tudo o que por outro lado absorveu.

Se conseguirmos alguma coisa dela à força, estaremos lhe ensinando a usar a força para conseguir o que quer. Do mesmo modo, se nos mostrarmos flexíveis, estaremos ensinando a criança a ter flexibilidade e capacidade de mudar, reconhecer seus erros e aprender com eles. Se somos autoritários com a criança, estimulamos a intransigência nela, além de uma provável revolta na idade adolescente ou adulta. É melhor deixar extravasar a emoção e lidar com ela do que a fazer calar. Os limites devem ser dados pela tolerância e pelo respeito mútuo, nunca pela repressão e pela imposição da nossa autoridade.

Nós, adultos pensantes, temos de controlar o nosso poder sobre a criança, pois é uma relação muito desigual: temos mais força, consciência, experiência e liberdade, coisas que a criança precisa conquistar por meio da sua própria vivência. Nós, como pais educadores, devemos oferecer o espaço físico e emocional para este aprendizado. Aí é que reside a nossa autoridade: temos a responsabilidade de conduzir a criança por este caminho até que ela seja independente e madura. Precisamos permitir à criança experimentar e não simplesmente obrigá-la a acreditar na nossa experiência, que é só nossa.

Educar é uma tarefa muito mais difícil e complexa do que essas palavras e exige uma paciência enorme, e, acima de tudo, muito, muito amor. Mas educação é uma relação de duas mãos, e é preciso ter a disponibilidade interna para a autoeducação, estar aberto para aprender com a criança e ter um profundo respeito por este ser ainda mais próximo do mundo espiritual, de onde certamente nos traz muitas mensagens.

Como explicar às filhas a separação, o chão e o não

A revolta por terem de passar por esta situação é justa. Afinal, vocês nada têm a ver com os problemas entre seus pais. Mas todos prefeririam não estar passando por isto, só que às vezes é necessário mergulhar fundo para encarar, única chance de sair mais forte de qualquer conflito. Por sermos uma família unida e com amor, foi inevitável que respingasse em vocês toda a dor. Talvez algum dia no futuro, e com mais experiências vividas, vocês possam compreender melhor que mesmo um "casal 20", depois de 20 anos, precisa de revisão para ter chance de se reinventar e continuar verdadeiro. Com as filhas quase grandes, partindo para os seus voos solos a trilhar seus caminhos, pai e mãe mudam de papel e também precisam se questionar para as individualidades não ficarem dissolvidas na sombra de uma relação estagnada, um casal *pro forma* como há tantos por aí. É fácil com a maternidade as mães esquecerem de lembrar de si em favor da cria e da família, ceder sua vez e lugar para ver os outros felizes, como se isso fizesse sentido, abrir mão de si. Depois, em nova fase a ser vivida, a chance de perceber que é preciso gostar de si para ser inteira e para se realizar junto aos que ama. Já os homens, culturalmente provedores e "chefes" da família, é comum descuidarem das relações em favor de suas carreiras para então, tarde demais, se darem conta da importância de cultivar e valorizar a quem amam. Não há culpados neste processo, mesmo que haja tantos erros dos dois lados com os quais aprender. Preciso de um tempo para me recolher, rever e refazer, para aceitar os novos desafios. Espero poder contar com a compreensão ou pelo menos peço um voto de confiança, respeito e apoio por tudo o que já fiz por vocês. Amo vocês, mas preciso deste crédito e sobretudo de amor... Me desculpem, por favor, se as faço sofrer, mas espero que tudo isto as ajude a lidar e a enfrentar futuros conflitos inevitáveis, e que possam encará-los com disposição e coragem.

E tem uma coisa que quero dizer, do fundo do coração, de mim. Desde que nasceram, sempre ensinei que o maior tesouro que pudemos construir em família foi o amor à terra, onde tiveram uma infância feliz, abençoadas pela natureza. Vão carregar para sempre esta energia das estrelas, de banho de rio, as micas reluzentes, as bananeiras prateadas de Lua cheia, a fogueira, o frio, o Sol, os pés de fruta, os pássaros e a relação com a terra, com a gente da terra, com o que a terra nos dá de comer, o aipim arrancado do chão, o aipim frito no fogão à lenha, a água da fonte e da bica que pode beber... Quero dizer agora, depois de tanta coisa mudar em nossas vidas, que isto nunca vai mudar para mim. Também eu carrego este tesouro encravado na alma e nem uma separação, nem qualquer documento tem como tirar isto de dentro de mim. E neste espaço não há raiva, não há dor, nem sofrimento, há apenas uma veneração enorme pelo universo que neste lugar se faz tão visível para mim, e uma gratidão enorme por tudo o que lá vivi e que vocês são.

E meu pedido é que mantenham esse vínculo e preservem esse paraíso tão único e que um dia estará sob sua responsabilidade. Que levem lá seus amigos e seus filhos, que dividam com as pessoas que amam a energia dessa terra que é parte de vocês. Saibam que o mais importante é a relação com cada grão de chão e cada gota de água do rio. Deixem ali apenas o que há de bom em vocês e estejam certas de que o que há de bom em mim também estará lá para sempre. E isto não tem nada a ver com propriedade, e é algo completamente independente de titularidade da terra e mesmo de estar presente neste lugar que desde sempre se imprime na minha aura. Quanto mais amor houver por lá, mais amor irá gerar pra todos ao redor, e nisso me incluo. Um dia eu só pensava em lá morrer e plantar minhas cinzas no jardim, foi quando percebi que era hora de deixar para trás, partir para viver e existir, pois não era chegada a hora das cinzas, hora que não deve chegar antes da hora, nada de se enterrar viva. E mesmo que nunca mais meus pés ali pudessem pisar, essa terra será sempre símbolo do sagrado, natureza e paz. Assim será, assim para sempre vai brilhar, nosso céu, as estrelas, nossa terra, nosso Sol, o rio e o luar.

Índigo: canto da mãe dolorosa

Nos horizontes deste planeta explodem hecatombes de mães sangrando seus filhos em bombas, e no seu útero de menina, menina, esse vazio de uma gravidez ectópica, sem nenhum sentido compreensível, como espelho da vida que não se reflete, não vinga, não fixa, não para de chorar. Que dor maior que a dor da filha a ter um filho que não nasce, que vem sem existir, que morde a isca, mas ferido escapa, talvez porque muitas bombas explodem por aqui. Será que não quer vir? Como dar à luz no meio de tanta escuridão, se a vida grita sempre não?! Porque temer tremer na terra ancestral que gira e gira e cospe gente a torto e a direito, mas não vê o enfeite que a filha prepara para a filha que não vem. Somos pares, mãe e filha a produzir descendentes, missão de gerar gerações de anjos que vêm tentar a sorte por aqui. Preparamos o ninho, os seios fartos de leite quente, jorrando doloridos, duros, esperando as bocas para aliviar a dor que as alimente. Produção de sementes que viram estrelas antes mesmo de reluzir, não vão para o céu, mas se enterram no chão onde as bombas das guerras caem. Venham, venham, crianças índigo **blues**, plantar o que se chama vida, acender a chama que vem da morte ferida e resolve renascer fênix na alvorada. Dia seguinte, então. Pois dias seguintes virão.

Passeio com as estrelas

Algumas coisas mágicas acontecem assim, do nada. Era Ano Novo. Estouramos o champanhe em cima de uma ponte velha de madeira sobre o rio que passa ao lado da casa onde ficamos, nesta pequena aldeia encantada em meio à Floresta Negra. O dia foi luminoso, 14 graus, um sol e céu azul, lindos, não fosse isso prenúncio e sinal de temerosa mudança climática... nesta época aqui deveria ter um metro de neve cobrindo a paisagem com alguns graus negativos.

Mas, felizes com o clima alegre de filhas, genros e dois casais de amigos, curtimos o que havia para nós: um passeio no ar puro das paisagens naturais, deliciosas tortas alemãs, um bufê com carne de caça da região, o hotel na casa de 500 anos pertencente a uma senhora, Érika, de olhos azuis e muitas rugas, de expressão doce e triste. Acolhidos com simpatia e sintonia pela tradição da hospitalidade de muitas gerações.

Já rompido o ano, os jovens casais animados a beber e dançar na festinha improvisada com um parabéns para a aniversariante, com a coroa de rainha na cabeça. Cenário perfeito para sair à francesa noite afora e ver as estrelas. Nunca havia visto tantas estrelas neste lado do mundo. Ar gelado, passeio noturno sem Lua para meditar. Luzes acesas visíveis apenas nas poucas janelas das casas e nas muitas janelas do céu.

Nesse escuro da noite no campo fui caminhar. Cheiro de estábulos ao redor, barulhinho do rio que passa sem parar, ao longe o som de alegria e música de algumas famílias e pessoas a festejar. Perfeito estar assim sozinha com toda essa atmosfera ao meu redor. Caminhei por um bom tempo, parei mais uma vez para olhar as estrelas, e então pensei, como seria bom sentar um pouco, apesar do frio da noite, para uma meditação mais profunda. Mas onde, neste chão gelado no meio do nada?

Olho então para o outro lado, era como se algo me chamasse, e, ao me virar, vejo na escuridão o vulto de um banco encostado na parede branca de uma casa completamente silenciosa na beira do caminho. Nem acreditei naquele cenário mágico e perfeito para mim. Ao me aproximar, qual surpresa de ver que o banco tinha ainda três almofadas e ficava protegido do sereno sob a beirada do telheiro da casa. Foi como um convite, uma confirmação da minha intenção, e eu sabia exatamente o que eu estava fazendo ali, naquele momento e naquele lugar.

Os pés firmes no chão, coluna ereta, sentada com a almofada no banco, olhos semiabertos, atenta ao som do rio, ao ar entrando e saindo pelas narinas, ao corpo em movimento com a respiração. Sentindo o cheiro da terra e do gado, o estado pleno de felicidade, saudade, gratidão, pensamentos e planos para o ano inaugurado, espaço estrelado abarcando todo o universo. Todos os espíritos famintos sentados no banco comigo, compartilhando a refeição. Compaixão pelo sofrimento de todos, inspiração, fluir de alívio na aspiração, expiração, meditar profundo e sereno e comunhão.

Nenhum desconforto. Minhas mãos estavam quentes, os pés gelados, mas sem frio. O corpo plenamente adaptado ao estado dado, a mente e o coração abertos a fluir. Passados assim uns 40 minutos, agradeço e resolvo encerrar o exercício da prática e voltar. Ainda abrindo os olhos, ouço então as vozes das filhas subindo pela rua e gritando "mãe", "mami, cadê você?". O eco era de preocupação carinhosa, com risos e sem tensão, foram me buscar para a volta ao quentinho da casa de Érika. Um abraço perfeito de mãe e filhas, cada uma de um lado, eu na mais completa gratidão para poder dormir nesta noite de ano novo que agora já havia chegado do outro lado do oceano, onde mora a metade do meu coração.

Minha mãe é uma artista – Depoimento para sua exposição

Mãezinha, Mãe, Mutti, a Benvinda. Junte estes tecidos da mesma pessoa, com pontos de amor, dedicação, dor, disciplina, beleza, estilo, sofrimento, estética, organização, desejo de harmonia, raiva, método, busca do belo, simplicidade e sofisticação, bom gosto, melancolia... e surgem retalhos de uma vida, formando estas paisagens tão lindas que tudo isto contém, em texturas e tons saídos da memória, da fotografia, do desenho e do desejo.

Transformação de pequenas partes, materiais novos e reutilização de restos passados, em um todo harmonioso, almejado pela artista. Passaria horas, dias, semanas e uma vida a fazer seus *patchworks*, recriando os lugares por onde andou e que a encantaram. E a partir deles resgatava ponto a ponto o melhor de cada cor, o melhor de cada sombra, de cada luz, das formas e das tramas para refazer um mundo melhor ao seu redor. E nele habitava livre, leve, a mãe doce e eficiente, amorosa e despida da armadura de medo e receio que o tempo e a história lhe meteram.

Demorei a reconhecer isso, minha mãe, a lhe encontrar ali neste mundo, a passear nele com você, talvez por ser tão avessa a linha e agulha, foi difícil compreender seu mergulho solitário e compartilhar a sua essência. Mas assim lhe reconheço hoje e lhe admiro, tendo alcançado o desejo de entrar no Cosmos, costurando estrelas e planetas e galáxias, e eu aqui na Terra, compartilhando agora com aqueles que lhe amaram, esta singela homenagem e saudade para sempre.

A menina medrosa
(É a prima da Menina Mimada de Cecília Meireles)
(Sabine Kisui)

A menina medrosa tem medo de tudo
Tem medo do medo
Tem medo da bronca
Tem medo do nada
Ah, menina medrosa, por que anda nervosa?
Tem medo do escuro porque nada enxerga
Tem medo do vento porque as folhas balança
Tem medo do fogo porque estala e tem cara
Ah, menina medrosa, qualquer sombra apavora
Não acredita em saci, mas o vê pulando aqui e ali
Não acredita na Cuca, mas a risada dela escuta
Tem medo de lua cheia, porque o lobisomem a rodeia
Ah, menina medrosa, que acredita em qualquer prosa
Não sabe de quem, nem por que, nem de onde
Mas sabe que medo tem
Dos fantasmas que se escondem
Embaixo da cama, no armário e atrás das portas
Ah, menina medrosa, quer mesmo é ficar chorosa
Pra gente dizer assim: fantasmas estão na cabeça,
Vem cá me dar um abraço, menina medrosa,
Encarar o medo de frente e dar uma risada gostosa.

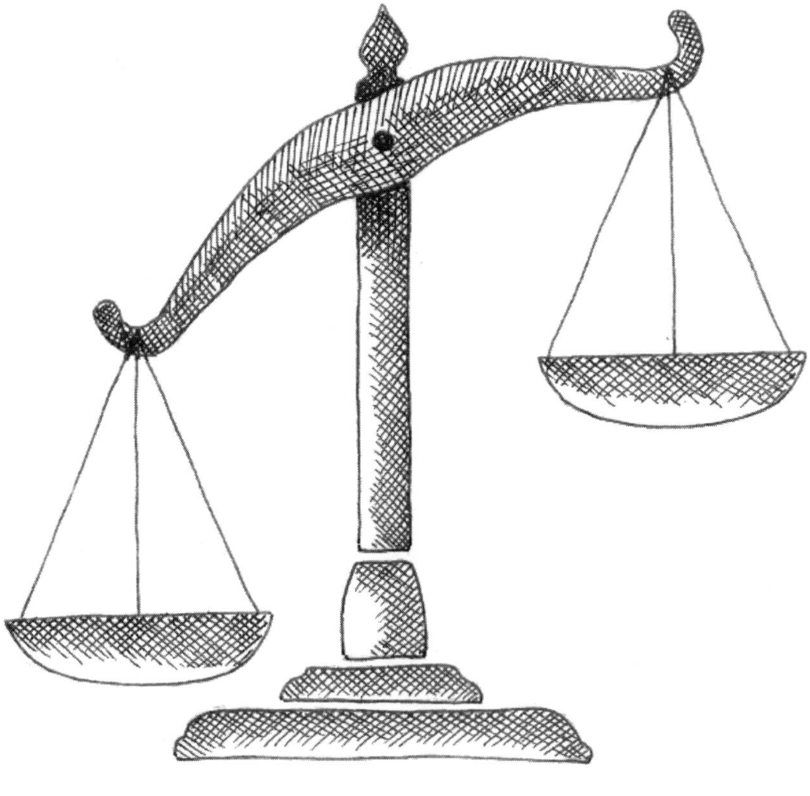

9

O carinho das enfermeiras, a gentileza no ato de ajuda, a entrega sem resistência da doente internada, que vive confinada no leito e ninguém imagina. Discreto sorriso de um momento terno, pequenos gestos anônimos que abrem inesperadas janelas de compreensão e compaixão, relações de dar e de receber, o convívio fraterno da igualdade: uma mão oferece apoio ou um abraço, sempre perto de quem precisa. E ela, que não gostava de falar com estranhos, agora se abre meiga e grata para o outro, um atrás do outro, estranhos que entram no quarto do hospital para garantir que ela viva, que sobreviva mais um pouco. Preconceitos se desmancham junto com o remédio que alivia a dor: o olhar de gratidão a quem antes ela nem admitia sentar-se ao seu lado, na raiva de depender de um cuidador... Mas a armadura se desfaz e a doçura se revela na face tão vulnerável.

Durante os três séculos em que havia no Brasil o comércio de escravos (1550-1888), quase 5 milhões de africanos escravizados foram enviados para o país, principalmente para a Bahia, onde trabalharam em condições lucrativas e desumanas nos canaviais dos engenhos de açúcar. No início da colonização, a população local também foi escravizada, mas era mais difícil adaptar os indígenas ao trabalho pesado. Eles recusavam-se a trabalhar, preferindo morrer, brigavam entre si e adoeciam devido ao contato com os colonizadores europeus. Em termos de tempo e em números, o Brasil teve o pior histórico de escravidão africana nas Américas. E, apesar de a cultura desses povos da África ter sido desde então absorvida, integrando a cultura brasileira, e a abolição já ter acontecido há bem mais de 100 anos, o racismo e a desigualdade da justiça e dos direitos civis estão longe de ser superados, como todas as tragédias coletivas ainda a desferir golpes na sociedade humana.

Clara tinha consciência de ter nascido de uma família culturalmente ligada aos colonizadores e foi criada com uma segunda mãe, profissão tão comum no Brasil, que alguns chamam de babá, outros, de secretária, mas também de faxineira ou diarista ou a denominam simplesmente como empregada doméstica. São na sua maioria mulheres que não tiveram oportunidade, reféns das condições injustas da sociedade, geralmente começam a trabalhar ainda adolescentes, não têm apoio ou possibilidade ou incentivo para estudar. Algumas nem aprendem a ler e escrever. Não porque não sejam capazes, não por não terem interesse, mas apenas porque nasceram na casta social do invisível da qual é tão difícil sair. Não é impossível, mas apenas com muita sorte e uma história de exceção, algumas eleitas pelo destino conseguem reverter a sina escrita. As outras são gratas por terem trabalho, por serem úteis, por serem quase família em tantas famílias brancas que dependem delas para seu *status quo*, para manter-se na casta visível de privilégios, de educação e de oportunidades tão distintas daquelas que mantêm funcionando as suas casas. As mulheres-mães são quase todas negras, descendentes da linhagem de corpos sacrificados pela escravidão. Existem ainda hoje inúmeras Tias Nastácias, tão queridas como em Monteiro Lobato.(E do que adianta redimir a culpa ao negar o racismo do Sítio do Pica-Pau Amarelo? Nada há de politicamente correto em apagar traços da história sem reescrever de forma correta o futuro.) Servem elas, as mães invisíveis, a essa burguesia que também luta para se manter acima da linha de pobreza, ou servem à elite muito bem posicionada no asfalto de frente para o mar, tão segura de sua meritocracia ou direito à herança de seus contábeis bens. As empregadas domésticas tantas vezes se submetem ao trabalho sem carteira assinada, sem direitos trabalhistas, por não terem escolha e serem mantidas na ilegalidade, situação mais fácil e barata para os patrões. Claro que há também muitas exceções e condições mais justas no quadro da injustiça sistêmica. Mas são essas donas de casa, batalhadoras e guerreiras, que mantêm a infraestrutura da vida privada no Brasil. Em última instância são elas que administram a casa das patroas e suas próprias casas e das filhas e dos filhos dos outros e dos próprios – muitas vezes sem pai e certamente sem ter o apoio que elas dão às famílias onde trabalham. Não só cuidam do aspecto da governança da casa do patrão, mas também têm papel fundamental na dimensão afetiva de tantas crianças educadas por suas mães de coração. São elas inenarrável referência emocional da infância na sociedade brasileira. Assim também foi na história de Clara e de suas filhas Sophia e Alice, que tinham uma dívida enorme e sincera, e um forte laço afetivo pelo resto da vida com a mulher-mãe-de-criação. As histórias e reflexões de Clara sobre o tema eram para ela como uma oração.

O mesmo sol

Um helicóptero da Polícia Militar sobrevoa os inúmeros casebres empilhados no morro da Mangueira. Mais uma bala perdida e será o fim de tantos problemas e sofrimentos na vida de alguém... Mas não é assim, o som do tiroteio não acalanta este desejo, apenas entoa a dor aguda de tantos. Gritos, assisto impotente da janela, ainda é bem cedo. As casinhas acordam na contraluz dos primeiros raios do sol que testemunham esta guerra ao som das rajadas de balas. Lembro-me dos raios de sol que entram pela janela na parede de pau a pique da casa de Catarina, tão longe dali, nas montanhas de Friburgo. Ligo para ela. Embaixo do retrato colorido dos avós na moldura oval, uma toalhinha rendada sobre a cômoda de verniz brilhante, ali o celular de alta tecnologia toca, mas ninguém atende. Continuo vendo pela minha janela o helicóptero caçando os bandidos no morro e assustando as crianças que ainda dormem. Os moradores confinados não botam o pé na rua e neste dia chegarão atrasados ao trabalho – os que sobreviverem – pois a batida policial os impediu de sair a tempo. Pelo menos hoje os pequenos, que ficariam sozinhos trancados em casa, largados à própria sorte durante todo o dia, terão a companhia de alguém até mais tarde para confortá-los em seus medos, sustos e perigos diários.

Agora Catarina atende afobada: "Tocou muito, o telefone? É que eu tava lá fora correndo atrás da cabra que fugiu pelo terreiro, pra tirar leite pro menino. Tá tudo bem aí?" "Ah, que saudade, Catarina... Aqui a gente tá na correria da cidade, precisando descansar um pouco... Por favor, deixe a casa arrumada e tudo limpinho, chegaremos amanhã. Desta vez a Maria vai com a gente". Lá na serra, há tempos Catarina já tinha luz em casa, graças a um gerador; agora ela tem também um celular, que utiliza como um telefone fixo, pois na Toca da Onça o celular só fala perto da antena-base. Quando estão pra roça, pode deixar uma mensagem na secretária eletrônica da companhia, ela passa o recado direitinho. Eles escutam. Só é bom avisar de véspera quando vamos chegar para Catarina ter tempo de limpar a casa. E ela só limpa mesmo de véspera, pois não vê sentido em manter a casa sempre limpa se ninguém vai chegar. "Dia seguinte tá tudo sujo de novo, o vento traz muitos ciscos que entram pelo telhado, mas pode deixar comigo, quando vocês vierem, deixo tudo arrumadinho, é só me avisar".

Maria, como eu já previa, chegou atrasada. Não, graças a Deus ela, não mora no morro, mora na Baixada, em um bairro pobre, mas urbanizado. Só que fica muito longe, quase duas horas de viagem, contando o trânsito corriqueiro. Em dia de tumulto assim, de polícia e bandido, o deslocamento em qualquer lugar no Rio de Janeiro fica mais difícil: a cidade para à espera do número de mortos. Uns param para ver, outros param por medo, outros resolvem dar meia-volta. Pronto: pânico e tensão. Está feito o nó no trânsito – carros, ônibus e caminhões –, perde-se apenas um dia de trabalho quando não se perde a vida. Maria também chegou apavorada, pressão alta. Vinha ouvindo no rádio. Dois bandidos mortos, três presos, um policial ferido gravemente, uma criança que levou uma bala de raspão e um corpo de mulher ainda não identificado. Muito desespero. "Calma, Maria, calma". Que mais posso dizer...? "Amanhã vamos sair cedo, traga as suas coisas de manhã e esteja pronta para sairmos após o almoço". "Ah, meu Deus, mas será que posso deixar a minha mãezinha aqui sozinha três dias?" "A sua irmã, Maria, pode cuidar dela uma vez para você poder passear, não pode?!" "Tá certo, vou confirmar com ela... Preciso mesmo relaxar um pouquinho".

Tudo combinado, saímos quase na hora do *rush* da sexta-feira, véspera de feriado, quando todas as saídas da cidade ficam engarrafadas com carros lotados de tias, travesseiros, papagaios, crianças. Alguns ainda levam o cachorro, que fica babando no motorista, outros levam a prancha de surfe na capota, alguns empilham as bicicletas na traseira. O fato é que quase todos saem na mesma hora, a hora que podem, fazendo a felicidade dos vendedores de biscoito Globo, pipoca doce, água, cerveja, guaraná... Esta felicidade ainda nos alenta, pois é o ganha-pão suado, suado, mesmo, sob sol e chuva, de uns muitos desempregados, que não tiveram a chance de ter formação alguma e só contam com a criatividade e o talento natural para sobreviver, a capacidade de se virar, improvisar, sorrir, apesar de tudo... Pior é a felicidade dos que nos revoltam, como a dos donos do pedágio, que orientam seus empregados de salário mínimo a só darem recibo de pagamento àqueles inconvenientes cidadãos motoristas que fazem questão. Por isto a fila de saída nos feriados é uma verdadeira festa para eles. Certamente nem metade dos carros que pagam pedágio são contabilizados devidamente para o pagamento dos impostos ao governo. Ah, o governo...! É melhor mudar de assunto, afinal, estamos indo para nossa casinha nas montanhas para relaxar, recarregar as energias na natureza, beber água da fonte, tomar banho de rio, tomar cachaça do alambique, colher a couve na horta, trocar uma galinha por dois quilos de farinha, tomar café coado no filtro de algodão, fazer o almoço no fogão à lenha, à noite uma lareira, prosa e verso, estrelas, talvez uma canção.

Chegamos já de noitinha, começando a escurecer. A estrada estava razoável, muitas pedras soltas, mas não tinha lama, pois fazia dias que não chovia. Na época de chuva, a estrada Serra-Mar às vezes fica quase intransitável, parece até um leito de rio extinto, fazendo lembrar que a origem do seu traçado vem dos plantadores de banana e seus burros. Enfim, chegamos à porteira estrategicamente deixada aberta por Catarina antes de ir embora. Algumas estrelas já se mostravam em um céu limpo cristalino, e o vento fresco da noite na floresta anunciava que o dia seguinte seria lindo.

Para Maria foi difícil acostumar-se com a escuridão, entrava nos cômodos da casa botando a mão na parede para procurar o interruptor. "Não temos luz aqui, Maria, esqueceu? Aqui é luz de vela ou podemos acender o lampião a querosene, está bem?" "É só isso que me deixa triste aqui, a noite escura é muito triste..." Mas logo acendemos uma fogueira pertinho da varanda no gramado, em lugar previsto. Enquanto as crianças corriam atrás dos vaga-lumes, Maria recostou-se na espreguiçadeira, olhou o céu maravilhada e jamais se esqueceria da sensação de plenitude da alma, aquecida pelo fogo e preenchida por milhares de estrelas brilhantes. Ela nunca tinha visto uma estrela cadente! Na grande metrópole que é o Rio de Janeiro, o excesso de luzes não deixa a noite ficar escura, nem silenciosa, nem a deixam dormir; na cidade já não há quase estrelas, apenas os planetas mais luminosos ainda se vê. "Estrelas cadentes? Isto é coisa de conto de fadas...!"

O inhame que Catarina deixou colhido virou uma deliciosa sopa e forrou nossos estômagos ao redor da fogueira. Depois, o sono e o corpo cansado se deitaram relaxados nos lençóis com cheiro de Sol e de relva. Esta noite valeria por muitas. Por isto mesmo Maria acordou cedo na manhã seguinte. O sono tranquilo, profundo e ininterrupto fez o corpo acordar cheio de energia e, claro, uma curiosidade imensa de ver onde estava à luz do dia. Quando se chega de noite a um lugar desconhecido, a imaginação desenha o entorno embebido de expectativa, mistério e desejo. O amanhecer no dia seguinte sempre surpreende ao revelar onde realmente estamos. Pois assim foi com Maria. Todos na casa ainda dormiam quando ela acordou. O Sol nem despontava ainda no horizonte, mas já era dia claro, e os olhos de Maria olhavam o verde – verde-claro, verde-escuro, verde-luz, verde-sombra – salpicado com um ou outro ponto vermelho dos tiês-sangue entre as folhagens ou na ponta dos ipês, da canafista ou do abacateiro. Às vezes um azulão, um assanhaço e muitos outros bicos cantores da manhã. Com paz de espírito ela contemplava um amanhecer nunca antes visto...

    De repente Maria percebeu alguém entrar pela porteira. Uma mulher meio loira e de olhos azuis reluzentes subiu com determinação a ladeira até a casa. Em pleno galope e de pés descalços, uma figura magra e musculosa, apesar de suas rugas curtidas ao Sol por mais de 50 anos, carregando um balde cheio de aipim ainda com terra. Entrou na varanda sem alterar o ritmo da corrida, largou o balde de aipim e, com um sorriso largo no rosto já suado, agarrou os ombros de Maria e tascou um beijo em cada face. Reservada que era, Maria, doce, jovem, negra e bastante acima do peso, ficou sem palavras, mas a mulher logo se apresentou: "Sou Catarina e já ouvi falar muito em você, Maria. Você é forte mesmo!", riu. Maria, metade da idade da Catarina, devia pesar o dobro e ficou sem fôlego só de ver a colega subir a ladeira de 100 metros da porteira correndo. As duas se examinaram e logo deram uma boa risada, constatando simpatia mútua. Foram arrumar o café da manhã, Catarina tacou fogo no fogão à lenha para cozinhar o aipim e ferver a água do café. "Já comeu aipim cozido com manteiga e café?" Maria foi botando a mesa na varanda e, aos poucos, todos foram acordando.

    Depois de muita conversa e trabalho, Catarina não para, mexendo no jardim, na horta, mantendo o fogo do fogão aceso, cortando lenha para logo mais à noite, capinando um oitinho de mato, e Maria admirando tudo, ajudando aqui e ali, não tinha vindo para trabalhar e sim para descansar. Quando o dia já estava bem alto e quente, e o almoço quase pronto na panela de pedra, Catarina foi ajeitar o poço, uma pequena piscina natural dentro do rio no rumo do sítio. Foi trabalho de muitos homens, mas nenhuma máquina, construir aquela piscina, rolar um monte de pedras, controlar a água, tapar os buracos com cimento, conter os vazamentos com galhos, areia e folhas do redor. "A cada chuva temos de limpar o fundo, pois enche de areia". É o que Catarina foi fazer junto com as crianças. Abrir o buraco, vazar a água, limpar tudo e fechar de novo. Tarefa fácil no verão, em uma hora estava feito e o volume d'água logo, logo enche o poço novamente. "Vem tomar um banho, Maria, a água tá boa que tá danada!" Maria hesitava, "quero não, não gosto de água fria..." "Mas você vem até aqui e não vai tomar um banho de rio?" "Está bem, já volto, então." Enquanto Catarina jardinava um pouco, Maria foi trocar de roupa, foi devagar, cheia de dúvida, mas foi. Então voltou enrolada na toalha, veio animada, mas ainda hesitante. Botou a toalha de lado, expondo envergonhada o corpo roliço e os fartos seios, tudo seguramente protegido por um sutiã, um *collant* e uma bermuda de *lycra* por cima. Pôs os pés no primeiro degrau do poço, experimentando o frio da água. Catarina não se conteve: "Mas, menina, o que que é isto? O que é bonito é pra se mostrar!" E foi tirando a blusa e o *short* surrados com que trabalhava e pulou seminua e toda suada para dentro do poço, que estava quase cheio. Maria soltou um grito de susto e de espanto. Começaram as duas então molhadas uma verdadeira guerra de água, Catarina, Maria e as crianças, que adoraram a farra, formando um arco-íris sobre o poço em meio ao som das rajadas de gargalhadas, gritinhos, gotículas de luz e água. Sobrevoavam o poço algumas libélulas encantadas a refletir as cores nas suas asas, e inúmeras samambaias verdes que cobriam o morro brilhavam na contraluz. O mesmo Sol a iluminar como testemunha essa outra guerra.

Das diferenças

Era só para tirar um ponto de um sinal tirado das costas das costas pela dermatologista, mas conseguir um horário estava bem difícil. Não é fácil encontrar no primeiro mundo – onde tudo é previsto, programado e planejado com antecedência – o fator do improviso, o jeitinho com que se costuma achar soluções no Brasil. Mas, diante da dificuldade de um horário compatível e a insignificância da demanda – um corte de tesoura, uma pinça para puxar o fio e pronto – a enfermeira disse que faria antes do primeiro horário, que eu chegasse cedo, antes de o consultório abrir. Não fosse nas costas, eu mesma tiraria o ponto. Sempre achei que só temos costas para lembrar o quanto precisamos uns dos outros. A doutora era importante, uma das mais renomadas e requisitadas dermatologistas da cidade e, para a primeira consulta, eu havia esperado cinco meses. A médica era simpática e na consulta dedicou-me toda a atenção, mas era visivelmente ocupada e sem tempo, corria de um atendimento ao seguinte. A secretária e a enfermeira, ambas de boa vontade, mas sempre um pouco tensas com os muitos pacientes a atender. Fariam para mim uma exceção, que eu viesse então no dia marcado, às 7:45h, pois às 8h o consultório já abriria com a primeira consulta.

Assim fiz, cedinho peguei a bicicleta, pois não queria me atrasar, então cheguei 10 minutos antes, para dar tempo de trancar a bicicleta, entrar com calma, esperar um pouco, estar disponível para a disponibilidade da enfermeira. Para a minha surpresa, ao chegar na frente do prédio, a porta ainda estava fechada, e vejo a secretária varrendo a calçada, munida de vassoura e uma pá grande, manobrando a lixeira coletiva da rua. Era outono e havia muitas folhas no chão. Simpática, cumprimentou-me e pediu um momento para acabar de fazer sua tarefa e deixar a frente do prédio livre de folhas, pois há o perigo de escorregar. Se alguém escorrega e se machuca, pode processar os moradores do prédio na frente do qual o acidente tenha ocorrido, pois é responsabilidade dos moradores limpar a rua. Interessada nesta organização de responsabilidades, fiquei observando enquanto esperava a secretária terminar de varrer a calçada. Logo então abriu o portão e eu entrei.

Ao subir os degraus e chegar na porta do consultório, eu a encontrei aberta, e uma pessoa estava com uma caixa de ferramentas no chão, trocando a fechadura. Havia emperrado e quebrado, ela me explicou, há tempos estava com problema e chegou a hora de trocar. Era a Dra. Dermatologista em pessoa a consertar a porta do consultório dela. Claro, em um país como a Alemanha, não se chama serviço de terceiros se não for extremamente necessário, e todos aprendem a cuidar das coisas básicas da vida diária. Enquanto eu esperava, admirada com a destreza da médica, muito segura com a ferramenta, fazendo o serviço de chaveira como se fosse uma cirurgia, fui ao toalete para lavar as mãos. Mas então me deparei com a enfermeira lavando o banheiro, sorrindo e pedindo desculpas, e que logo terminaria o serviço de limpeza para então me atender. A naturalidade com que essas três cenas aconteciam

– a secretária varrendo a rua, a médica trocando a fechadura da porta e a enfermeira lavando o toalete – me fizeram refletir sobre por que isso me causou surpresa: dificilmente isso aconteceria no Brasil.

Pensava nas empregadas domésticas brasileiras e todo seu histórico de exploração, e me lembrava da minha tia na Alemanha, que, no dia da faxina, se programava para ter bolo em casa e fazer um café para oferecer. Quando a faxineira chegava, primeiro faziam um lanche à mesa da sala e conversavam, ela e a dona da casa, e só depois ela ia fazer o serviço, pelo qual ganhava por hora. O combinado eram três horas para limpar a casa toda de dois andares. Isso porque minha tia já não podia mais fazer isso sozinha. Quase todo mundo faz a própria faxina na sua casa, não apenas por se sentir responsável pela limpeza, mas também por ser um serviço caro. Uma faxineira na Alemanha ganha em três dias de trabalho integral o equivalente a um salário mínimo mensal do Brasil. Ganham por hora mais ou menos o que no Brasil uma profissional da limpeza ganha por dia. E qualquer trabalho é visto com dignidade, e, por ser bem pago, muitas pessoas com estudo oferecem serviço de faxina, quando não encontram trabalho em suas áreas, estudantes trabalham em restaurantes, homens e mulheres lavam e passam as próprias roupas, pintam a própria casa, cuidam dos jardins, botam o lixo separado na rua no dia da coleta, dificilmente gastam seu dinheiro com coisas e serviços que elas mesmas sabem, podem e devem fazer.

Morar na Europa me fez ser mais consciente dos privilégios que sempre tive e de quanto é incisiva a herança colonialista, tanto nos países dos colonizadores como nos países colonizados. Por isso a consciência sobre a responsabilidade que a perspectiva e a liberdade de ser privilegiado implicam na vida, no meu arredor, nas pessoas e no planeta passou a ser fundamental. Saber as diferenças entre viver no "primeiro" mundo e nos outros mundos traz questionamentos profundos sobre a história dos hábitos e sobre o *modus operandi* da sociedade. As relações sociais se estabeleceram a partir da desigualdade entre colonizadores e explorados e se normalizaram como se fosse natural, como se fosse um direito adquirido, como se fosse merecimento estar do lado forte com os mesmos benefícios do opressor. Como se fossem normais as camadas de injustiças sociais que mantêm a máquina do mundo funcionando na lógica capitalista. A atroz máquina do mundo. E são os privilégios, o dinheiro e a propriedade que fazem as pessoas se tornarem egoístas, possessivas, sempre pensando em "garantir o seu". Afinal, quem quer estar do lado do oprimido? Quem está disposto a abrir mão de seus "direitos adquiridos" em benefício da igualdade, para o outro, pelo outro e por todos? Quem está preparado para viver uma sociedade Ubuntu, onde o bem coletivo e comum é mais importante do que o individual? Mas se não for o bem-estar a se igualar para todos, será então o mal-estar que irá pasteurizar lenta mas seguramente o padrão de vida no planeta. É a mais forte ilusão acreditar que ter privilégios é um privilégio, pois significa na verdade ser protagonista dos grandes equívocos da humanidade...

Entre os benefícios vividos por aqueles que têm acesso ao mundo das vantagens, está a segurança. A primeira e maior diferença forte sentida depois de viver alguns meses na Europa é o sentimento de maior segurança. Sentir-se tranquila e segura na rua é uma sensação física de relaxamento das tensões do corpo, da atenção, dos pensamentos, até os sonhos fluem com mais facilidade. E essa "des-tensão" de comportamento, de postura corporal e mental no espaço que se ocupa na cidade aconteceu muito de repente, como uma chave que desliga. Era noite de Lua cheia na cidade de Berna, estava tão linda a noite que saí a passear, respirar o ar noturno e o luar. Levei o cachorro para dar a volta comigo, de alguma forma me sentia assim mais segura. Caminhávamos pela calçada do bairro residencial adormecido e mergulhado no silêncio e no escuro da noite, apenas com a luz da Lua e pouca iluminação nos jardins. Procuro abstrair a conhecida sensação de vulnerabilidade, sigo em frente, quando ouço passos ligeiros rasgando a tranquilidade atrás de mim. Ouço o som gradativamente mais alto de alguém que se aproxima com o andar apressado. Resolvo atravessar a rua sem me voltar para trás, mas o cachorro não quer mudar o lado da rua. Meu coração sincroniza com o ritmo dos passos e com eles fica cada vez mais rápido e forte. Não pode ser! Sinto a tensão no meu corpo, um frio na espinha e a razão brigando com a mente, dizendo que eu estava na Suíça e que nada iria acontecer. Tentava inutilmente relaxar, ouvindo o andar firme e decidido do estranho a se aproximar de mim, quando de repente estava emparelhado comigo na calçada e disse: "Boa noite, linda Lua hoje, não?", e seguiu rápido ao me ultrapassar com o cachorro preso à guia. Então o medo se apagou bem consciente, os músculos relaxaram, a tensão derreteu, a boca sorriu e a noite voltou a brilhar. O cachorro suíço ignorou completamente o transeunte noturno.

A intelectual e a telúrica

A tia intelectual visita a academia da terra e encontra o saber ancestral em um abraço com a mulher telúrica de faca na mão para cortar a couve que plantou na horta e fazer de almoço com aipim colhido na hora. Um encontro dessa natureza faz da astronomia um pôr do sol e um céu enluarado com estrelas, da energia eletromagnética faz uma enorme fogueira a estalar e aquecer a noite fria de inverno. Do conhecimento da gente da terra na relação com seus afazeres se faz sociologia ao pé do fogão à lenha, com goles do café coado no filtro de algodão. A galinha no terreiro cacareja reclamando o ovo que não a deixaram chocar. Depois o ovo e a galinha voltam a se encontrar na panela de barro queimado para virar um ensopado com aipim e alimentar toda a família e também a tia que, concentrada, empresta seus neurônios brilhantes ao teclado do computador. Seu pensar vai virar livro na biblioteca de acesso livre aos estudantes de um amanhã iluminista. A telúrica corre para o pasto a salvar a égua que no arame farpado se machucou. Aproveita para trazer o leite no balde de lata que há pouco tirou das tetas de sua vaca malhada. E a tia intelectual faz dele um doce francês, com a receita encontrada no livro de filosofia que trouxera para ler na varanda ensolarada da casa de taipa. Na soleira da porta, o marido da mulher telúrica descasca com seu facão uma laranja tirada do pé e faz cafuné no cachorro Totó, que da picada da cobra braba o salvou. No fundo do vale corre o rio de mansinho, fazendo a água fluir pelas guelras de mil peixinhos que nadam contra a corrente, armando suas espinhas – e de longe se vê um poeta pescador, com sua vara e anzol, sentado na pedra do rio, a fisgar do cardume um peixe único que ele chama então de Deus.

Carta de Referência

Maria da Silva trabalhou na minha casa prestando serviços gerais domésticos por muitos anos, nos diversos períodos que constam de sua carteira de trabalho. Entre suas responsabilidades estava cuidar da limpeza da casa, cuidar da roupa e da comida da família, bem como cuidar das filhas para que eu pudesse trabalhar. Buscar na esquina do ônibus escolar, dar de comer, botar para fazer dever de casa, levar para a natação e buscar na aula de inglês. Posso dizer sobre ela, sem a menor hesitação, que é uma pessoa de total confiança, tendo valores éticos e morais inabaláveis. Maria é uma pessoa alegre, forte, determinada e que contagia positivamente com sua presença o ambiente a sua volta. Estudou até a 3ª série, sabe assinar o nome, ler e anotar recados, atender o telefone com educação e discrição. Aprendeu a respeitar dos outros a vida privada e manter-se isenta e disponível, sem misturar seus problemas com os do patrão. Quando se queixa, é com razão. Além dessas funções, Maria ficou disponível para assistir à minha mãe doente no hospital, como se fosse cuidadora, zelava por minha mãe como se mãe dela ela fosse.

Desde os 14 anos Maria trabalhou em diferentes casas de família na função de empregada doméstica, sem contrato, como faxineira e como passadeira e diarista. Também cuidou de idosos e de crianças em algumas dessas casas. Não foram muitas casas, pois ficava anos na mesma família. Nunca foi dispensada ou demitida por algum motivo profissional, e as poucas mudanças de emprego foram por contingências externas. No ensino fundamental incompleto teve bom desempenho nos poucos anos que pôde frequentar uma escola, nunca repetiu de ano. Foi obrigada pelas circunstâncias sociais a largar os estudos para trabalhar e ajudar no sustento da família. Criou ainda duas filhas sozinha, deu a elas oportunidades que ela mesma não teve.

Sabe cumprir com as responsabilidades de forma autônoma, demonstrando empenho para executar as tarefas com capricho e eficiência. Na limpeza Maria é muito exigente e gosta de deixar tudo brilhando com o maior asseio. E muito além disso, ela também é ótima passadeira e cozinheira, preparando os pratos com amor e criatividade e temperos sem exageros. Além disso Maria tem excelente habilidade manual com costura, bordados e crochê, que aprendeu sozinha, como autodidata. Maria nunca deu motivo para qualquer tipo de reclamação, cumpre sempre com boa vontade as obrigações que lhe são dadas. Ela é excelente profissional, além de ser pessoa bem-humorada, amável e gentil. Sem dúvida nenhuma é um privilégio contar com ela em qualquer equipe ou função. Desejo para Maria da Silva toda a sorte do mundo e faço votos para que ela encontre oportunidades de trabalho que reconheçam seu profissionalismo, sua capacidade e seus potenciais.

***

Não! ... não foi para isso que eu a recomendei, senhores da empresa de limpeza que a contrataram, para botar Maria a limpar caixas de gordura do condomínio gigante, a desratizar subterrâneos da garagem contaminados, a varrer quilômetros de escadarias e ainda capinar com foice e enxada o mato do terreno baldio vizinho. E ainda servir moradores, como se não houvesse lei nem direito trabalhista a regular esta função, "serviços gerais". Meus senhores, não é para essa condição de trabalho escravo que a recomendei. Muito menos podem depois os senhores obrigá-la a pedir demissão sob ameaça, assédio moral, para que sua empresa não pague direitos devidos. Que vergonha, senhores, desta limpeza suja que terceirizam. Faz muito bem, Maria, em não se sujeitar e cuidar da sua vida valiosa, a sentar para bordar nos panos de prato sua coragem e beleza de seguir em frente e dizer, "eu sou Maria, estou viva, forte e feliz, e não temo ninguém. Procuro trabalho digno".

A Mão da Limpeza
(Gilberto Gil)

Mesmo depois de abolida a escravidão
Negra é a mão
De quem faz a limpeza
Lavando a roupa encardida, esfregando o chão
Negra é a mão
É a mão da pureza

Negra é a vida consumida ao pé do fogão
Negra é a mão
Nos preparando a mesa
Limpando as manchas do mundo com água e sabão
Negra é a mão
De imaculada nobreza.

tempo

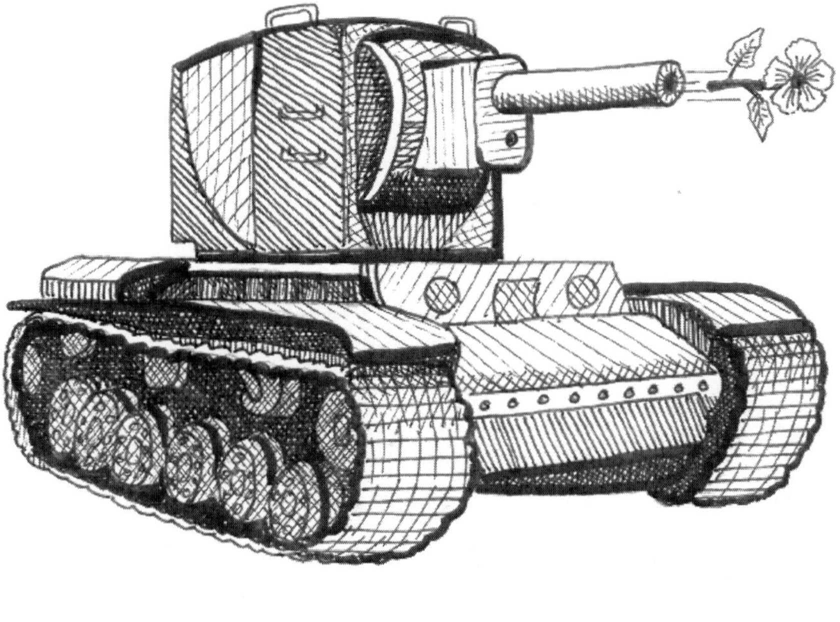

8

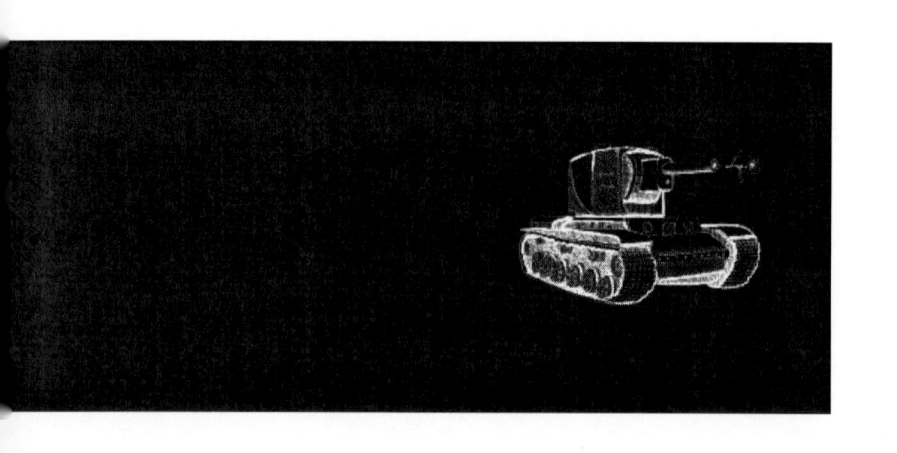

No espaço ecumênico do hospital há um jardim. O jardim do espaço ecumênico tem uma parede de vidro e água, onde o som de água corrente, como se fosse um rio, faz bem à alma. Escorre em um lago feito para carpas coloridas, que com seu suave movimento lembram a vida. Peixe, o alimento. Venho aqui alimentar minha alma e dar a ela um espaço de descanso depois que fomos expulsos do quarto 217 com todo o nosso acampamento de um mês de internação. No CTI não é permitido acompanhante. No CTI a doente tem de ficar sozinha, com as máquinas, com sua vitalidade monitorada por fios, sem a presença do carinho familiar. Justo? Prudente. Qual o sentido? Permanecer monitorada. Querem entender o porquê da convulsão e eu quero entender o porquê de a minha mãe ter de ficar sozinha neste momento tão frio e duro, com a vida por um fio.

Desde que viaja pelos países da Europa, Clara tem sempre na mochila um kit de limpeza de placas de metal. Uma escova de dentes velha, um produto de polimento, luvas de borracha e duas flanelas. Em quase todas as cidades europeias é possível encontrar as placas *in memoriam* de pessoas arrancadas à força de suas casas, na maioria judeus, levadas a campos de concentração onde eram assassinadas nas câmaras de horrores na Segunda Guerra Mundial. O projeto que homenageia estas vítimas é do artista alemão Gunter Demnig, que, a partir de um levantamento contínuo das identidades, das histórias e dos endereços, prepara placas de latão com o nome de cada pessoa, com as datas de nascimento e morte, quando e para onde foram deportadas. Estas placas são fixas e incrustadas no chão da calçada em frente ao endereço onde moravam ao serem banidas para a morte. O projeto se chama *Stolperstein*, que quer dizer literalmente "pedra de tropeço". Clara não pisa nem tropeça, ela para e tira o seu *kit* de limpeza, pois o metal oxida, a mente oxida, e a consciência humana também. Esta ação é realizada em todos os retiros Zen Peacemakers ao menos uma vez. Ao sentar na calçada e limpar as pequenas placas, alguns passantes ignoram incomodados, outras param para apoiar a atitude, querem conversar, se lamentam sobre o rumo da história, querem também entender. A cena fica como um retrato na cabeça de quem vê, bem como na cabeça de quem finge que não vê. As placas, então polidas, refletem o passado e seu brilho limpo evita que sejam pisadas, pois reluz delas a reverência pela esperança de que a história não se repita. Quando Clara senta na calçada com o *kit* de limpeza, ela nada mais faz do que polir alguns centímetros quadrados da imensurável memória coletiva.

Como meditar em um campo de concentração
(Retiro em Ravensbrück e Auschwitz-Birkenau)

Difícil imaginar um sítio que tenha sido palco dos maiores horrores da humanidade, que possa proporcionar alguma paz. Ravensbrück foi um campo de concentração só de mulheres. Uma ativa fábrica de holocausto entre 1939 a 1945 chegou a concentrar 30 mil mulheres ao mesmo tempo, aprisionadas para serem gradativamente assassinadas. Um colchão em uma cama de solteiro servia para cada cinco criaturas ainda vivas. Entre elas estavam artistas, ativistas, professoras, intelectuais, políticas, adolescentes rebeldes, mães e crianças de diferentes origens e religiões. Os barracões não estão mais lá, foram retirados depois que o exército vermelho montou no local um quartel, em 1945, com o fim da guerra, mas o imenso terreno guarda a marca dos antigos abrigos de morte no chão de brita negra, pedrinhas que lembram pequenos crânios. No meio dessas caveirinhas pretas nascem inúmeros brotos verdes desafiando a morte, e até mesmo flores crescem corajosamente nas frestas, cuspindo cores e vida de dentro da morte. Milhares de pequenos insetos rastejam também por entre as miniaturas de crânios de pedra, tornando-os vivos. Durante o retiro, todos os dias nos sentamos para meditar em esteiras nesse cenário, unindo mente e coração no chão duro, buscando sentir: "o que foi que aconteceu aqui...?".

Em Ravensbrück a Siemens instalou uma fábrica para aproveitar a mão de obra escrava das prisioneiras, explorando mais de 3 mil mulheres e crianças a partir de 12 anos de idade nas suas instalações trabalhando horas a fio até a exaustão pelos interesses econômicos da empresa alemã. O espectro de horrores, torturas e assassinatos em massa cometidos nesse lugar está bem explicado e documentado na casa de comando, onde foi montado um museu desde 1959. Pode-se ter acesso a diversos documentos, fotos, relíquias, nomes e memórias reunidas como registros da história. Mas também a força feminina, a fraqueza, a solidariedade, o trabalho duro, a resistência, a desistência, o medo, o desespero e as esperanças estão lá. Bichinhos de pelúcia, bilhetes, objetos, roupas e adereços, pedaços da história de tantos alguéns, vozes tão femininas para sempre caladas.

As vítimas que viraram números registrados no extenso livro gigante, onde as informações encontradas foram compiladas com os dados que havia: nome completo, data de nascimento, data de chegada ao campo de concentração, data do assassinato. Daí é só fazer a conta, imaginar-lhes a biografia, a dignidade perdida, desperdício de talentos vivos para uma experiência de extermínio, revolta latente, incurável e permanente. Todas as manhãs íamos ler os nomes no grande livro, com mais de 13 mil nomes registrados; longe de serem todas, apenas as que foram encontradas e que no livro representam todas as outras mulheres esquecidas que foram perdidas. Este retiro acontece em Ravensbrück, anualmente, há mais de 10 anos, e a leitura dos nomes ainda não chegou à letra C... Acendemos uma vela, lemos um nome de cada vez, pausadamente, com todas as informações registradas, mentalizamos a pessoa, honrando sua existência em silêncio, entre um nome e outro é tocado um sininho. A leitura dos nomes devolve às vítimas um pouco de existência, um pouco de dignidade na morte, uma história, uma idade, uma origem, um nome de família, a lembrança de que foi viva. Isso faz os fatos serem tão concretos que algumas participantes do retiro quase não suportam, pois é muito duro, infinitamente triste e doloroso, mas chorar e deixar doer, também isso é atitude de respeito à memória das mortas.

O retiro é um estudo sobre a história, mas também quase uma terapia de grupo, um paradoxal compromisso na intenção de encontrar paz no presente, apesar do passado, por um futuro melhor. Quase todas as participantes tinham alguma conexão familiar com o nazismo, como aliás quase todos os alemães. Seja uma relação com as vítimas diretas de genocídio, seja uma ligação familiar com nazistas, apoiadores ou colaboradores do regime que instaurou o horror, ou cidadãos comuns obrigados a servir na guerra, ameaçados também pelo regime. Todas as gerações do presente, sem nenhuma culpa e tanta culpa e o desejo de superar e romper o ciclo vicioso do ódio com humildade e compaixão, querem impulsionar a roda da coragem na dor e emitir claros sinais: basta, isso, jamais!

Meditar no crematório, ato absurdo de insurgência, paradoxo querendo inverter a lógica humana de vingança que apenas conhece a raiva para combater a dor. Estamos vivas por elas, sentimos por elas, morremos com elas na memória que honramos, as cinzas aqui geradas no centro do absurdo terror, lágrimas secas que ardem sem fim. Sentamos também nesse profundo silêncio do além para meditar em volta do lago Schwedtsee, onde estão dissolvidas as cinzas das milhares de mulheres queimadas aqui, cemitério líquido às margens da pequena vila de Fürstenberg, que não pode mais esconder a vergonha de ter sido testemunha ocular dos massacres cometidos nesse lugar. Fumaça diária saindo nas chaminés dos fornos que desenhavam nuvens sobre o céu de Fürstenberg, era impossível não ver. Cicatriz irremediável que não deveria existir, tal a dor no corpo da memória, tal a dor. Há uma rua larga ligando o campo de concentração a Fürstenberg, feita toda de pequenas pedras de paralelepípedos, que foram carregadas e colocadas uma a uma como trabalho forçado pelas mulheres prisioneiras. Um quilômetro de extensão deste caminho foi preservado para não deixar que se esqueça em que chão da história pisamos, quando caminhamos pelo passado na direção de um futuro obtuso. Também sentamos em roda sobre as pedras encaixadas, sobre o trabalho escravo que sustentava agora nossas esteiras de silêncio e comoção.

Duas vezes por dia durante todo o retiro é feito um encontro de participação obrigatória para as conversas circulares, necessário para saber como cada uma está, evitar o isolamento na dor incomensurável dessa experiência para compartilhar. Essas rodas de conversa, vivência do coletivo são milenar sabedoria de povos ancestrais em várias culturas, muitos as faziam em volta das fogueiras, e esta técnica foi adotada como prática fundamental em qualquer retiro Zen Peacemakers. O espaço do silêncio sagrado.

As seis regras básicas da conversa circular

– *Falar a partir do coração*. Alguém tem nas mãos o objeto da fala para sinalizar sua vez. Quando as palavras, assim como o silêncio, vêm do coração e expressam com verdade o que diz respeito ao momento, forma-se um grande vínculo entre todos.

– *Ouvir a partir do coração*. Ninguém é interrompido. Enquanto alguém tem a fala, todos os outros apenas escutam verdadeiramente o outro. Ouvir sem julgar, sem analisar, sem interpretar, ou projetar respostas, ser apenas um receptáculo para a fala ou o silêncio do outro.

– *A fala* é tão longa quanto necessário, e tão curta quanto possível. Normalmente "menos é mais", dizer o que precisa ser dito naquele momento, nem menos, nem mais. Expressão do essencial.

– *Espontaneidade*. Ter a intenção de não preparar seu discurso. Deixar fluir a fala do coração, em sintonia consigo, com o momento, com seus sentimentos e em conexão com o círculo.

– *Não falar sobre o fogo*. A fala é sempre em primeira pessoa, sem palestras nem reflexões filosóficas, o que conta é a própria experiência. Também não se opina ou se comenta sobre a fala dos outros, apenas o que reverbera em si.

– *Sigilo*. A confidencialidade é estrutura fundamental que mantém a condição de confiança do círculo. Tudo o que é dito e compartilhado no círculo permanece no círculo, lugar seguro e amoroso, livre e sem riscos.

Falar e ouvir a partir do coração cria um espaço de conexão da dor e da alegria que temos todos em comum e é um potente remédio para a alma que tanto tem para curar, principalmente em um lugar como um campo de concentração, marco histórico do lado mais sinistro e sombrio do bicho homem. Não há nada que possamos fazer para mudar este passado, apenas sempre muito trabalho a fazer no presente – sim, agora mesmo – para o futuro. Reconhecer que somos vítimas, mas também algozes, e que habita a natureza humana todo o espectro da capacidade de ser a mais vil das criaturas até o mais nobre dos seres iluminados. Olhar no espelho de nossa humanidade, cientes do que somos, talvez faça ser possível escolher o que não queremos ser.

As casas onde moravam as funcionárias do campo de concentração hoje são um albergue que hospeda grupos como o desse retiro e muitas turmas de escolas que fazem excursões de imersão na história do país. São as paredes das casas assim uma viva mensagem de assombro para as noites da consciência insone. Assim como o são as ruínas das casas dos oficiais da SS, enfileiradas no terreno onde o mato cresce e vai engolindo as cenas do passado inglório. Apenas uma das mais de 30 casas foi restaurada e mantida como museu e é aberta a visitação. As outras são fantasmas perdidos na paisagem, com telhados caindo, janelas quebradas, paredes desmoronando, sem sentido para demolir, sem sentido para restaurar. Então ficam os escombros da memória dos algozes que se deterioram tão lentamente quanto a dor e a culpa, expostos ao olhar dos visitantes. O tempo necessário para que essas casas dos oficiais nazistas se decomponham – primeiro em ruínas, depois em algum momento em terra e pó – talvez seja o tempo necessário de que o mundo ainda precise para superar o trauma deste holocausto. Permanecemos em silêncio durante quase todo o retiro para testemunhar o sofrimento das vítimas e a culpa dos perpetradores, sentir o trauma e a dor deixados nos descendentes de ambos os lados, que estão aqui para tratar as feridas incuráveis dessa lamentável história.

O retiro de mulheres em Ravensbrück foi inspirado no retiro dos Zen Peacemakers em Auschwitz, iniciado por Bernie Glassman, o fundador da ordem leiga dos Zen Peacemakers. Realizado há 25 anos, geralmente no mês de novembro, o retiro de uma semana no campo de concentração na Polônia propõe assim o engajamento na construção de uma cultura de paz. Uma parte das cinzas de Bernie Glassman foi colocada ao pé de uma árvore em Auschwitz, como fora o desejo dele. O mais radical mergulho na dor, o retiro anual de Auschwitz reúne dezenas de pessoas de todas as nacionalidades, de várias religiões, ascendências, culturas e tradições, mas que têm algo em comum: a disposição de estar nesse lugar para reverter o irreversível, para promover paz onde isso parece o mais improvável e impossível. Ainda há alguns dos últimos sobreviventes desse campo de concentração vivos, tão recente é a história. Quase todos que sobreviveram, de alguma forma se engajaram para não deixar que morra a memória e para conscientizar as gerações futuras, a fim de que nunca mais se cometam os mesmos erros da história. Marian Kolodziej sobreviveu a Auschwitz graças à arte e ao espaço interno da imaginação, conseguia contrapor algo maior ao horror, milagre de redenção. Um de seus trabalhos no campo de Auschwitz foi construir os barracões, depois ele trabalhou transportando os corpos das câmaras de gás ao crematório. Não foi ele mesmo um dos gaseificados porque precisavam de pessoas que levassem os defuntos em massa para serem queimados nos fornos de gente. Então ele permaneceu vivo, zumbi de si mesmo. Passou por vários campos de concentração até ser libertado em 1945. Estudou arte e virou cenógrafo dedicado ao teatro. Durante 50 anos ele nunca falou sobre o que viu, vivenciou e experimentou em Auschwitz, nem nunca se expressou artisticamente sobre o tema, longo tempo de silêncio imprescindível para restaurar nele a vida. Assim foi até ficar doente, paralisado do seu lado direito, e o médico lhe disse que precisava exercitar a mão e que não lhe restaria muito tempo. Disse que havia sobrevivido não apenas para viver, mas para dar o seu testemunho da história. A partir daí Marian amarrou um pincel à sua mão e não parou mais de desenhar o seu testemunho do que viveu em Auschwitz. Os seus desenhos são tão assustadores e fortes que parecem feitos pelo próprio assombro no respiro do pânico da alma. Jamais se pode esquecer o que aconteceu, jamais se pode esquecer o que, jamais se pode esquecer, jamais se pode, jamais se, jamais...

Sabemos o que aconteceu em Auschwitz, ou pensamos que sabemos. Entre 1940 e 1945 o complexo de Auschwitz-Birkenau exterminou mais de 1 milhão de pessoas, a maioria judeus, e foi assim a maior de todas as fábricas de holocausto erguidas pelo nacional-socialismo alemão de Adolf Hitler. Hoje as escolas falam sobre isso, mas até há pouco tempo as aulas de história chegavam apenas ao início da Segunda Guerra Mundial, depois disso, nada era tabu, nem havia livros didáticos para depois desse período, também no Brasil. No retiro de Auschwitz percebi pela primeira vez o quanto eu também estava ligada a toda a história, muito pessoalmente, além de estar ligada a ela como ser humano incondicional. Não havia nem perpetradores diretos nem vítimas diretas em minha família, o que torna a história familiar talvez mais suportável, mas onde a história começa, onde termina, quais os fatos terríveis subsequentes que se pode ligar direta ou indiretamente a esta Segunda Guerra Mundial? E até quando haverá as consequências, quando uma coisa se torna passado? Como não ligar à guerra o caso de três suicídios na família, de jovens obrigados a combater como soldados, um deles, meu pai. Prisioneiro na França aos 17 anos de idade, sobreviveu, sim, à guerra, mas não à vida. Fugiu para o Brasil, senão lá eu não teria nascido, aliás eu nem teria nascido não fosse essa guerra, pois meus pais não teriam se conhecido. A família de minha mãe não teria emigrado e minha existência não teria acontecido. Eu estava ali como aquelas árvores cujas raízes rompem o cimento a que foram submetidas e eu alavancava em mim a história que na família havia sepultado.

Quando cessarão tais atrocidades terríveis, guerras e genocídios para que possamos renascer resultantes de outras histórias menos torturantes? Quase 30 países atualmente vivem em estado de guerra, isso é ainda nosso presente, países sobre os quais sabemos tão pouco, da cultura, da riqueza, da sua gente, milhares de refugiados que buscam um lugar para viver em paz. Mas a ordem econômica mundial que sustenta nossa ignorância e bem-estar, o conforto e o padrão privilegiado da maior parte dos países ocidentais, é a mesma que financia tais realidades desumanas, fabricando e vendendo armas, munições, tecnologias da morte. Bombas com capacidade de destruir o mundo oito vezes, como se restasse alguém, após a primeira vez, que pudesse apertar o segundo, o terceiro, o quarto, o quinto, o sexto, o sétimo e o oitavo botão para implodir por definitivo a civilização humana. Bombas com potencial infinitamente maior do que a bomba lançada sobre Hiroshima. Tudo invenção dessa incrível mente humana, que não usa nem 10% de sua capacidade cerebral. O que poderia ser de nós se usássemos para o bem tal potencial?

Nos barracões em Auschwitz o grupo do retiro faz fila junto com milhares de turistas do mundo inteiro, para testemunhar a exposição dos restos que ficaram a contar a história. Cabelos, milhares de chumaços de muitos cabelos dos prisioneiros e das prisioneiras, que tinham a cabeça raspada ao chegar ou ao morrer na câmara de gás, estão expostos em uma grande sala – eram usados na indústria têxtil. Roupas, bolsas, malas e sapatos de todos os tamanhos e cores estão amontoados em uma outra sala, objetos sobreviventes de quem os possuiu em vida como um bem querido. Imagino os sapatinhos de criança na vitrine de uma loja, admirados pela menininha e comprados com alegria pela mãe, a calçar seus pezinhos e a levarem-na a passear e desfilar pelas ruas, até chegar em uma rua sem saída chamada Auschwitz, onde agora voltam para a vitrine para contar uma história do horror. Montes de sapatos sem par, inúmeros sapatos de crianças de todas as cores, tamanhos e modelos, pelo tempo e pela morte desbotados e empoeirados...

Sentar no frio do inverno e meditar nos trilhos dos trens que traziam as pessoas de toda a Europa para este centro de carnificina ou sentar em silêncio em um dos barracões, que em Auschwitz-Birkenau ainda estão preservados, não muda nada do que aconteceu. Mas muda o que acontece dentro das pessoas que hoje se dispõem a lidar de maneira diferente com o passado. Conciliar, em busca de paz, os descendentes de judeus mortos com descendentes de nazistas da guerra – porque afinal esta geração nada tem a ver com os fatos da história – é uma forma de subverter a lógica do eterno ciclo de ódio e gerar amor?. Então acender velas em um lugar como Auschwitz, honrar os nomes dos mortos, abraçar um lago de cinzas e as árvores testemunhas dessa era, chorar, meditar, se abrir ao sofrimento, acolher o sofrimento, a culpa, a dor e o perdão –

é uma pequena oportunidade de fazer diferente e, nesse aspecto, ser a mudança e contagiar com compaixão quem está agora no mundo.

> *"Duas coisas são infinitas: o universo e a estupidez humana.*
> *Mas, em relação ao universo, ainda não tenho certeza absoluta."*
> Albert Einstein

Um levantamento científico mostra que há pelo menos 400 mil toneladas de armamentos de toda espécie, sobras da Segunda Guerra Mundial, que foram descartadas no Mar do Norte. Foram jogadas lá como se fosse o mar uma lixeira. Com as reações químicas e desgastes dos materiais no mar profundo e as substâncias químicas contidas em alguns dos recipientes, ogivas de morte, agora se rompem com a corrosão, e a contaminação da água e consequentemente de toda a vida marinha é inevitável... Estão discutindo um investimento de 100 milhões de euros para começar a retirada desse entulho bélico do mar, que se calcula levaria 20 anos para ser retirado. No encontro dos ministros das relações exteriores dos países que têm sua costa no Mar do Norte e são diretamente afetados, muito se discute o assunto, está em pauta, está na mídia, estão pensando, mas nada foi concluído, nenhuma resolução, nenhuma conclusão do que fazer e de como agir. Adia-se para o próximo encontro qualquer decisão. O ser humano sempre foi movido pela guerra. Só de pensar nos silos atômicos existentes no mundo dá vontade de sumir. Mas, mesmo frente a tantos absurdos, devemos continuar a colocar flores nas bocas dos canhões.

A Fábula dos Dois Lobos (Da cultura Cherokee)

Certo dia, um jovem índio cherokee chegou perto de seu avô para pedir um conselho. Momentos antes, um de seus amigos havia cometido uma injustiça contra o jovem e, tomado pela raiva, o índio resolveu buscar os sábios conselhos do ancião.

O velho índio olhou fundo nos olhos de seu neto e disse:

"Eu também, meu neto, às vezes, sinto grande ódio daqueles que cometem injustiças sem sentir qualquer arrependimento pelo que fizeram. Mas o ódio corrói quem o sente, e nunca fere o inimigo. É como tomar veneno, desejando que o inimigo morra."

O jovem continuou olhando, surpreso, e o avô continuou:

"Várias vezes lutei contra esses sentimentos. É como se existissem dois lobos dentro de mim. Um deles é bom e não faz mal. Ele vive em harmonia com todos ao seu redor e não se ofende. Ele só luta quando é preciso fazê-lo, e de maneira refletida e com dignidade.

Mas o outro lobo... Este é cheio de raiva. A coisa mais insignificante é capaz de provocar nele um terrível acesso de raiva. Ele briga com todos, o tempo todo. Sua raiva e ódio são muito grandes, e por isso ele não mede as consequências de seus atos. É uma raiva inútil, pois sua raiva não irá mudar nada. Às vezes, é difícil conviver com estes dois lobos a lutar dentro de mim, pois ambos tentam dominar meu espírito."

O garoto olhou intensamente nos olhos de seu avô e perguntou: "Mas qual deles vence?".

Ao que o avô sorriu e respondeu baixinho: "Aquele que eu alimento."

Não!
(Canção de Reinhard Mey)

Não, os meus filhos não lhes dou!
Acho, sim, melhor entregar de pronto as pistas
E logo lhes dar minha recusa em absoluto –
Vocês não precisam fazer longas listas
Pra saber que tenho dois filhos por quem luto!
E digo que aos dois amo mais que à minha vida
Mais que à luz dos meus olhos e estou
Certo de que não portarão armas ou feridas!
Não, os meus filhos não lhes dou –
Não, os meus filhos não lhes dou!

A eles o respeito pela vida e de coração
Por cada criatura a reverência ao supremo valor –
Também a misericórdia e o perdão
Por tudo isso lhes ensinei a sentir amor!
Não podem agora corrompê-los com o dever
Nenhuma meta, nem a honra, nem terror
Por nada disso vale matar ou morrer –
Não, os meus filhos não lhes dou –
Não, os meus filhos não lhes dou!

É certo que não para vocês a mãe então
Com dores de parto os trouxe ao mundo –
Não para vocês e não para serem bucha de canhão
Não para vocês sofri noturnos profundos
A padecer junto à tão pequena cama
Tentando esfriar o pequeno rosto febril em que estou
Na exaustão e alívio de quem tanto ama
Não, os meus filhos não lhes dou –
Não, os meus filhos não lhes dou!

Eles não vão marchar em fila e formação
Nem resistir, nem lutar até o fim
Congelar até morrer em campo de podridão
Enquanto vocês estão em almofadas de cetim!
Proteger as crianças de todos os perigos
É o meu maldito dever paternal e eu vou
Preservá-los de vocês e de todos os inimigos!
Não, os meus filhos não lhes dou –
Não, os meus filhos não lhes dou!

Vou ensinar a desobediência
A não se curvar e a se rebelar
Contra todo comando mostrar resistência
Para que não se deixem subjugar!

Eu os ensinarei a seguir a própria estrada
Sem se render a ordens mundiais e estou
Certo de que só neles mesmos acreditem e mais nada!
Não, os meus filhos não lhes dou –
Não, os meus filhos não lhes dou!

E sem que vocês saibam fugirei com eles
Antes que façam deles seus escravos –
Prefiro seguir para o estrangeiro ao lado deles
Na pobreza e qual ladrões sem desagravo!
Só temos mesmo esta vida curta –
Eu juro e lhes digo na cara o que sou:
Por vossas loucuras a vida deles não se furta!
Não, os meus filhos não lhes dou –
Não, os meus filhos não lhes dou!

(Tradução de André Deluart)

talvez

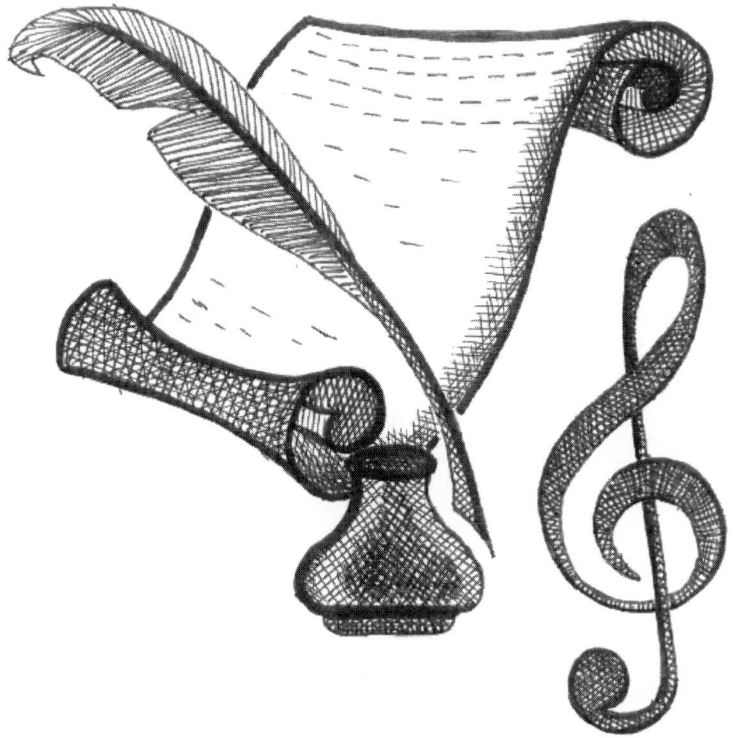

7

Tenho de ligar para os parentes, avisar um a um que novamente tudo mudou. Não temos mais o telefone no quarto. Temos horário de visitas a obedecer. Preciso avisar a todos, dar explicações que eu mesma não sei, ouvir a compreensão e o apoio que todos querem dar sem saber como, sem saber o que fazer, o que dizer, mas querem mostrar, preciso acolher, dar também a eles o sentimento de estarmos juntos, mesmo que eu esteja sentada aqui sozinha repetindo mil vezes a difícil sequência de fatos e sentimentos, esperanças e dor. Falar e repetir os nebulosos detalhes e procedimentos, e ao mesmo tempo pensar em todas as providências a tomar, a decidir agora, sobre o amanhã e o hoje também. Encaminhar o que tem de ser feito e o que não quer saber do estado das coisas e do coração, apenas precisa acontecer para a roda girar.

Urgência de sobreviver. Ao desvendar a arte como fonte de energia da alma, Clara encontrou em Van Gogh a fúria do artista, admiração e espanto com a densidade sofrida, com a intensidade da ferida de luz na pintura e na sua vida. As cartas entre ele e o irmão Theo teceram nela profundo questionamento sobre o que é a arte afinal, que deixa um homem à margem da existência, no desespero, na solidão e no desprezo no meio de tanto dom, talento e criação convulsiva? Esse cruel mercado da arte a conferir carimbos e estabelecer valores, definições e conceitos e julgamentos do que pode ser ou não considerado "arte". Então faz fortunas com alguns artistas e a outros deixa à míngua na sarjeta. Pois são exatamente os mesmos quadros, as mesmas telas e tintas de Van Gogh que nada valiam enquanto ele era vivo e quase morreu de fome – as mesmas obras que, depois da sua morte trágica, são expostas em museus e leilões e valem milhares de milhões. O que mudou na arte de Van Gogh? Essa era uma questão sem solução na cabeça de Clara, que se encantou com este pintor holandês e suas existenciais cores vibrantes na profunda crise de ser quem era, tão sensível e suscetível aos conflitos, aos enigmas, às injustiças e loucuras da alma esquecida. Não poderia Clara se conformar em saber a arte consumir a existência de tantos artistas, por isso decidira fazer da própria vida sua arte, assim não poderia engolir-se a si mesma. Sua arte seria viver com arte, assim imaginava ser. Fosse musa ou poesia, artista, poetisa, escritora ou espectadora e público apaixonado, rastro da mitologia, ser expressão viva de inspiração e mistério do que reverencia. Assim procurou as pegadas de Van Gogh em sua primeira viagem à Europa, registrando em sua velha câmera VHS os lugares em que ele viveu, os campos que pintou, os céus e as igrejas, e as flores e também as filas nos museus, o público diante da obra universal. Também há registros de um *outdoor* de propaganda de crédito rural batizado de Van Gogh, e tantas outras marcas que usufruem do nome de domínio público, daquele que vivo ficou refém da doença e da descrença da sociedade e pela arte morreu. Clara fazia maratonas visitando galerias, exposições, cinemas, museus, bares, teatros, *shows* e salas de concertos para, sem nenhum pudor, saciar sua fome e sede de espírito e aquecer a alma nua, nem sempre livre de dor.

A Paixão de São João: carta a Johann Sebastian Bach

Querido Bach,

comprei um ingresso para assistir a sua Paixão de São João na Sexta-Feira Santa, em uma igreja bem bonita do início do século XIX, com revestimento de mosaico bizantino e um gigantesco órgão entre os arcos da nave-mãe atrás do altar. Achei muito apropriado o convite e, como gosto muito da sua música, decidi me dar este presente, até porque desconhecia a sua verve sacra e fiquei curiosa em conhecer. A igreja tem como lema o versículo 24 do capítulo 1 da 2ª Carta do Apóstolo Paulo aos

Coríntios: "Nós não somos governantes sobre sua fé, mas servos de sua alegria". Achei perfeito e espalhei a notícia da minha alegria.

Recebo o libreto no meu assento e leio que São João se diferencia de Mateus e Marcos, pois Cristo em São João está resignado e, ao ser crucificado, diz "sua obra está concluída", ao contrário do que faz no evangelho dos outros apóstolos, onde Cristo questiona "por que me abandonaste?". Com São João, nesse sentido, mais me identifico, pelo menos na teoria e na aspiração. Mas começo a perceber que algo será bem diferente aqui do que eu esperava. Pouco conheço da Bíblia, que, adolescente, até comecei a ler, mas nunca avancei. Me sinto uma ignorante da história cristã sentada nessa igreja a ouvir um concerto sobre o qual tão pouco sei. E minha experiência e a atmosfera na igreja estão mais para Marcos e Mateus... por que me abandonaste?

Um homem, sobre o qual os raios de Sol incidiam pelo vitral, como se fosse ele um iluminado, ajeitava nervoso seu aparelho de audição, pois era surdo e tentava ouvir sua grande obra, senhor Bach. A peça começa pontualmente como deve ser, apesar de um terço do público ainda aguardar do lado de fora por falta de testes de Covid (é uma pandemia, Bach, você não tem ideia do que este vírus está fazendo conosco nestes tempos!). As vozes do coral em uníssono buscam nas paredes, nos lustres e nos vitrais suas cristalinas notas em sustenidos e bemóis. A vibração já me atinge e pergunto, Bach, o que é isso que não lhe reconheço? Cristo apenas não chora nem sangra na cruz, pois a igreja é luterana e não há santos, nem cruz, nem imagem de Cristo na fé protestante. Mas protestam com sonoros xxxxxssss e pssssssst as últimas fileiras perto da porta que não é fechada, pois abre a toda hora para deixar entrar os atrasados e mascarados deste altar (sim, Bach, você não sabe, mas todos usam máscara o tempo inteiro hoje em dia).

A sua música sacra, querido Mestre, me apunhala e ao mesmo tempo me impõe uma redenção que em nada me alivia o peso da existência. Enquanto os solistas cantam, meu coração grita um grito que vem de 2 mil anos atrás, quando deixamos o filho de Deus morrer na cruz. Pois somos o povo que crucifica o filho do seu próprio Deus, somos o povo que mata seus semelhantes e o povo que destrói seu próprio planeta, sua casa e sua alma, por burrice e ignorância suprema da nossa humanidade vil... Você está me machucando, Bach. Mas anoto cada palavra que me inspira no bloco de notas do meu Iphone (é um aparelhinho genial que você não conhece, ele guarda e faz tudo o que se usa na vida) para preencher o vazio da cadeira ao lado da minha, a ausência do meu amor, complemento de luz e poesia que não está, embora exista, entenda bem, só que é a ausência em si e está sempre do meu lado vazio, tão em sintonia com sua paixão, essa sua música rumo ao fim. Então tem essa cadeira vazia ao meu lado que ninguém comprou e a guardo para você, meu grande compositor, para poder espiar comigo o que faz sua Paixão de São João com as pessoas de hoje em dia ou o que faz as pessoas dela.

Por que me soa tão imprecisa, dispersa e confusa sua música da fé, um lamento de culpa e perdão tão longe da libertação...? Querido Bach, definitivamente falta aqui o ritmo dos tambores e do atabaque na sua religião. Enquanto compunha a paixão de São João no final do século XVIII, os colonizadores cometiam atrocidades na América do Sul, onde os índios eram humilhados e assassinados, povos ancestrais eram dizimados e negros de vários países da África eram trazidos em navios negreiros e escravizados pelos europeus. Essa a verdadeira Paixão de Cristo vivida na carne pelos povos explorados. Será que você sabia disso, Bach? Você não tinha a internet para saber, não é? (É uma rede de outra dimensão onde tudo existe sem existir e conecta o tudo ao nada.) Os jornais da sua época não deviam questionar essa tão normalizada superioridade branca, a arrogância que afinal também vinha da igreja para a qual você compôs obra tão sublime. Me perdoe, grande Mestre, não quis lhe ofender, permita a minha raiva e a minha tristeza.

Ah, Bach, o tanto que amo as suas suítes para violoncelo, as suas flautas e harmonias, não as encontro nessa música de encomenda da instituição Igreja. Oh, Cristo, como pode a casa de seu Pai ser tão pagã, pregando o que nunca fez, com "tanta mentira, tanta força bruta – Pai, afasta de mim este cálice", onde está o som celestial que fala ao espírito? Quero sair gritando, não sei o que faço aqui, quero ouvir o som do berimbau, o ritmo da dança dos corpos nus jogando a capoeira, amando, suando de alma inteira. Definitivamente não gosto e não quero o que ouço aqui. Mas faço da minha existência a Sua vontade, Deus que me insufla tanta agonia, talvez para entender essa paixão de Cristo rumo à cruz definitiva. E me sufocam não apenas os sons da agonia, mas a falta de ar sob a máscara da pandemia. Meu batom perdido em um sorriso que chora escondido e a falta de ar.

Lamento dizer, Bach, mas o que ouço aqui não é bonito. As vozes podem até ser cristalinas, os instrumentos afinados, a batuta precisa, a acústica sonora, mas, bonito, não, pois a paixão é mesmo pura dor... este longo lamento de melancolia, é justo, Senhor, mas será que o sentem esses fiéis sentados nas fileiras em que rezam pedindo perdão pelos pecados que continuarão cometendo até o fim dos tempos? É justa, sim, a aflição dessa obra de Paixão, afinal conta como perdemos a oportunidade de não matar o filho de Deus, e de como perdemos sempre até hoje a oportunidade de não mandar os nossos filhos para as trincheiras. Então é verdade o que diz, Bach, toda sua angústia musicada de morte e vida perdida. Porque não falou ao pé do ouvido de Buda? Que então talvez soprasse toda dor de sofrimento pelos ventos da alegria. Bach, quero a sua verdade das sinfonias, ouvir a força e a beleza de suas *ouvertures*, as flautas, prelúdios para piano ou violinos. Talvez uma de suas fugas, Bach. Quero fugir de ter de ouvir e testemunhar o Jesus crucificado, quero ir embora dessa igreja linda. Abandonar meu lugar aqui seria covardia? Sim, por isso permaneço, assim como medito em silêncio mergulhada na agonia que me oferece o momento e o dia. Há de passar depois da morte certa do Deus que, graças a Deus, me reservou um lugar perto da saída. Buda me espera lá fora. Bach, você compôs talvez algum mantra para me harmonizar?

Difícil imaginar o povo nas ruas desse ano .33 da antiga Jerusalém a testemunhar a terrível sina de ver morrer o Deus vivo por nós mesmos crucificado. Você tem razão, Bach, cada nota da sua obra traduz o suplício, o trauma da alma humana, o lamento de angústia, realmente um mantra da culpa e da ignorância da nossa civilização. Então sei que hoje é Sexta-Feira Santa, mas não me peça para não beber depois o vinho tinto do sangue de Cristo, ou jejuar a sua fome divina... Vou beber até me embebedar. Pois saio triste, muito triste, querido Mestre, chorando com Cristo e com você a inútil voz divina a nos fazer sofrer e depois aplaudir achando tudo tão lindo, um concerto na igreja bizantina, maravilhados sei lá por que. E vivo esse momento poesia de sofrimento, sou o próprio abandono na dor do poema e saio arrasada e exausta para me sentar na escadaria da outra igreja em frente, onde o Sol do final da tarde ainda batia. Vejo então o velhinho que mal consegue andar montar na sua bicicleta e pedalar (um pequeno milagre Seu?), enquanto ainda ouço as palmas do público lá dentro. O que tanto aplaudem? Não há nada a celebrar, não é dia de festa nem de alegria, que doce ilusão me trouxe aqui na esperança de festejar o dia?

Sinto um frio nos ossos com o vento dos tempos. Morremos todos pregados à nossa própria cruz, não é, Bach? Se foi essa a sua intenção, saiba que me deixou assim com frio. Que bom que tenho no meu IPhone o Spotify (sabe que tem nessa caixinha mágica até uma *playlist*, uma rádio e todas as suas composições?). Por isso vou escolher outro lado de você para escutar agora, tudo bem, Bach? Mesmo que hoje seja Sexta-Feira Santa, vou botar o meu *headphone* (são umas coisinhas de botar no ouvido e que sopram em segredo as músicas preferidas) para você tocar baixinho e só para mim, os seus Concertos de Brandenburgo, a fim de me consolar.

Com carinho e anseio, Clara.

Quando era nova e vendia sanduíches naturais e bijuterias de sementes e conchinhas na praia do Rio de Janeiro, Clara, musa bela e jovem que era, conheceu muita gente. Entre outros tantos, um certo poeta marginal que distribuía na areia seus poemas sem assinatura e sem autoria, que ele declamava como se fosse um ambulante de sarau, raramente os escrevia, quando muito, em um folheto, um guardanapo, uma notinha qualquer. Não revelava o seu nome, pois se considerava um fingidor que muito admirava Fernando Pessoa e suas múltiplas identidades, por isso na praia o chamavam de Caeiro. Sua arte era efêmera e anônima, um poeta a emanar poesia em poemas que só existiam enquanto ele os declamava, depois se dissolviam na maresia. Seu rosto não tinha idade, sua disposição era de um jovem, seus pensamentos, de um grisalho. Sua pele, como de índio, sem barba e olhos escuros, que brilhavam como luzes a lúcida poesia. Eram longos os seus cabelos e foram longos os papos que Clara levara com o poeta ao entardecer no Arpoador. Destas conversas alguns trechos memoráveis ela resgatou na forma de uma entrevista imaginária. Clara conhecia da arte o encantamento, o latejar da sinfonia, os paradoxos, os milagres, a indignação. A arte, um espelho a refletir a alma humana em muitas dimensões. Atrás de todo poeta, ela sabia, se esconde um ser inteiramente nu, vestido de palavras, versos, metáforas e rimas a quem se confere o poder do poema.

O poeta é um fingidor.
Finge tão completamente
Que chega a fingir que é dor
A dor que deveras sente.
(Fernando Pessoa)

Aventura poética – diálogo com a Poesia

"O poema é um caracol onde ressoa a música do mundo, e métricas e rimas são apenas correspondências, ecos, da harmonia universal. Ensinamento, moral, exemplo, dança, diálogo, monólogo. Voz do povo, língua dos escolhidos, palavra do solitário. Pura e impura, sagrada e maldita, popular e minoritária, coletiva e pessoal, nua e vestida, falada, pintada, escrita, ostenta todas as faces, embora exista quem afirme que não tem nenhuma: o poema é uma máscara que oculta o vazio, bela prova da supérflua grandeza de toda obra humana." Octavio Paz

– *A poesia seria um diálogo com quem?*

A poesia é um diálogo com a vida, com isso que arde sem cessar e não compreendemos o que seja, uma gema brilhante dentro do peito, algo que às vezes parece sangue do Sol.

– *Pois as palavras expressam essa poesia, mas não são a poesia. O que acontece se tirarmos de um poema os versos e as palavras?*

Na expressão do poeta Afonso Henriques Neto seria assim:

de minha lavra
um poema
sem palavra

Ó sonho do nada sobre o mar divino

Sim, a poesia existe sem a palavra. Substância lírica a sobrenadar o caos, o nada. O músico a ouvir a música do silêncio, uma música de extrema beleza em sua contenção absoluta. A semente antes de germinar? A terra antes de receber a semente? A poesia nasceu quando os seres humanos tentaram descobrir a fala das coisas. Afinal, o que a árvore, a montanha, a Lua ou o tigre desejavam dizer? Prosopopeia, a busca de se registrar a fala do mundo natural. Coisa muito arcaica para tentar exprimir esses infinitos, profundos diálogos. E sempre o imenso silêncio a tudo sustentar, conduzir. O sabor de uma estrela, sem palavras.

– *Qual a intenção do poeta ao botar um poema no mundo, o que um verso pode causar no leitor?*

Esta é a pergunta mais difícil: qual a intenção de uma pessoa ao botar um filho no mundo? Esperança? Busca de contato com o mais luminoso milagre? Luta contra a morte? Tentativa de se preservar e dar continuidade à vida? A produção do poema tem um pouco dessas coisas. No fundo, é fruto do espanto diante da vida e da morte. O que o poema vai causar nas pessoas, o poeta não tem muita ideia.

Escreve o poema em diálogo com os seus próprios fantasmas e é claro que o leitor também deverá ser tocado pelas névoas de toda essa fantasmagoria. O bom poema é como se fosse uma pílula lírica em que as mais variadas emoções humanas estão ali contidas. Sol que brilhasse em um mundo paralelo a produzir iluminações de alma para alma em uma cadeia sem fim.

– Tanto a dor como a beleza, o amor e a indignação, a luz e a escuridão são fontes de igual inspiração na poesia. O que significa o paradoxo na arte?

O paradoxo é o coração da arte porque deseja guiar a arte por caminhos que ninguém nunca teve notícia clara do que de fato sejam, pois é besteira pensar que a poesia só existe na palavra. Ou mesmo fora da palavra. Mas a poesia é feita com palavras, e é preciso uma trama poderosa de linguagem para exprimir poesia. A dor da beleza? A indignação do amor? A luz de que é feita a escuridão? Um oximoro pode dizer da chuva seca, da cor de um grito, da luz de um Sol ausente, das notas musicais do silêncio. Paradoxismo. Nada mais poético do que teu corpo no sonho. No entanto, o teu corpo em minhas mãos é poesia bem mais concreta, pura, bruta, sem precisar de sonho algum. Jamais. Uma pedra também é assim.

– O que é ser poeta? Como é ser poeta?

O poeta efetua uma espécie de dança das palavras com o intuito de provocar o surgimento de novos sentidos, pratica a dança da invenção, utiliza a linguagem escrita para deslocar o sentido das palavras em relação ao senso comum. Arrancada da linguagem comum, a palavra se mostra de corpo inteiro na forma de uma recém-nascida a brilhar ao Sol. Para isso serve também o ritmo, a melodia do verso e as imagens poéticas criadas pelas metáforas, metonímias e outras figuras de linguagem. Arte da palavra. O poema se oferece ao poeta de várias formas. Por vezes de maneira amorosa, outras vezes por meios dolorosos. Às vezes vem de um jato; outras vezes, em fragmentos. Todas as emoções, todos os sentimentos humanos estão sempre envolvidos na criação do poema.

Em um filme qualquer um personagem solta a seguinte frase: "as palavras ditas por alguém resumiam a sua vida inteira". Se essa frase provoca no poeta certa estranheza, ela basta, pode esquecer o filme e perseguir essa estranheza, pois um poema já existe ali. Uma palavra que resumisse a vida inteira. Isso já pode ser um primeiro verso. Ser poeta é estar atento a todas essas doações anônimas e sempre extraordinárias que acontecem todo o tempo à nossa volta. Quando a árvore se faz imagem de toda profundidade e estranheza da existência, o mistério de existir, de todo o inexplicável universo, sem perder a beleza de ser simplesmente uma árvore. A poesia é sempre irmã desse espanto. E o poeta convive com esses assombros o tempo inteiro.

– *E para que serve a arte?*

Sem a arte a existência humana seria extremamente pobre em termos de linguagem e de percepção da própria realidade. Fernando Pessoa dizia que o mito é o nada que é tudo. Parafraseando o poeta português, talvez a arte seja o nada que é tudo. Mas há quem diga que não vale nada. A arte. Ou a vida sem a arte...

– *Mas não pode a arte também servir à luta contra a opressão, acordar as pessoas do sono e da cegueira ou de sua zona de conforto? Um instrumento contra o ódio, lançar luz sobre a ignorância? Quanto pode a arte causar impacto e transformar as pessoas?*

Aviões ingleses lançaram sobre a França o poema "Liberdade", de Paul Éluard, para dar força a todos os que lutavam contra a invasão nazista durante a Segunda Guerra Mundial na forma de esperança. O impacto causado pelo poema por certo foi grande. Mas o poeta não tem ideia sobre o impacto transformador da sua arte. A arte é transformadora, sim, e, por ser sempre questionadora, vai provocar toda sorte de ventania e terremoto na alma das pessoas. Mas também é óbvio não existir nenhum aparelho que consiga medir essa voltagem, essa força de impacto que a obra de arte sempre provoca em cada um.

— *Inspiração. Qual é a relação desse momento fecundo com outras obras, autores, com musas, enfim, qual é a importância das referências e influências e conexões do poeta para a sua criação?*

O movimento romântico do século 19 acreditava ser o poeta um escravo da inspiração. Não é necessário mitificar isso que se chama de "inspiração". O jogo é mais complexo, não há a prevalência de um "fluxo do inconsciente" sobre o pensamento racional. Ao contrário, os dois planos sempre estão presentes, profundamente enlaçados um no outro. O plano racional se mostra com clareza no "levantamento de campo" referente à escolha das palavras e expressões e que se realiza até de maneira instintiva, mas sempre comandado pela razão.

Um poeta trabalha também com toda sorte de referências e influências provindas de outros autores, por isso ler a boa literatura, ou beber da relação com todas outras linguagens artísticas é fundamental para o enriquecimento do próprio trabalho, no sentido das conexões e da transversalidade da arte. E a existência de uma "musa inspiradora" sempre terá imensa importância, pois se trataria de uma referência real do poeta a se transformar em mágica e universal substância lírica a brilhar no poema. O amor real e toda experiência própria vivida em qualquer campo é sempre mão poderosa a guiar o pensamento e a inspiração do poeta na construção da sua obra.

— *E qual o significado da construção formal do poema, rima, métrica, talvez o labor da poesia, como funciona?*

O poema é um artefato que ancora a poesia, que a faz aterrissar e se transformar em comunicação e comunhão entre os seres humanos. E cada poema será absolutamente único. Ao arrancar os vocábulos de seus enraizamentos costumeiros para criar o poema, o poeta opera uma libertação da palavra. Pode-se dizer que o poema é um permanente transcender da linguagem, e a palavra tocada pela poesia se torna algo mágico. O poema faz com que as palavras que o constituem se tornem insubstituíveis e tem na imagem e no ritmo o seu importante movimento, onde a rima empresta brilho especial ao ritmo dos versos. Como o poema costuma se vestir de transparência e luz, a rima vai sempre auxiliar na construção dessas inefáveis e cintilantes vestimentas (e mesmo quando a linguagem do poema for obscura, espessa e grumosa, a rima ajudará a jogar um pouco de luz na escuridão).

O grande poema se revela pelos vocábulos inscritos de maneira exata, irreparável. É preciso, portanto, muita atenção com o emprego das palavras no poema. E com a utilização da métrica. Para construir um soneto de recorte clássico, por exemplo, cabem os versos decassílabos (ou heroicos) e a rima ocorre de forma intercalada nos versos. O poeta moderno passou a utilizar de modo preponderante o verso livre (não metrificado) sem rimas (ou seja, branco). Afinal, cada poeta irá buscar todo o tempo o próprio estilo. Liberdade acima de tudo. Mas a forma poética será sempre fundamental e o poeta precisa ter inteira consciência do seu artesanato. Pois não há como esquecer a afirmação do grande arquiteto alemão Mies van der Rohe: "Deus é o detalhe".

– *Aprendemos no Zen que a dor é inevitável, mas o sofrimento pode ser superado, é uma opção. A poesia seria um caminho para a superação do sofrimento? Um poeta sofre menos por entregar aos versos a sua dor?*

É raro a poesia surgir no momento em que se instala uma dor intensa. O movimento poético irá retornar quando esses embates emocionais se amainam, e então tudo o que se sofreu (ou o que ainda se sofre, mas em escala menos aguda) vai transparecer de alguma forma nos versos. E aí será possível dizer que nessas horas a poesia vai ajudar em muito o poeta a colocar em ordem os sentimentos convulsionados pela dor.

Mas quando pensamos no sofrimento em termos da própria condição humana, como é o caso da consciência da efemeridade da vida, poderemos dizer que a criação poética é caminho sempre seguro para o poeta buscar uma pacificação interior. Se o Zen ensina que a dor é inevitável, mas o sofrimento pode ser superado por meio de um consciente e consistente movimento interior, é possível dizer que também a energia poética pode significar uma busca da superação do sofrimento, pois é igualmente um movimento que aposta sempre na luz, na vida. Assim, o poema não é uma forma literária, mas o lugar de encontro entre a poesia e o ser humano. Catedral de espantos. Olhos maravilhados de vida.

O poeta pode não sofrer menos ao entregar aos versos a dor que de verdade sente, mas ajuda em muito a organizar as emoções. O labor poético para o poeta pode ter uma função terapêutica próxima da psicanálise ou da meditação zen. Mas a dor que moveu a construção de um poema continuará de todo modo a existir, a doer no coração do poeta. Só que a revelação em termos poéticos das várias camadas dessa dor, constituição profunda dessa trama envenenada, ajuda a aliviar a angústia proveniente do núcleo dolorido. E assim será possível ao poeta voltar a sentir a paz de um Sol consolador. O poema na condição da poesia que se ergue para dar consistência e voz aos sentimentos humanos ajuda a consolar e ensina a viver de maneira intensa e bela cada instante. Algo bem próximo ao que se pode chamar de uma energia amorosa. Rosto veemente do amor.

O poeta e o poema
(Alphonsus de Guimaraens Filho)

Nenhum poema se faz de matéria abstrata.
É a carne, e seus suplícios,
ternuras,
alegrias,
é a carne, é o que ilumina a carne, a essência,
o luminoso e o opaco do poema.

Nenhum poema. Nenhum pode nascer do inexistente.
A vida é mais real que a realidade.
E em seus contrastes e sequelas, funda
um reino onde pervagam
não a agonia de um, não o alvoroço
de outro,

mas o assombro de todos num caminho
estranho
como infinito corredor que ecoa
passos idos (de agora,
e de ontem e de sempre),
passos,
risos e choros – num reino
que nada tem de utópico, antes
mais duro do que rocha,
mais duro que a rocha da esperança
(do desespero!),
mais duro do que a nossa frágil carne,
nossa atônita alma,
– duros pesar de seu destino, duros
pesar de serem só a hora do sonho,
do sofrimento,
de indizível espanto,
e por fim um silêncio que arrepia
a epiderme do acaso.
E por fim um silêncio... Nenhum poema
se tece de irreais tormentos. Sempre
o que o verso contém é um fluir de sangue
no coração da vida,
no pobre coração da vida, aqui
paralisado, além
nascente no seu ímpeto de febre,
no coração da vida,
no coração da vida,
(da morte?)
e um frio antigo, e as bocas
cerradas, olhos cegos,
canto urdido de cantos sufocados,
e uma avenida longa, longa, longa,
e a noite,

e a noite,
e, talvez, um sublime amanhecer.

Nenhum poema se faz de matéria abstrata.
De delírios de Midas? De delírios
de vagas sombras em pátios de hospitais?
de humildes delirantes? de certezas,
incertezas, pavores,
mágoa dos mais sensíveis ante o ríspido,
insólito espetáculo?

Quem dirá, quem dirá de que se tece o poema?
Não o sabe o poeta? O poema o ignora?
Sabe o poema que é poema?
Receptáculo de penosos gritos
em surdina ou suspiros vãos tornados?

Sabe a vida que é vida?
Sabe a morte que é morte?
Quem construirá o poema isento,
quem do grito ou do mudo espasmo construirá
o poema isento?

Não há poema isento.
Há é o homem a seguir a si mesmo no meio
de inumeráveis sombras
asfixiadas,
asfixiantes.
Trituradas.
Ou nas manhãs mais lúcidas. Na luz
maravilhada,
nas grandes portas do maravilhoso,
e o cálido sopro e o beijo da euforia
mais alta,

mais alta, casta e transfiguradora.
Ou nas noites insones escorrendo
como hostil e febril jorro de asco
e torpe desencanto,
casa sem portas, sem qualquer fresta, fechada
no seu próprio e cansado labirinto.

Não há poema isento.
Há é o homem.
Há é o homem e o poema.
Fundidos.

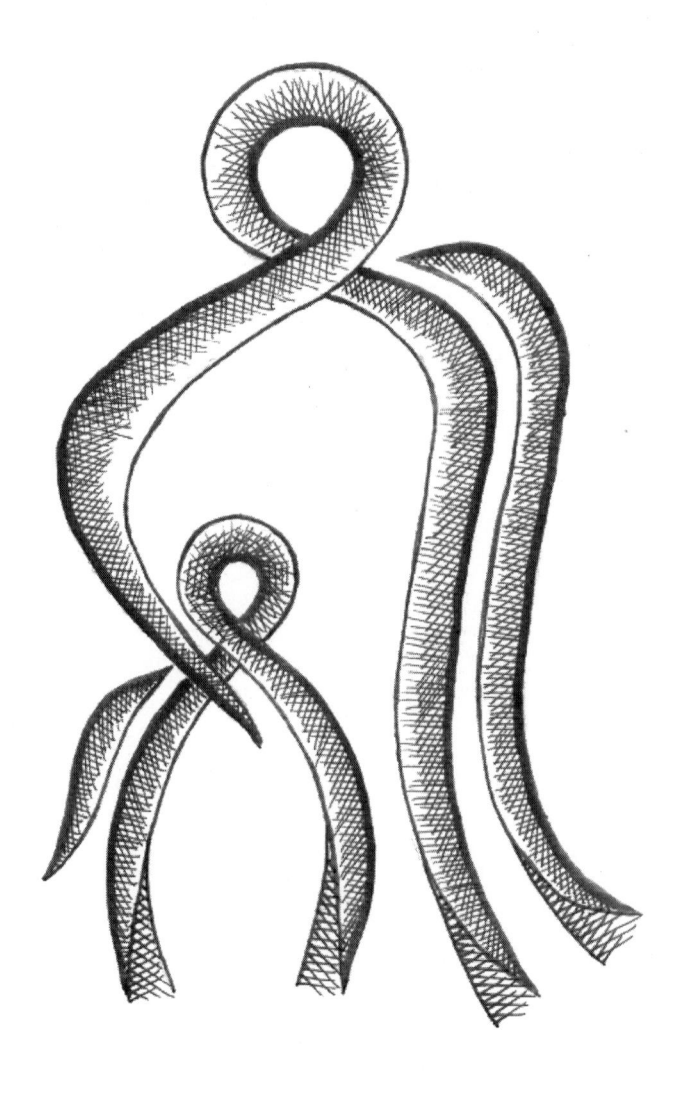

(desenho original criado nos anos 90 por Sabine Bartlewski como logotipo para o Jardim Michaelis, atual Escola Waldorf Michaelis: https://michaelis.org.br/)

6

A cada dia mais frágil a tênue força vital... mas a esperança – algo que muda a cada instante e transforma a expectativa do futuro no agora. Primeiro a cura, retomar a vida, depois, voltar a andar, e tantas nuances de pequenas conquistas. Comer pelo menos três colheradas para recompor as forças, beber um gole de água, poder ir ao banheiro, tomar banho no chuveiro, mexer o pé, levantar o braço, segurar a xícara, olhar para mim, responder, perceber meu carinho, virar-se na cama, ouvir o que estamos dizendo, abrir os olhos... sentir que estamos ao seu lado. No primeiro advento daquele Natal, um momento único de rara emoção, se nada podemos fazer por você, podemos cantar e cantamos e choramos e você chorou e soluçou conosco, filhas e netas, muitas músicas antigas de Natal, lembranças ancestrais... Nós de mãos dadas tão juntas, ao redor do seu leito derradeiro.

Havia uma estória da menina da lanterna que acompanhava Clara desde que era muito pequena, ainda no jardim de infância e ela jamais esquecera, ficou dentro dela para sempre como uma lamparina acesa. Clara crescera ouvindo contos de fada da tradição oral a refletir imagens do inconsciente coletivo dos sentimentos humanos, em qualquer cultura tão iguais. As infâncias esquecidas, cheias de sonhos, brotam com a semelhança de anjos nos ventres de todas as cores, nas mais díspares realidades dos países que somos. Crianças, essas almas ainda plugadas no universo estelar e na estratosfera do acreditar na humanidade, sementes de seu potencial, sujeitas ao abandono onde se desenvolve o mundo desumano. Clara, órfã que quase foi, escolhera como adolescente trabalhar durante as férias de verão em um orfanato. Ela havia feito um aborto quando era muito nova, por não poder dar conta, além da própria vida, de uma outra vida criança. E a menina, assim, cheia de culpa, foi cuidar dos que vieram à luz, para conhecer, um mínimo que fosse, a realidade de crianças que escaparam de uma decisão como a dela, de interromper uma gestação não planejada. Uma vez, durante o período em que fazia o estágio no orfanato, o menino Wagner, de apenas 9 anos, chegou todo torto e cambaleando pela estrada de terra que dava no terreiro da instituição, em uma cidade serrana no Rio de Janeiro. Clara o segurou e o abraçou preocupada com o que via, e, ao sentir o cheiro de álcool, meteu-lhe a mão na garganta para vomitar. E depois de muito vomitar em câimbras de convulsão, desfalecido em seu colo ele se estendia. Quase um litro de cachaça ele verteu pela boca e nariz com seus olhos vermelhos e engasgado com os dedos de Clara. Então ela o levou no colo até a casa de acolhida onde o órfão vivia. No bar à beira desta estrada de pó e poeira os homens se riam e se riam da cena que viam, do crime que provocaram para se divertir com o menino sem pai, sem mãe, filho largado e sem referência da sua origem e história. Mas Clara, que seria ainda testemunha de muitas outras infâncias, se inspirava nas crianças, buscando nelas os seres que ensinam o encantamento de ver e viver tudo pela primeira vez, segredo infantil para encontrar a si mesmo no caminho ancestral que independe de história e de circunstâncias.

A Menina da Lanterna (Um conto infantil da pedagogia Waldorf)

Era uma vez uma menina que carregava alegremente sua lanterna pelas ruas. De repente chegou o vento e com grande ímpeto apagou a lanterna da menina. "Ah!", exclamou a menina. "Quem poderá reacender a minha lanterna?" Olhou para todos os lados, mas não achou ninguém. Apareceu, então, o primeiro animal curioso, era um ouriço. "Querido ouriço!", exclamou a menina, "O vento apagou a minha luz. Será que você não sabe quem poderia acender a minha lanterna?" E o ouriço disse que ela perguntasse a outro, pois precisava ir para casa cuidar dos filhos.

A menina continuou e encontrou um urso pelo caminho. "Querido urso", falou a menina, "o vento apagou a minha luz. Será que você não sabe quem poderá acender a minha lanterna?" E o urso da floresta disse que estava com sono e ia dormir e descansar.

Surgiu então uma raposa, que mandou que a menina voltasse pra casa, pois estava espantando os ratinhos. A menina então percebeu que ninguém queria ajudá-la. Sentou-se sobre uma pedra e chorou. Neste momento as estrelas disseram para ela que procurasse o Sol, que com certeza poderia ajudá-la. Assim, a menina criou coragem para continuar o seu caminho.

Finalmente chegou a uma casinha, dentro da qual havia uma mulher muito velha sentada a fiar. "Bom dia, querida vovó" – disse ela. "Bom dia", respondeu a velha. A menina perguntou se ela conhecia o caminho até o Sol e se queria ir com ela, mas a velha disse que sua roca não podia parar. Mas pediu à menina que comesse alguns biscoitos e descansasse um pouco, pois o caminho seria muito longo.

Um pouco adiante, depois de andar bastante, ela encontrou a casa do sapateiro. Ele estava consertando muitos sapatos. A menina abriu a porta a cumprimentou-o. Perguntou, então, se ele conhecia o caminho até o Sol e se queria ir com ela procurá-lo. Ele disse que não podia acompanhá-la, pois tinha muitos sapatos para consertar. Deixou que ela descansasse um pouco, pois sabia que o caminho era bem longo.

Muitos passos depois ela avistou então lá na frente uma montanha muito alta. "Com certeza, o Sol mora lá em cima" – pensou a menina, e pôs-se a correr como uma corsa. No meio do caminho, encontrou uma criança que brincava com uma bola. Chamou-a para que fosse com ela até o Sol, mas a criança nem respondeu. Então a menina da lanterna continuou sozinha o seu caminho. Foi subindo lentamente pela encosta da montanha. Mas, quando chegou ao topo, não encontrou o Sol, estava tudo escuro. "Vou esperar aqui até o Sol chegar" – pensou. Como estava muito cansada da longa caminhada, ela adormeceu.

O Sol, que já tinha avistado a menina havia muito tempo, nasceu devagarinho pelo horizonte, chegou até ela e acendeu a sua lanterna. Quando a menina acordou, exclamou: "Oh! A minha lanterna está acesa!", e pôs-se alegremente a saltitar. Assim pegou o caminho de volta e reencontrou a criança da bola, que lhe disse ter perdido a bola, não conseguindo encontrá-la nas sombras escuras. As duas crianças procuraram então a bola com a lanterna, e, após encontrá-la escondida nos arbustos, a criança afastou-se alegremente, muito grata e feliz.

Voltando pela estrada, a menina da lanterna chegou então à casa do sapateiro, que estava muito triste na sua oficina. Quando viu a menina, disse-lhe que a lareira tinha apagado e suas mãos estavam frias, e por isso não podia mais trabalhar. A menina acendeu com a chama da lanterna a lareira do artesão, que, muito satisfeito, agradeceu, aqueceu suas mãos e pôde voltar a costurar sapatos para tanta gente.

A menina seguiu devagar a sua caminhada e chegou novamente ao casebre da velha, que agora estava escuro. Sua luz tinha se consumido e ela não podia mais fiar. Assim, a menina acendeu para ela a luz apagada, a velha agradeceu contente e logo pôs-se a fiar, fazendo sua roda girar sem cessar. Depois de algum tempo, a menina chegou de volta ao campo onde os animais dormiam, mas logo acordaram com o brilho da lanterna, que parecia um vagalume gigante. A raposinha farejou, o urso bocejou, o ouriço curioso se aproximou e todos os bichos fizeram com a menina uma grande roda e começaram a dançar. Depois, a menina da lanterna tomou o rumo de casa e feliz caminhava a cantar:

Eu vou com a minha lanterna
e a minha lanterna comigo
no céu brilham as estrelas
na terra brilhamos nós
Minha luz eu achei, pra casa irei
Com a minha lanterna na mão

João, do Rio

Olhava para o céu, o garoto, enquanto uma de suas cinco bolas rolava pelo asfalto. As buzinas dos carros impacientes não tiraram o menino da profunda distração.

— Para onde vai aquela nave gigante? Pensou, com os olhos fixos no céu.

A nuvem era diáfana, embora gigantesca, e os transeuntes com olhos fixos no chão nem a percebiam. Mas, para ele, que vivia com os pés descalços na rua, mas os olhos voltados para a fantasia, foi fácil pegar carona na nuvem-nave que, com o Sol a pino, decolava do século 21 rumo ao Rio Antigo.

— João, acorda, venha rápido, antes que a bandidagem leve os seus trocados. Venha descobrir quanto vale um vintém.

— Hein? João deixou a mão cair para sentir se as moedas ainda estavam no bolso e foi. Largou as bolas e embarcou na nave, sem saber para onde ia. Mas, que diferença fazia? Quem sentiria a sua falta? Deixou-se ir. Ali no Bob's, suas poucas moedas nem um hambúrguer valeriam. Além do mais ele seria enxotado, tão maltrapilho parecia perto dos executivos pendurados nas gravatas, a disputar com secretárias e *motoboys* a fila do *fast-food*, no almoço que a pressa lhes permitia. E João tinha tempo, aliás, era só o que tinha: todo o tempo do mundo e alguns vinténs.

— Se está com fome, por que não pede uma cocada no tabuleiro da doceira, na entrada do Convento de Santo Antônio?

Chegou-se a ela. Tabuleiro cheio de delícias. A negra alforriada, com olhos de mãe e traços sofridos, deu ao menino João uma cocada por uma só das suas moedas. Na escadaria da Igreja estava também o vendedor de orações. João o observava enquanto comia o doce. O homem vendia aos esperançosos fiéis uma garantia no céu, igual às moças a panfletar um lançamento imobiliário com segurança 24 horas na Barra.

— Vá conhecer o Axé do Pai Celso, dizia a negra africana. E João foi ter em Quintino. Conheceu os orixás coloridos, os filhos de branco, ouviu o tambor e fez oferendas. Mas, em meio à festa, acordou do seu transe, ainda menino de rua do Largo da Carioca. E da rua ele só conhecia a fé do discurso solitário, do homenzinho em seu terno de domingo, de Bíblia em punho pregando palavras do inferno à salvação.

— Hei, garoto, só um vintém pra te tatuar no braço a moça mais linda com quem já sonhou! Chamou de repente o estivador na Praça Mauá.

Olha que coisa mais linda, mais cheia de graça... Três agulhas amarradas e um pouco de fuligem marcaram para sempre a moça no ombro de João. A gargalhada do tatuador levou João a passear por Ipanema com sua musa gostosa no braço. Mergulhou nas águas azuis de espuma branca, como se bebesse o champagne da vitória.

— João, não se lembra de mim? Das ondas do mar emergia o rosto inesquecível da meretriz, que fora a primeira dama deste Dom João, nas moitas do Campo de São Cristóvão. A primeira vez nos jardins da Dona Leopoldina era um deleite da sua memória. Mas Ludineia agora pertencia à Zona Sul, e sua clientela era internacional.

João foi para a Lapa para não perder a viagem, equilibrando-se no aqueduto e vendo o bonde passar. Era o coroinha indo para a missa, a lavadeira com a trouxa de roupa na cabeça, a patroa do lado com seu lindo chapéu, a criança se lambuzando com o algodão doce, o ambulante trocando de sítio e o bicheiro anunciando um novo jogo.

— É no macaco, moleque?

— Nem, só tenho uns vinténs.

— Dá pra jogar, quem sabe não vira 100!

Foi quando viu os sambistas pegando o bonde pra Vila Isabel, não teve dúvida. Lá foi o João pendurado no bonde. Direto para o botequim, um trago de cachaça e muita cerveja nos acordes do violão, batucada e poesia no escritório do samba. Não tinha para mais ninguém, João com uma boa média requentada no balcão.

Da malandragem era apenas aprendiz. Muito lhe faltava para dar conta da sua Copacabana natal. Já morara com seus irmãos no túnel novo, cheirou cola nas praias do Leme, fugira do inspetor, mas nunca assaltou ninguém, nem velho, nem turista, nem patricinha. E não era por falta de coragem, João só queria ser alguém. Foi quando se descobriu ninguém...

Na Praça XV ouviu a sentença da cigana cartomante:

— Escolherás o teu futuro se nele acreditares. E em um grande tufão de tempestade, João viu surgirem e desaparecerem os morros da cidade, ouviu tiros do medo e a cidade partida.

No bolso, sentiu que acabavam os seus vinténs e escolheu dar milho aos pombos, criança que era. Depois falou ao lambe-lambe da praça para ver na fotografia se era tudo verdade. Insistiu em um retrato, mostrando a última moeda que tinha.

— Certo, menino. Senta aí e olha o passarinho. Xiiiis, click!

Estava lá o pequeno João, com olhar de gente grande... De frente, de lado, perfil, data no peito, carimba o dedão. João De Menor se viu na delegacia: Onde? Como? Quando? Por quê? Vadiagem! Era essa a verdade?

Era não! Pois o sinal abriu, as buzinas dispararam, a nuvem se desfez e era hora de voltar, chega de flanar por aí, João. E foi catar as bolas na sarjeta, com esperança de o sinal fechar e de mais um malabar mirando o céu lhe render novos vinténs. Afinal, nesta cidade só o céu e o asfalto lhe pertenciam, ao João.

Annabella

Nesse dia só havia um compromisso: levar os olhos e os óculos ao oftalmologista, pois enxergar bem é um bem maior de que não se deve descuidar. Só não fiz o exame para o qual é preciso dilatar as pupilas, pois, depois de fazê-lo, não é recomendável dirigir, ou mesmo andar de bicicleta, tudo fica esquisito e poderia ser perigoso voltar para casa de *bike*. Como o dia estava livre, e além desse compromisso não havia nada a fazer, tudo o que eu queria era poder ver o mundo cristalino e limpo ao meu redor, desembaçar a neblina dos tempos sombrios que nos cercavam a todos a existência.

Ando pelo calçadão de pedestres no centro histórico da cidade alemã às margens do Reno, onde havia cafés, lojas, bancos de praça, sorveteria e caixas automáticos, até chegar ao bicicletário. Era um simples alambrado fazendo um quadrado em volta de uma árvore, para prender bicicletas. De um lado havia um banco para sentar. Ali estava a *bike* esperando, quem sabe para um passeio, aproveitando o dia livre. Eu já vinha com a chave da tranca na mão, pronta para abrir e seguir, quando então me dei conta de que não havia nenhuma pressa, nada que precisava acontecer depressa. Tornei os movimentos mais lentos, liguei o *slow motion* da minha câmera cerebral, contive o impulso das mãos, segurei a chave da tranca e apontei minhas lentes para a frente, do outro lado do calçadão para ver. E vi perfeitamente o que era não poder ver. Aquele senhor, cego, parecendo mais velho do que provavelmente era, estava deitado em uma caixa de papelão no meio de um monte de sacolas. Ele se ajeitava para sentar, procurava algo à sua frente, do lado, atrás, não sabia onde estava, não via onde estava, não enxergava nada. Por sorte tateou sua bengala-guia, que estava bem do seu lado estendida no chão. O homem cego não sabia que era observado por olhos que ele não tinha. Mas vi o seu alívio ao tocar com a mão a bengala, e meus olhos puderam descansar aliviados em outra direção, e o homem cego se tornou invisível.

Com minha supervisão, e atenta a cada detalhe que eu não queria deixar escapar, simplesmente fiquei parada a observar. Abaixo de mim o chão cinza e sujo, acima, o céu azul e limpo, a rua cheia de pedestres apressados, o banco dando assento a duas pessoas que talvez fossem moradores de rua. Passei a observá-los, apenas para apreciar tudo o que meus olhos podiam apreender, o tom da sua conversa era tranquilo, amigável, eram amigos, pensei, este homem e esta mulher. Queria ouvir, contavam algo sobre como dormiram, como a vida ia, como enfrentariam o dia, da fome que sentiam. Então, da lonjura de uns 30 metros, um grito que ecoou estridente assustou toda gente e fez parar por um segundo como estátuas as pessoas do calçadão da praça. A cena congelou como uma foto, e todos estavam juntos no aqui e agora de uma fração de tempo. Os olhares dos olhos que viam buscavam o sujeito vestido de palhaço no canto da praça, e que até o momento do grito ninguém havia notado. Até ele parou, até ele se assustou com o berro que de longe o atingia: "*Clown! Hey, Clown!*".

A voz forte, jovem, alegre e solta voou feito uma flecha por cima das cabeças na rua para chegar até o Senhor Palhaço: "*Clown!*" A moça que gritava era roliça, a moça era talvez autista, ou era moça infantil, alma ingênua, de leveza e beleza que causam aos ditos normais certa estranheza. A moça foi abraçar o palhaço, riram-se cheios de graça e o *clown*, que a todos mandava gestos de coração e sorria, manteve a pose de pé no seu pequeno pedestal com seu gestual de *show*. A moça solícita ajudou a velhinha do andador a levar suas moedas até o chapéu do palhaço e depois, muito educadamente, segurou a porta da loja para que ela conseguisse entrar. E então a moça foi ter com os amigos no banco do calçadão, bem ao lado da minha *bike*, que em câmera lenta eu ainda estava destrancando, enquanto a cena eu observava com meu super-poder de ver tudo o que se passa. Era a moça a Annabella, pois assim os amigos a chamaram: "Venha, Annabella, como você está?". Cumprimentou-os alegre, mas disse que mal dormira, disse que tinha medo de estar sozinha na casa vazia. Repetiu Annabella que não gostava de ficar sozinha, que a casa era grande e que não gostava de ficar sozinha, e que por isso não tinha dormido bem. Tinha medo de ficar sozinha. Não gostava disso não. Não gostava. Por isso tinha vindo para a rua passear.

E como a casa onde ela morava era grande e ela era sozinha, Annabella chamou os dois amigos no banco de praça para irem tomar café com ela, fazer companhia, disse ter certeza de que café ainda havia. Sim, ela lembrava que ainda tinha café, que talvez fosse bom comprar um litro de leite, mas que café sabia que tinha. E foi assim a falar e a pensar alto que a moça Annabella, tão desprendida, virou-se sem dar adeus e foi seguindo o fluxo da rua, até perder-se no meio de muita gente. Eu soube então pelos dois amigos, que continuavam sentados no banco a conversar, que ela era filha de um escultor que vivia a viajar pelo mundo e há muitos anos não aparecia. Annabella morava em uma grande casa com o seu avô, que a criara sozinho, a mãe nunca ninguém soube quem era. E que agora, pobre Annabella, o avô tinha falecido e ela herdara sozinha o casarão onde ela se sentia tão só. Mas como era um país de primeiro mundo, desamparada não haveria de ficar. O sistema social já se encarregara dela e tomava conta de sua situação peculiar ou, mais provável, sua situação pecuniária. Onde há dinheiro, há estado, há cuidado, há burocracia, há interesse de que o serviço seja prestado e todos os impostos sejam pagos, então quem tem dinheiro – e como Annabella nem sabe que tem – sempre terá atenção. Há pessoa que cuide dela duas vezes por semana, comentavam os amigos sentados, para ver se tudo está bem, revisar remédios, levar compras, olhar a casa. Annabella tinha uma tutora nomeada por esse estado presente e parece que hoje era dia da revista. Por isso os dois amigos preferiram não ir tomar o café na casa dela, comentavam, pois não gostavam dessa visita de estado ao qual não pertenciam. Deixariam o café com Annabella para outro dia, pois gostavam de fato da moça.

Que história essa que só existe como um instantâneo de rua capturado pela minha câmera interna em um intervalo de tempo sem pressa. Nunca teria sido registrada. Mais que um *slow motion*, seria talvez um *blow up* inspirado em Antonioni quando o mergulho no detalhe de um momento abre um universo de realidade nunca antes revelada. Não fosse levar um tempo imenso para destrancar a bicicleta, a fim de deixar olhos e sentidos atentos à vida alheia que tece o presente, esta cena ficaria oculta. Assim a filosofar, distraída e desligada do que acontecia, destranquei de fato a bicicleta com atenção agora voltada para o cadeado em minhas mãos – percebi que algo me escapava. Ao voltar os olhos para o redor, vi o banco agora vazio sem os dois amigos que haviam se levantado e, no mesmo mar de gente que engolira Annabella, também eles na multidão se dissolviam.

Ainda assim, feliz por ter conhecido um pouco a história de Annabella, decidi ir embora dali. Mas não sem antes deixar umas moedas no chapéu do palhaço, Senhor Clown, e lhe mandar um beijo de coração. E como gesto de gratidão por ter meus olhos sadios, por enxergar e poder ver a vida que acontece sem parar, resolvi deixar também umas moedas para o velho cego embaixo da marquise. Ele estava ainda no mesmo lugar, em frente à boutique de marca cara. Agora sentado, ele arrumava suas coisas, tateando tudo com suas mãos fortes. Eu observava como ele mexia nas suas sacolas e tirava delas alguns objetos embrulhados em jornal velho, colocando-os cuidadosamente expostos sobre um pano estendido no chão, como se fossem *souvenirs* no calçadão. Ao me aproximar curiosa, reconheci visivelmente surpresa que os objetos eram de fato pequenas esculturas de argila que ele vendia. Aproximei-me então para ver direito seu artesanato e de perto, agachada ao chão, vi que eram peças diferentes umas das outras, nenhuma era igual ou se repetia, mas todas representavam uma mesma alegre figura. Uma menina roliça, nas mais diversas poses e gestos cheios de graça, a dançar, a sorrir, a chorar, a pular, a cantar, a comer, a dar cambalhota, a plantar bananeira, todas cuidadosamente modeladas à mão com decidida ternura. E na base de cada figura o escultor cego riscava um nome, Annabella.

Mais uma vez
(Afonso Henriques Neto)

o menino chora no meio da noite
no meio da praça
no meio do coração.
o menino chupa laranjas e abismos
as bombas caem.
está sozinho no meio do oceano
no meio de cem milhões
no meio do infinito.
o menino desenha navios submersos
enquanto mais uma vez
o povo é saqueado.
o menino chora sob um turbilhão
de cavalos em febre
sob uma teia de equívocos e fracassos.
estamos no meio da noite barroca
no meio da praça
onde os tiranos engolem o ouro
no meio do coração torturado
por mil punhais envenenados
e um punho de sombra redigindo leis imóveis.
o menino uiva um labirinto
(não há pai nem mãe
nem lembrança de ternura
para consolar o pranto).
o menino uiva uma farpa de cristal
um relâmpago de estrelas podres
o abandono definitivo
(não há luz no quarto
onde o menino chora
sob um fedor de sinfonia
estarrecida).
no meio da fome
no meio da morte
no meio do coração.

tudo

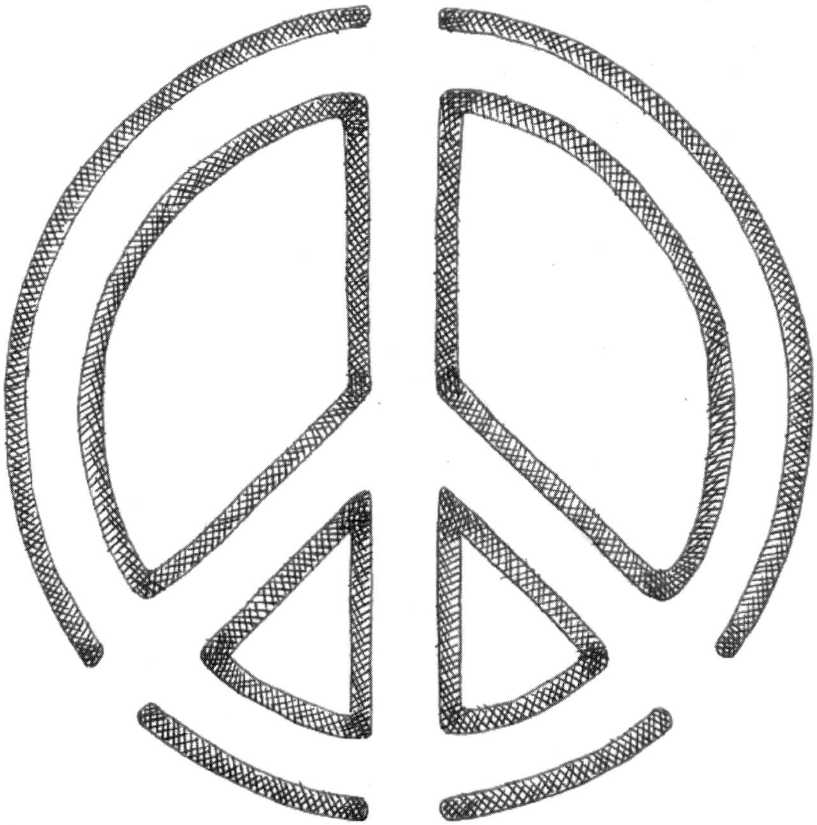

5

Depois, só despedidas. Do irmão que veio de São Paulo, da amiga fiel, também já idosa. Da irmã e do cunhado padrinho, da manicure que lhe fez as mãos e os pés pela última vez, já arrumada para o outro mundo sem saber. Matilde, manicure e podóloga, teve profundo *insight* ao cuidar de você, mãe, em um momento em que é tão comum o abandono, e ela resolveu dedicar sua vida a esse cuidado de quem está se despedindo. Sentiu sua força e a doçura, a dor e a ternura de uma mulher valente, endurecida, em um momento de reencontro com sua própria maciez, no último sopro de vida. Histórias de gerações, obras, sofrimentos, revoltas, guerras e lutas, filhas e netas. E, por último, a surpreendente receptividade para a mão do outro que se estende. Inesperado sorriso do alívio.

A – Soldados fogem da Rússia para países vizinhos e desertam do serviço militar porque não querem ir à guerra para matar seus irmãos ucranianos, enquanto a população do país, regido pelo déspota, se arrisca nas ruas para protestar pela liberdade de presos políticos contrários à guerra. Pessoas como elas também, suas famílias, que podem ser condenados a 10 anos de prisão por serem a favor da paz. Pessoas que ousam e se expõem.

B – Uma geração inteira de jovens tão jovens no mundo inteiro se junta todas as sextas-feiras, preocupada com o futuro do planeta Terra, suas vidas e seu futuro. Mobilizam-se nas cidades ao redor do globo para que as questões climáticas não saiam de pauta política, diante de tantas atrocidades bélicas e econômicas e insustentáveis que ganham prioridade de urgentes.

C – Ativistas encapuzados, dispostos a tudo, sobem nas árvores de uma pequena floresta na Alemanha cercada pelas máquinas para a derrubada. E nos galhos acampam e se instalam e enfrentam a polícia e o frio, para não permitir que as árvores sejam sacrificadas como no previsto para executar antigo projeto aprovado de mais uma *Autobahn* no país.

D – A jovem Capitã, uma mulher comandante de navio, dispõe-se a salvar emigrantes ilegais, fugitivos de guerras absurdas. Vidas proibidas e perdidas a se afogar no Mar Mediterrâneo. E ela se expõe a processo internacional por resgatar seres humanos com fome, doentes e sem nada, e levá-los a um porto sem permissão. Mas é ela a ser julgada pelo ato criminoso de salvar gente!

E – Um padre vai às ruas da grande São Paulo todo santo dia de sua vida devota, para confortar e dar de comer e aquecer com palavras e cobertores os desabrigados moradores de rua, marginalizados e invisíveis aos olhos da desumana megalópole. Ele persiste, ele insiste, e ele não desiste apenas por saber o quanto é necessário que se faça justiça.

F – Jovens mulheres no Irã tomam coragem e tomam as ruas a gritar contra o regime de leis arcaicas que as obriga a esconder a cabeça debaixo de um véu. Insurgência feminina após o assassinato de uma menina estudante, que usava o véu sobre a cabeça de forma "errada", crime considerado mais grave do que o crime de matá-la.

Mas se o medo é instrumento de manipulação, a coragem é ferramenta de resistência. Dois polos em tensão sempre a existir. No Brasil, milhares de pessoas se mobilizam bravamente nesse início dos anos 2020 como em tantas outras eras já se viu contra um fascismo dominante, enquanto outros sucumbem à ignorância que os governos autoritários pregam. A luta nunca será em vão. Que tenham voz principalmente os povos originários a gritar pela existência, sobrevivência de culturas ameaçadas por interesses exploratórios, que colonizaram a terra como se donos dela fossem. Muitas pessoas valentes e corajosas que em Clara despertam inspiração e enorme admiração. Tantas vezes ela se achava tão pequena no mundo, mas "se muitas pessoas pequenas, em muitos lugares pequenos, fizerem muitas coisas pequenas, conseguirão mudar as coisas na Terra", como diz um provérbio africano, e assim também ela acreditava: "*Pensar globalmente, agir localmente.*"

Clara havia ganhado na adolescência um livro da sua avó que a marcou fortemente: a biografia de Gandhi. Postura e atitude para além das palavras, dos pensamentos e opiniões. O engajamento para além da indignação é a postura mais difícil diante da realidade. Esta avó, imigrante alemã, naturalizou-se brasileira, abrindo mão da sua nacionalidade, apenas para poder votar no Brasil, país em que passou a viver depois de deixar a Alemanha pós-guerra em um navio, com seus cinco filhos pequenos e um sexto na barriga. Engajamento é feito dos gestos mais simples aos mais grandiosos e são heróis tanto aqueles que tratam bem os seus vizinhos, criam com amor seus filhos como os que dão a vida pela causa em que acreditam.

Clara passeia com sua bicicleta colorida em manifestações na Suíça, em Portugal e em Frankfurt, em São Paulo e no Rio de Janeiro. Com sua bandeira de paz e arco-íris presa na garupa, circula de um lado para o outro, satisfeita em ser mais uma na multidão. Ou também em ser apenas uma, sem multidão, a levantar cartazes na rua e gritar em coro com outras três mulheres, pois qualquer voz vale a pena quando a luta é contra os déspotas no poder e em defesa da democracia, dos direitos humanos, da igualdade e da liberdade de expressão ou em defesa do planeta. Não importa o país, não importa a nacionalidade, quando se trata de valores universais. Clara inspira-se na lembrança de um guerrilheiro da contracultura, a marchar e colar cartazes atrás das barricadas nas ruas de um distante maio de 1968, na velha Paris *Fraternité*. Os laços com raízes ideológicas são de extrema importância para trazer de volta a força da resistência, da luta contra o "Grande Costume", como diz Júlio Cortázar e em defesa de todas as minorias. A energia Paz & Amor é idealização *hippie* de Clara, ancorada nas repetidas sessões de *Hair* no cinema, filme dirigido por Milos Forman, ou vivida no sonho de *Woodstock* no festival de Águas Claras da Fazenda Iacanga, por onde andou a livre Clara. Energia da juventude emanava no festival de música sob céu estrelado a inspirar eternidade: amor livre de gente bela, cheiro de terra molhada, corpos e fumaça da erva bendita, muita lama e banho de chuva, arco-íris e cogumelos colhidos ao amanhecer, chá de dimensões de uma realidade mais cósmica e verdadeira do que a que vem estampada nos jornais. Os sonhos sempre têm raízes em solo fértil do passado e, quando despertos, dão flores e frutos no presente a semear futuros. Nesse espelho de realidade, de chão e horizonte, são as relações, as ideias e as mãos que transformam ideais em ação. Tem gente que acredita em um mundo melhor, alguns chamam isto de utopia, outros chamam de missão. Uma conversa assim com dois ativistas da paz e outros papos mais vêm à tona na memória de Clara.

Falando sobre Paz

Sami Awad é um cristão palestino que vive em Belém e é fundador do *The Holy Land Trust*, uma organização que trabalha pela paz, pela justiça e pela igualdade na Terra Santa. A proposta da iniciativa é reunir palestinos e israelenses para abordar as questões centrais do conflito e desenvolver juntos um novo olhar para a paz.

Barbara Wegmüller vive em Berna, Suíça, e é professora Zen ordenada por Bernie Glassman na Ordem Zen Peacemakers, onde ela é membro da Diretoria Internacional e trabalha no engajamento de retiros com meditação e ação social por uma cultura de paz em vários lugares do mundo.

– Como é para Sami ser um pacifista comprometido em uma das regiões mais conflituosas do mundo – e, por outro lado, como é para Barbara ser uma ativista da paz em um dos países mais pacíficos do mundo?

Sami: Aos 12 anos de idade participei da primeira ação não violenta com o meu tio. Fomos plantar oliveiras na terra de um agricultor palestino que sabíamos que seria confiscada por colonos judeus israelenses. Essa foi uma ação muito forte para mim, senti pela primeira vez que eu poderia fazer algo para lidar com a ocupação, sem usar de violência. E isso comprometeu o discurso da minha vida, para ser um pacificador. Isso tudo em uma situação nada fácil, pois é uma região onde há violência, ódio e medo o tempo todo.

Barbara: Quando eu tinha uns seis ou sete anos vi minha mãe muito abalada ao ler o jornal. Eu estava do seu lado e vi a foto de uma mulher de costas, andando. Ela parecia velha, mas tinha vários filhos com ela. Perguntei: "O que é isto?", pois minha mãe estava chorando e foi muito comovente para mim. Então ela disse: "Sabe, eles enviaram estas pessoas para a morte". Vi esta foto anos mais tarde em Auschwitz. E naquele momento eu soube que este mundo não é um lugar seguro. Isso deixou uma impressão muito profunda em mim e me abriu para o mundo, porque eu queria que ele fosse um lugar seguro. Para mim mesma, mas também mais tarde como mãe, e, é claro, como ser humano. Esta passou a ser minha esperança.

– Que papel tem a globalização no mundo de hoje?

Sami: Pela primeira vez na história da humanidade, estamos tão conectados. Como seres humanos. Em segundos sabemos tudo o que está acontecendo em algum lugar. Podemos acompanhar as notícias;

podemos ver como as coisas estão se desenrolando. O mundo ficou menor. Nossa capacidade de estar em qualquer lugar do mundo dentro de 20 horas é incrível e única. E então me vem a questão de como acolher esses aspectos positivos do desenvolvimento para nos tornarmos uma família global? E é disso que se trata toda a questão da conectividade, a capacidade que temos para compartilhar informações uns com os outros e de podermos dividir os recursos entre nós.

Barbara: O mais importante é que podemos aprender uns com os outros. Podemos aprender com o sofrimento e com a alegria que dividimos. Mas também temos de cuidar do planeta como um todo, cuidar do mar e do ar. Porque todos nós respiramos o mesmo ar, então temos de cuidar disso juntos, unindo-nos. E isso certamente precisa de sabedoria, perceber que temos a responsabilidade em pelo menos um ponto, aquele onde vivemos.

Sami: Eu também acho que isso é fundamental. Como estar na Suíça e ver a beleza e a riqueza da Suíça, mas também entender com consciência de onde veio grande parte dessa riqueza. Porque veio de países onde se instalaram os colonialistas e houve opressão, e houve escravidão e comércio ilegal e destruição de recursos. Uma parte do movimento é refletir sobre como curar essas relações.

Barbara: Penso que seria nossa obrigação não vender peças para fabricar armas e não vender armas no exterior, apoiando guerras com nosso dinheiro. E também ter responsabilidade com a origem do dinheiro, não podemos simplesmente abrir nossos braços para qualquer um que apenas quer enviar seu dinheiro para um lugar seguro. Portanto, a Suíça certamente seria muito mais bonita, se pudéssemos ter o orgulho de trabalhar pela paz e não apenas pela riqueza.

– *A religião tem causado tantas guerras, como acham que a espiritualidade pode ajudar no processo de paz?*

Sami: Falamos sobre a violência muçulmana, violência budista e todo tipo de violência, e esquecemos como a comunidade cristã mundial causou tanta violência na história. Mais do que qualquer outra religião. Para mim foi um desastre viver na Terra Santa, onde sempre vejo muita religião, mas muito pouca espiritualidade. Espiritualidade significa que somos um só, que podemos praticar diferentes tradições e praticar rituais diferentes, mas na essência somos um com a terra. Somos um com o espírito. Somos um na criação.

Barbara: Se praticamos sem abrir cada vez mais nosso coração e consideramos que a nossa fé é a única verdade, isso significa que precisamos realmente praticar mais em todas as religiões. Porque ter um coração amoroso e ter compaixão é a consequência natural, quando realmente reconhecemos e sentimos que somos espiritualizados.

Sami: Se eu me apegasse a esta ideia de ser cristão, a relação aqui já não seria possível a longo prazo. Porque, para mim, como cristão, seria errado estar com alguém que é budista e praticante Zen. Mas quando entramos na espiritualidade, eu posso me sentar com você. Posso meditar com você e posso ainda assim estar plenamente envolvido em minha fé e tradição.

Barbara: Eu cresci na Igreja Católica. Mas meu sentimento desde muito cedo era de que este Cristo é bastante revolucionário e seus ensinamentos eram sobre ser aberto e amoroso para todos, a questão não era poder. Mas as igrejas já tinham muito interesse no poder desde aquela época.

— Por que vocês acham que o momento atual parece tão fértil para radicais e políticos fascistas chegarem ao poder em tantos países?

Barbara: É sempre o mesmo jogo muito simples, criar medo, e as pessoas compram isso. É muito triste. Todos querem ter uma ovelha negra ou um inimigo onde possam projetar todas as sombras. É um sistema básico que funciona repetidamente. É realmente trágico. E os políticos fascistas de direita usam essa estratégia e se apresentam como se fossem um modelo de pessoa que pudesse resolver todos os problemas do mundo.

Sami: Uma estratégia para dar mais poder àqueles que já estão no poder, porque se você tem medo e eu tenho poder, então você me entregará ainda mais poder para protegê-lo e para cuidar de você. E acho que em parte isso funciona porque este sistema em que vivemos hoje também criou um sistema em que não sabemos o que realmente acontece. Como eles controlam os recursos de informação, a mídia, o sistema de ensino, controlam nossa capacidade de nos comunicarmos uns com os outros. Assim, o conhecimento, que é muito importante, torna-se muito pequeno.

– Como as minorias podem se organizar por seus direitos e se fortalecer contra a opressão?

Barbara: A única chance é que eles criem comunidades saudáveis, desde uma comunidade familiar muito pequena até grupos maiores e comunidades mais abrangentes nas pequenas e nas grandes cidades. E que aprendam o valor da formação, pois educação é o mais importante. E também precisam ser apoiados pelo mundo todo, para que possam se comunicar. Acho que aprender sobre comunicação é muito importante.

Sami: Quando uma pessoa de uma minoria comete um ato de violência, ela se torna uma representação de toda a comunidade. Mas quando uma pessoa da maioria comete um ato de violência, é apenas uma pessoa e acredita-se que ela esteja psicologicamente perturbada. É assim que funciona, só que nós não somos assim. Isso é parte da demonização que ocorre. Portanto, eu acho que é um desafio muito grande. Mas concordo que as minorias têm de fazer ouvir suas vozes, têm de se manifestar e têm de resistir à opressão e à desigualdade e à exclusão.

– Vocês acreditam que os direitos humanos e o desenvolvimento sustentável possam um dia ser parâmetros fundamentais para a política no mundo?

Sami: Não podemos nos sustentar como espécie neste planeta se não cuidarmos juntos destas questões e desenvolvermos sistemas onde estas questões sejam tratadas. Na minha opinião, se não nos preocuparmos com o meio ambiente e com os recursos, especialmente a água, um recurso cada vez mais degradado, nem mesmo existiremos em um futuro próximo. E assim, até como palestino, defendo que precisamos evoluir dos direitos políticos para os direitos humanos, para os direitos civis e os direitos ambientais. E é preciso ter a igualdade como base crucial para a próxima fase.

Barbara: Sempre tive certeza de que não podemos ser proprietários da terra. Isso é uma ilusão. Nós somos apenas viajantes com um tempo muito curto em nossas vidas e realmente temos de cuidar de nossos filhos e das próximas gerações.

– Como convencer os governos a pararem de investir na guerra e na destruição para investir na paz e na superação da injustiça no mundo?

Sami: Para mim, trata-se de resistência e consciência. Essa é a única maneira de avançarmos. E vemos por exemplo esta jovem geração de ativistas ambientais, milhões deles, manifestações de rua acontecendo neste momento. Agora os governos estão zombando deles e os ridicularizando, mas, ao final, são eles os futuros líderes.

Barbara: Fico realmente chocada ao lembrar dos anos 1970 e 1980, quando as coisas pareciam estar ficando mais razoáveis de certa forma. Foi uma ilusão, claro que agora eu vejo isso. Mas naquela época nós tínhamos esta esperança de verdade, estávamos nesta forte energia de que as coisas podem ser mudadas e que os muros cairiam, não que construiríamos mais muros...

– A tecnologia e a economia moldaram o conceito de desenvolvimento. Que outras referências precisam ser consideradas para ampliar este conceito?

Barbara: Se usarmos nossa inteligência para o benefício de todos e não apenas visando o lucro, isso seria muito bom. Mas se a empregamos para destruir inimigos, que estão sempre em algum lugar, estamos apenas perdendo a oportunidade de usar nossa inteligência de uma forma positiva.

Sami: Você sabe que o capitalismo não é apenas um conceito, eu sinto às vezes como se o capitalismo fosse parte de nossa pele, como se estivesse realmente embutido em nós. E é preciso muita desconstrução a fim de criar espaço para o surgimento de novos sistemas. Então, quando se fala em economia, o que queremos com isso? Estamos comprometidos em garantir que as necessidades de todos sejam atendidas? Porque a questão não é mais ou menos dinheiro. Talvez devêssemos até repensar o conceito de dinheiro e realmente nos engajar mais para que as necessidades sejam supridas e todos possam viver aqui neste mundo. E para isso é incrível como a tecnologia pode ser usada de forma eficaz.

— *Que perspectivas você vê para o fim do conflito entre a Palestina e Israel?*

Sami: Temos de resistir às estruturas que criam opressão. Precisamos criar lideranças que sejam transformadoras e construam a visão a partir do futuro, e não do passado. Quanto ao passado, precisamos curá-lo. Isso é a esperança na região da Terra Santa. E, finalmente, voltamos à questão dos direitos humanos. Quando reconhecermos o pleno direito de todas as pessoas de viver com dignidade, respeito e honra e com segurança na Terra, ou seja, tendo garantias básicas do que precisam para viver — não a segurança em termos de armas e muros, mas viver como uma família, como uma comunidade segura —, então encontraremos a paz.

— *Que papel poderia ter a Suíça, como um país neutro, para mudar algo em relação à paz no mundo?*

Barbara: Penso que a chance seria enorme de termos um papel muito mais importante nessa questão. Falamos quatro idiomas na Suíça, nossos documentos legais são todos apresentados em quatro línguas, a Suíça é tão pequena e, no entanto, há muita diversidade. E muito importante seria renunciar de fato à venda de armas, pois temos responsabilidade com isso, não sofremos com duas guerras mundiais como outros países. Teríamos aqui muitas possibilidades para construir escolas de paz. Da mesma forma, a Suíça precisa ter uma postura ética mais clara e difundir essa visão. E defendo a entrada da Suíça na União Europeia para ter uma voz e colaborar com os seus valores dentro da União Europeia. Não podemos simplesmente ficar de fora e desfrutar nossa bela vida aqui atrás das montanhas. Temos a responsabilidade de devolver ao mundo o que aprendemos neste longo tempo de liberdade.

– *O que vocês deixariam como mensagem para a nova geração que luta com este legado difícil no mundo?*
Barbara: Percebam a beleza do mundo. Desfrutem a vida e apoiem-se mutuamente para manter o mundo seguro.
Sami: Nossos pais cometeram erros, mas todos deram o seu melhor. Que esta próxima geração possa vir com uma consciência mais evoluída do que a que tínhamos. Eles têm capacidade de alcançar muito mais, e assim não perder a esperança. Olhem para o futuro a partir de um espaço amoroso.

Da arte de julgar: *"A única revolução possível está dentro de nós."* (Gandhi)

Mahatma Gandhi, talvez o maior pacifista, era advogado, e, como jovem advogado na África do Sul, foi acusado de ser racista, desrespeitando os negros e favorecendo a supremacia branca. No entanto são inquestionáveis o seu legado, a sua obra e as corajosas ações de revolução sem violência no engajamento pela paz.

O importante escritor modernista americano, Ezra Pound, divulgador das poesias chinesa e japonesa, além da poesia francesa, apoiou o fascismo italiano de Mussolini, e era antissemita. O gigante escritor argentino, Jorge Luis Borges, apoiou a sanguinária ditadura Argentina da década de 1970. O tão querido Fernando Pessoa, maior poeta da língua portuguesa, era monarquista e tinha posições políticas bastante reacionárias. O filósofo alemão Martin Heidegger apoiou o nazismo, e ainda assim sua obra é imprescindível na história da filosofia. Walt Whitman, poeta humanista nos Estados Unidos do século XIX, manteve-se indiferente em relação ao extermínio dos índios norte-americanos. Sobre Albert Einstein, diz-se que era misógino e batia na mulher, e não deixa de ser um gênio da ciência. Taizan Maezumi Roshi, professor brilhante dos ensinamentos zen no ocidente, tinha problemas com alcoolismo e foi acusado de conduta sexual inapropriada em sua própria sanga. Historicamente o Zen foi utilizado como técnica de manipulação com soldados na Segunda Guerra Mundial, assim como o *mindfulness* é por algumas instituições empregado de forma manipulativa, no intuito de melhorar a produtividade e encobrir as condições de exploração trabalhista. Nem por isso o Zen deixa de ser uma extraordinária filosofia milenar de postura e atitude profunda pelo desenvolvimento do ser humano. Tudo pode ser empregado para o bem e para o mal. Também é muito difícil encontrar qualquer pessoa de expressão pública, que tenha uma grande obra, mas não tenha tropeços de conduta na vida, às vezes, graves. Não são pecados pequenos os poucos exemplos citados, mas mostram como não se pode tomar a parte pelo todo, muito menos desmerecer a contribuição positiva para a humanidade de cada um deles, pois estes nomes deixaram uma marca muito maior e expressiva no mundo do que seus sérios pecados cometidos. Há em suas histórias e biografias uma compensação pela herança deixada, que faz com que os seus equívocos não sejam o fator mais relevante das suas existências. E seguramente os seus maiores desafios estavam dentro deles mesmos, como cada um carrega dentro de si seu maior inimigo.

Se nem um Dalai Lama com Prêmio Nobel da Paz é uma pessoa perfeita, então posso ter esperança de que até eu, até você, até qualquer pessoa imperfeita, podemos, sim, fazer a diferença para um mundo melhor. Os erros dos mestres são a prova de que, para alcançar grandes feitos, não é preciso ser perfeito. Como disse Jesus Cristo, o homem mais íntegro e honesto de que se tem notícia, e que por isso foi chamado de filho de Deus, "atire a primeira pedra aquele que não tiver pecado", em defesa de uma mulher que seria apedrejada segundo as leis daquela época. Julgar é um ato de extrema complexidade e que desafia a mais alta sabedoria.

Esses dilemas rondavam a cabeça de Marco, um jovem estudante de direito que queria ser juiz. Afinal, alguém precisa exercer essa função para que leis sejam cumpridas. No dia em que se formou em direito, fiz para ele algumas ponderações: o direito lhe mostrará como são relativas as coisas e os pontos de vista, como é importante ouvir todos os lados de uma história para poder ser justo. Verá como a verdade de cada um é diferente e como todas são verdadeiras. Terá certeza de que a justiça é algo pelo que é fundamental lutar e verá quanto por ela ainda precisa ser feito. Saberá que julgar os outros é a mais cruel das tarefas desta profissão e ainda assim é necessário. Aceitará que defender alguém às vezes significa contrariar a sua vontade. Entenderá como as leis dos homens estão aquém das leis da natureza, do universo e de Deus. Será mais condescendente com suas próprias falhas e com seus desejos, pois experimentará os limites entre ética e moral. Duvidará das suas certezas e estará certo de que tem dúvidas e defenderá o direito de vivê-las. Compreenderá que as dúvidas são o movimento da vida e não terá mais medo de seguir, mesmo com elas. Ao caminhar, vai se livrar a cada passo das culpas que atribui aos outros. Perceberá que muito do que incomoda no outro vem de dentro de nós mesmos. Assim também terá de fazer suas opções e distinguir aquelas que são livres e genuínas das escolhas que vêm do impulso de querer impor condições ao mundo, no aflito desejo de que o mundo seja o que quer. Sofrerá ao perceber que o mundo é indiferente aos nossos desejos, mas reflete o que somos verdadeiramente. E vai perceber como a "des-ilusão" é algo positivo e bom, que nos coloca mais perto da verdade, desconstruindo a ilusão em que vivemos. E sobretudo aprenderá que o ato de condenar é imbuído da mais falível humanidade. Por isso o livre-arbítrio é a medida das decisões que tomamos a cada momento a refletir quem realmente somos. Mas perdoar é a atitude de maior impacto, principalmente perdoar a si mesmo por tudo o que não fomos, por tudo o que não somos e tudo o que não poderemos ser. Esta é a condição para conseguir perdoar aos outros e, ao aceitar a realidade como é, poder, sim, transformar esta realidade ao seu redor. Seja um bom juiz, precisamos deles.

Pequena inversão na ordem da Ordem dos Advogados do Brasil

É preciso vomitar minha indignação aqui sobre fato lamentável que centenas de pais e mães orgulhosos tiveram de testemunhar dentro da OAB, em um dia de semana do ano X, dia do juramento de seus filhos e filhas para receber a carteira desta "instituição de maior credibilidade", como dito em coro na mesa composta pela presidência e pela diretoria da casa, com nomes ilustres e importantes da justiça brasileira, que, por questões de segurança, é melhor não citar.

Foi unanimidade nos discursos falar em "responsabilidade", "ética", "autores do desenvolvimento civilizatório", "transformadores da sociedade" e outros nomes e adjetivos abrilhantando a profissão de Advogado(a), "sem o(a) qual não há justiça" ..., como estampavam os *banners* que serviam de fundo para as fotos nas redes sociais. Foi brilhante o discurso de um dos senhores doutores, que lembrou de nada adiantar a teoria se não for transposta para o cotidiano e para a prática. Então foi sua vez de lembrar a "fidalguia" de um dos importantes diretores da OAB, chamando-o para a última fala da mesa. Assim este representante da OAB, com seu belo *speech* enaltecendo o papel e a importância dos atores do direito e da justiça, fechou os discursos da mesa para chamar os novos advogados a receberem suas carteiras, com um inacreditável comunicado, que invalidava tudo o que antes havia sido dito:

"Não quero me alongar porque a lista de nomes é grande e vamos chamar por ordem alfabética, como já foi dito antes. Porém, vamos fazer uma pequena inversão da ordem, para a qual peço a compreensão de todos, pois o nosso querido Paraninfo, o senhor Desembargador, que tem seu filho entre os novos advogados que recebem a carteira hoje, tem uma sessão plenária da comissão de Prerrogativas que está começando, e para não atrasar a sessão e sua presença na sua função, vamos chamar primeiro o seu filho, assim o Desembargador pode sair e continuamos depois em ordem alfabética."

Justiça seja feita. Ética e moral plenas, instituição a envergonhar-se de si mesma com tal acinte. O discurso anterior do Desembargador foi sobre a "cumplicidade com o orgulho de cada um da plateia", pois também era pai ali, lembrou sua linhagem, pois bisavô e avô tiveram cargos altos na instituição. Fez ainda uma brincadeira de muito mau gosto em seu discurso para arrancar risos constrangidos da plateia, dizendo que muitos estariam pensando, "enfim alguém para botar dinheiro nesta família". E disse ainda que seu filho não foi batizado de Aarão para ser o primeiro nas listas de chamada alfabética, mas, sim, tinha o nome começando com a letra Y. Chamada por ordem alfabética...

pois resta a todos entender que Y nasceu com a "prerrogativa" de ser "filho de desembargador", podendo romper regras anunciadas pela própria instituição a quem fazia juramento naquele dia. Era possível ver as interrogações saindo das cabeças de todos os familiares que compunham a plateia de jurados daquele momento: por que este pai desembargador era mais importante do que todos os outros pais e mães que estavam lá, economistas, motoristas, donas de casa, engenheiros, bancários, artistas, todos em horário de trabalho, para testemunharem o juramento de seus filhos e filhas? Por acaso desrespeitar e fazer esperar esta plateia a quem pediram compreensão é mais aceitável do que fazer esperar o plenário de uma sessão sobre uma Prerrogativa qualquer da qual nem se sabia? Seria a sessão muito mais importante do que o juramento único na vida de tantas famílias que esperavam, pacientemente no salão sem ar condicionado no verão do Rio de Janeiro, seus filhos serem chamados, em ordem alfabética, para receber a carteirinha e tirar foto com a mesa, então já sem o paraninfo, desembargador, que tinha algo mais importante a resolver...? Devem pensar os senhores em seus ternos cinza: foi apenas um minutinho, não atrasou nada! Pois é, foi um minutinho de indignação de centenas de pessoas que ficará marcado na memória para sempre, foi um atraso para o Brasil, um péssimo exemplo, uma lição de como não se deve usar esta carteirinha da OAB, dando carteiradas por aí. Lamentável, Doutores. Saí indignada com todos que estavam no local, principalmente comigo, não apenas com eles, doutores, pois nos calamos, moralmente assediados, silenciamos a vontade de gritar e esclarecer, que todos os presentes tinham hora e compromissos profissionais e estavam orgulhosos de seus filhos, e por isso mudaram suas agendas para celebrar o futuro da justiça no Brasil. Mas levaram para casa a vergonha e a certeza da triste realidade deste país, onde o descumprimento da lei é regra e cultura. Portanto, querido Marco, que esperou pela letra M para ser chamado a ingressar no clube, suas dúvidas quanto à justiça e ao direito estão mais do que justificadas, mas também trazem a certeza de quanto há para ser feito, e por isso precisamos de sua dúvida e indignação a motivar a mudança no estado das coisas e no Estado de Direito...

Uma história UBUNTU

Um antropólogo visitou um povoado africano. Ele quis conhecer a sua cultura e averiguar quais eram os seus valores fundamentais. Foi assim que então propôs uma brincadeira para um pequeno grupo de crianças a fim de observar as reações. Colocou um cesto cheio de deliciosas frutas maduras ao pé de uma árvore. A uns 100 metros de distância da árvore, fez uma linha no chão e disse o seguinte às crianças:

– Coloquem-se todas atrás desta linha. Quando eu der um sinal, podem correr, e a primeira criança que chegar à árvore ficará com todo o cesto de frutas para ela. As crianças fizeram com a cabeça que entenderam.

Quando o cientista deu o sinal para que começasse a corrida até a árvore, surpreendeu-se: as crianças deram as mãos umas às outras, sem pressa, e depois correram todas juntas em direção ao cesto. Como chegaram todas ao mesmo tempo, todas desfrutaram do prêmio. Sentaram-se no chão à sombra da árvore e repartiram as frutas entre si.

O antropólogo lhes perguntou por que tinham feito assim, se apenas uma poderia ter ficado com todo o cesto. Então uma menina respondeu:

– "Ubuntu". Como um de nós poderia ficar feliz se o resto estivesse triste?

Ubuntu é uma antiga palavra africana que, na cultura Zulu e Xhosa, significa "Sou quem sou porque somos todos nós". Ubuntu é uma filosofia de vida que se baseia nos princípios da lealdade, da humildade, da empatia e do respeito, e que consiste em acreditar que, cooperando, se consegue harmonia, por considerar sempre a felicidade de todos.

Cartilha do Povo
(Raimundo Santa Helena)

Ninguém nasceu neste mundo para sofrer e virar santo
Deus nos fez para gozar mais do que derramar pranto
mas na panela do povo só tem farofa de ovo
quando almoço não janto.

E todo trabalhador ao teto vai ter direito
a um salário compatível pelo que faz ou foi feito
Quem lavrar terra é dono não haverá abandono
para quem tiver defeito.

Contestação não é crime onde há democracia
só ao cidadão pertence a sua soberania
Do poder coercitivo Jesus foi subversivo
na versão da tirania.

Eu sou dono do meu passe, faço arte sem patrão
Só quem tem capacidade deve ser oposição
porque lutar pelos fracos
é tatear no buraco da densa escuridão.

pausa

4

Echegou o aniversário. 80 anos, não lhe demos o whisky tão desejado antes que fosse tarde, agora é tarde. Que pena, tantos pequenos gestos deixamos de fazer na vida, e que merecem o nosso arrependimento. Mas eram todos expressão do amor familiar para estar com ela. Vieram todos tomar a bênção de quem está indo para sempre. As dores, as escaras, a pic, a sonda, os medicamentos, as perturbações intermináveis que viraram rotina nem importam mais. Bombons para as enfermeiras, pela boa vontade, pelo sorriso, pelo carinho. Por favor, apenas carinho neste instante tão duro. A qualquer momento. Quero dormir aqui, quero estar com ela quando se for. Respira feito um passarinho, já sem revolta, já sem dor, já sem esperança. Mas serena na entrega e aceitação que se chama Amor.

As lembranças de Clara sempre traziam histórias da infância, como, por exemplo, quando brincava com os "Grandes Compositores da Música Universal", coleção completa de LPs que morava na estante da sala de sua casa. Foi com essa coleção que conheceu a música clássica. Todo domingo havia um ritual sagrado da família para tomar café da manhã que se estendia até a tarde e era incondicionalmente acompanhado de trilha musical erudita. Haydn, Schubert, Chopin, Mozart, Bach, Vivaldi e Beethoven, e tantos mais. E eles eram também companhia secreta no soninho da tarde, obrigatório quando criança, o que Clara menina detestava, então fingia dormir no sofá da sala e botava na vitrola um disco da coleção de seus amigos compositores para ouvir baixinho, sempre com muito cuidado e medo para não riscar o vinil. Mergulhava também em outra coleção que morava na mesma estante, a assinatura da revista *National Geographic*, que durante décadas só aumentava de tamanho, em número de exemplares e na dimensão do planeta que se apresentava para Clara. Nestas duas coleções ela inspirou e projetou sua história, tesouros da memória e vitamina potente para a narrativa de vida, uma espécie de *superfood* a nutrir raízes vitais com lembranças para sempre. Como dizia o poeta John Keats, que morreu com apenas 25 anos de idade, "Uma coisa bela é uma alegria para sempre". A melhor narrativa é a que não traz arrependimentos, a que se lembra com sereno contentamento de saber que as decisões tomadas foram as melhores possíveis naquele momento. De que maneira contar uma história, é sempre escolha de quem a vive, pois, a partir de uma história, muitas interpretações são possíveis, assim aprendeu Clara com alguns de seus amigos.

Sobre narrativas de vida

Roland Yakushi Wegmüller é um médico suíço, trabalhou muitos anos na África, onde foi iniciado nos cultos locais; depois, de volta à Suíça, tornou-se Roshi, monge leigo da tradição zen budista, ordenado por Bernie Glassman na Ordem dos Zen Peacemakers, onde atua como médico nos retiros e como professor em diversas atividades.

– *Como você está, Roland?*
Na verdade, não estou mal. Eu estava com um enorme tumor cerebral, do tamanho de uma mão pequena, 7x4cm, ou uma bolacha grande. Fui diagnosticado e apenas alguns dias mais tarde fui operado, e só isso já foi um milagre nos tempos da pandemia de Covid. Fizeram um trabalho microscópico e a verificação de neurônios para não destruir nenhum dos meus nervos. Consigo fazer quase tudo depois da operação, só que não conseguia mexer os dedos individualmente, pratiquei isso e agora posso fazê-lo novamente. Continuo a notar um déficit quando toco piano. O tumor estava do lado direito do vértice. Um círculo de 22cm foi cortado do meu crânio e o tumor foi removido em seis horas. Era um tumor benigno, mas, por ser tão grande, devo fazer também a radiação. Como nenhum tecido cerebral foi realmente destruído, demorou muito tempo até que eu percebesse.

– *É um milagre que ainda esteja aqui, todos nós, amigos, sofremos e pensamos muito em você...*

Sim, isso ajudou muito. Tantas pessoas pensaram em mim. Barbara me disse quantas sangas sabiam, claro que ela espalhou a notícia. Milhares de pessoas rezaram por mim, e eu estou muito grato. Isso chegou até a Austrália, a Nova Zelândia, é uma bênção tão grande para mim, que me deixa tão incrivelmente feliz!

– *O que isso fez com você, o que mudou dentro de você após o diagnóstico?*

Após o diagnóstico, fiquei, claro, muito chocado. Barbara ja tinha me aconselhado a fazer uma tomografia computadorizada. Interpretei o entorpecimento como vindo da coluna vertebral. Há 40 anos, Tina Rees, que fazia a leitura a partir do **Akasha Chronik**, me advertiu para a possibilidade de um tumor. Eu ainda não tinha 30 anos na época. Disse que não era nada de grave, e uma operação não seria necessária naquele momento. É claro que carreguei isso comigo. Tive um grande sentimento de gratidão, mesmo com este diagnóstico. Porque a previsão de um tumor cerebral foi confirmada e me foi dito que eu não deveria ter medo dela. Isso me deu uma grande sensação de segurança. Fiquei chocado com o tamanho tão grande da coisa, mas simplesmente eu sentia muita confiança.

De alguma forma, essa é uma história que também está ligada a toda a viagem espiritual quando fui iniciado na África, onde me foi dito para eu não me preocupar. Quando veio o diagnóstico essa lembrança foi acionada em mim, e eu pude sentir essa grande confiança de que tudo estaria bem. Um *koan* também me ajudou muito: "Preocupar-se torna tudo muito pior". E, na noite anterior à minha intervenção, o cirurgião me avisou que eu poderia ficar temporariamente paralisado e também perder a fala. E disse: "simplesmente confie". Claro que isso mexeu muito fortemente comigo a essa altura, também o fato de que isso poderia ser para sempre.

– *Que papel tem o medo em uma experiência assim?*

O medo desempenha um papel muito importante, claro, porque eu era basicamente uma pessoa muito medrosa. Mesmo criança, quando eu tinha quatro, cinco anos de idade, uma vez me perdi na praia. Isso ficou como um trauma muito profundo em mim. Eu simplesmente saí andando para longe da família no Adriático. Estava procurando meu pai, e então me perdi. Passado algum tempo, percebi que não sabia para onde ir ou para onde voltar. Entre milhares de pessoas. E ali fiquei realmente traumatizado de tal forma que durante anos tive muito medo, e por isso precisava sempre do contato com a minha mãe quando íamos a algum lugar, estava sempre agarrado à saia dela. E a certa altura, quando eu tinha uns 14 anos, decidi que não podia continuar a viver com tanto medo e assim, descompensado. Durante as minhas iniciações, uma voz interior me dizia para não ter medo. Isso ajudou. "Não tenha medo, tudo vai correr bem". Isso foi uma experiência profunda. Ainda assim, não posso dizer que estou livre de medo, continuo a ser uma pessoa medrosa, mas de alguma forma ganhei uma confiança muito profunda.

– *Que papel tem a esperança nesse momento?*

Não esperava realmente nada, não tinha qualquer expectativa. Prefiro ter a atitude de pedir que eu possa aceitar os problemas a fim de conseguir lidar melhor com eles. Aconteça o que acontecer, que eu consiga lidar com isso, seguir com o que for. Para mim, a esperança é mais um desejo, e eu não desejei nada, para mim é mais o sentido de deixar ir. E toda a vida eu sempre disse a mim mesmo que é melhor aceitar o que realmente é e estar com isso, para não ter expectativas.

– *E o que a prática espiritual faz por você nesse caso?*

Muito. Quando sento para meditar, pratico o que é o "deixar ir", não pensar, não ter expectativas. Isso também tem muito a ver com o fato do que eu experimento agora, por exemplo, de ter muito tempo e perceber que o tempo passa muito rapidamente, como quando estou meditando. Quando medito, o tempo passa depressa. Desde a operação, o tempo passa mais rapidamente para mim, mas não tenho pressa e estou muito mais calmo. A prática me deixa mais relaxado em relação à doença, por isso, apenas encaro as coisas como vêm.

– Talvez tudo o que nos acontece pertença ao caminho, e só temos de nos abrir e aprender com ele.

Sim, na verdade não **temos** de fazer nada. Eu me entrego com confiança a todos os exames e tratamentos, deixo que isso aconteça. E foi assim com tudo, mesmo antes de ter feito a operação, quando me disseram que eu ia fazer uma viagem. Fiquei completamente ausente e, quando acordei, olhei para ver se conseguia mexer os pés ou a mão, e de alguma forma funcionou e fiquei apenas grato por tudo ter acabado.

Sabe o que mais aprendi com profundidade? A humildade. Não há nada a querer e nada a fazer, existe a humildade. Foi o que eu senti. É claro que é fácil falar agora que estou bem, agora que sei não ter sofrido danos. Mas quando percebo que a minha mão já não é como antes, procuro ser humilde, esse é realmente o melhor conselho, aceitar os fatos como são. Foi por isso que decidi me submeter ao tratamento de radiação. Teria podido passar sem ele. Mas prefiro aceitar o conselho do cirurgião.

– O que significam a sanga em tempos difíceis e os três tesouros, Buda, Darma e Sanga, em geral?

Significa muito, claro. Quando fui diagnosticado, senti muito o amor da minha família, dos meus filhos e das pessoas em geral. Também fui tratado com muito carinho no hospital, só posso dizer coisas boas. Tive apenas experiências positivas. Todos fizeram um tremendo esforço, e eu senti a ligação com as pessoas que pensavam em mim. Houve também momentos em que fiquei surpreendido por tantas pessoas se importarem comigo e desejarem o meu bem, o que me apoiou muito. A prática, para mim, significava então deixar as coisas serem como são, e eu não senti realmente nenhuma revolta.

– O sentimento em relação à vida muda para você agora?

Eu valorizo muito mais a vida, é claro! Quando me levanto agora e estou de mau humor, penso apenas na sorte que tenho tido e em como estou bem, apesar de ainda ter muito a fazer e aprender... mas estou muito grato. Não há nada melhor do que ser realmente saudável. E é claro que se nota isso muito melhor quando se está doente. Tento me lembrar de quantos presentes recebi em toda minha trajetória. Quantas histórias aconteceram. Gosto de ouvir as pessoas e de tomar consciência de que aquilo que elas contam e o que eu conto são apenas histórias, e que cada um decide como contar.

– E o sentimento em relação à morte, o que muda com essa experiência?

Adoro estes eventos de nascimento e morte. A vida é preciosa. Muitas vezes tive a oportunidade de experimentar estas transições, estava presente quando os meus pais e os meus sogros morreram. Tive a sorte de poder salvar pessoas ou ajudar a salvar vidas. Uma vez, durante uma operação, fiz respiração artificial em uma paciente. Eu disse a ela: "Você não tem de morrer". Esta mulher afirmou na manhã seguinte que eu tinha salvado a sua vida porque ela seguiu o meu conselho.

– É o que você disse, levou esta mulher a escrever e contar a sua história de forma diferente.

Carreguei essa história dentro de mim toda a minha vida, também uma narrativa minha. É apenas uma narrativa. Somos uma história e, portanto, tudo é realmente curável, mas a vontade de reescrever estas histórias não está presente em todos. E se as histórias não são saudáveis, então posso reescrever. Se tenho uma convicção, por que não deveria criar uma narrativa que seja boa para mim? E posso mudar a narrativa à medida que simplesmente excluo dela o medo, por exemplo: "Estou péssimo, pois tenho agora um tumor cerebral...", então posso parar com essa narrativa e decido substituí-la por serenidade.

Home office – vida virtual na pandemia

Os anos de pandemia mudaram a rotina de todo mundo. Mudaram a vida. Mudaram todo mundo. Muitos adoeceram, se deprimiram, viraram alcóolatras, o isolamento transformou relações. Muitos casais se separaram, outros se reencontraram desde a infância ou tempos idos. Algumas pessoas viraram *influencers*, outras escreveram livros, alguns ignoraram tudo, muitos morreram, outros enlutaram, poucos viajaram, muitos faliram, e o mundo parou um instante. A vida virtual invadiu o real, fundiu-se de tal maneira que nem mais é possível distinguir qual a diferença do que se vive e do que se imagina. O *laptop* passou a ser a janela, para o trabalho, o amor, o mundo, as alegrias e os problemas. O dia começa, abre-se a janela e o tempo lá fora sempre surpreende.

Ela teclava no *laptop* da empresa com os dedos ainda cheirando a sexo. Em poucos minutos abriria a sala de reunião *on-line* para apresentar seu projeto novo. Minutos antes, a sala virtual com seu amor foi encerrada ainda cheia de saudade e volúpia, porque o horário do almoço terminara. A *lingerie* de seda rendada ainda descansava de todo o prazer resolvido, atirada ao chão, entre o sofá e a mesa de trabalho.

Três vezes por semana ela fazia *home office*. Pelo menos uma vez por semana tinha encontro marcado com o namorado aposentado que viajava pelo mundo, e cada vez, ao ligar, falava de outro lugar. Ela nunca sabia por onde ele andava, mas sabia do seu desejo e que estaria na hora marcada, na sala *on-line* especialmente criada para receber os amantes, aqueles que amam profundamente, não importa como e onde. Quando o horário possível era de dia, a moça deslocava sua hora de almoço para se entregar a ele.

Ela se desligava assim completamente do mundo e do trabalho, e mergulhava na tela do computador como se fosse a sua cama. E ele, um homem apaixonado, que não abria mão das suas viagens para viver com ela, não abria mão também de estar com ela nas infinitas dimensões do amor possível. Enquanto ela no *home office* de seu lar trabalhava, ele do nada fazia uma chamada ao vivo das areias do deserto do Saara, e ela, enrolada em um cachecol, preparava a planilha no Excel para compilar dados, mas atendia. Juntos viam então o mesmo pôr do sol a se deitar vermelho sobre o horizonte largo.

O namorado ligava também para ela de repente de um restaurante a comer ostras à beira-mar bebendo um vinho branco gelado, no momento em que a chefe dela chamava pelo aplicativo ao vivo para resolver a questão pendente sobre o trabalho entregue fora do prazo. E durante a reunião do departamento em que as carinhas no vídeo apareciam e desapareciam, alternando com as fotinhos de perfil da câmera desligada, a moça alternava a tela e o monitor para acompanhar o passeio de *bike* que seu homem fazia pelo High Line Park com o celular preso ao guidão. Essa era uma viagem de verdade. Mas ela trabalhava e ele vivia, e no meio do caminho da era da tecnologia eles se davam as mãos e viviam essa improvável relação.

Quando certo dia, após um aborrecimento medonho na reunião virtual com a equipe, ela ligou para ele a fim de desabafar e acalmar o ânimo, estava ele de botas com os pés dentro de um rio caudaloso no Canadá. Pediu silêncio quando ela ia começar a falar. Ele observava conciso uma cena e voltou a câmera para que ela visse um rapaz muito doente que vivia a empilhar pedras umas sobre as outras, de canto e de lado e pela ponta mais aguda, irascível paciência e precisão. Usava apenas a cola da gravidade, a eloquência do equilíbrio, o desafio da absoluta concentração e mais nada. A estalagmite efêmera surgia de dentro das águas entre as ondas suaves da correnteza e continha do rio toda a beleza. A moça sentada diante do computador respirou profundamente três vezes e alinhou seu espírito com aquela paz.

Em outra ocasião fora ele, o namorado virtual, quem ligou desesperado, e a moça do *home office* se encontrava na cozinha fazendo o seu almoço, enquanto esperava a resposta urgente de um cliente. O *flaneur* amante estava em apuros e precisava do apoio que só ela podia lhe dar. Fora detido na fronteira de país pouco amistoso, e, com a eficiência da mulher que ele tanto amava, foi feita a ponte com a embaixada para resolver diplomaticamente o mal-entendido. Enquanto isso o feijão dela pegou no fundo da panela e o *e-mail* de trabalho que era urgente passou a ser primavera, pois nada era mais importante do que estar presente virtualmente na vida do homem que ela tanto amava.

No outro dia marcaram encontro para se abraçarem na sala erótico-magnética de pixels em êxtase. Seria na hora do almoço. De manhã ela teria de desenrolar o promissor e rendoso projeto que lhe daria uns meses de tranquilidade para poder viajar e encontrar seu namorado de verdade. Como havia algum atraso, a moça foi botar o arroz no fogo e justamente então o seu amado viajante ligou já preparado para o grande instante.

Desligue o arroz e venha. Não posso, acabou de ferver. E logo a conversa fez o arroz passar do ponto e já empapado, ela depressa o botou para escorrer na peneira dentro da pia. Daí, então, a moça largou tudo, e na pausa do seu *home office* foi buscar na cama *on-line* o prazer real de gozar a distância. E depois de toda vontade saciada, finalmente de volta à cozinha, ainda a sorrir de encantamento sozinha, ela encontrou para o seu espanto, no fundo da pia, a goma ejaculada, qual esperma virtual do arroz que escorria.

O Piloto

Estava passeando no parque e não gostava que o passo de alguém ganhasse o mesmo ritmo, preferia andar sozinha a passos largos ou curtos, rápidos ou rasteiros, conforme ditava o momento. Se alguém chegasse junto, acelerava ou andava mais lento para deixar o outro passar. Naquele domingo de outono, porém, um jovem homem bonito que mantinha um diálogo com seu celular, olhos baixos e concentrados na conversa densa, chamou a minha atenção. Ele vinha de uma trilha à esquerda que se juntava ao caminho onde eu andava, e dessa vez permiti que o ritmo de seus passos se igualassem, mantendo a distância mínima do desconhecido, ele um pouco só à frente. O vento trazia ao meu ouvido as palavras que o homem dizia, a soar como um grave monólogo, já que o interlocutor não se ouvia.

— Sim, como falei, eu posso ajudar, se buscar alguma companhia, empresa de linha. Conheço muitas pessoas. Quando fiz o curso, vi os dois lados. Sim, nos Estados Unidos.

— (...)

— É um outro universo, sim, eu sei. Não é Força Aérea, carreira militar... Vai começar do zero. Mas vai transportar gente, muito mais tranquilo. Outra coisa que carregar arma.

— (...)

— Eu sei, quanto a isso, não se preocupe, claro que vão lhe querer aí, não tem risco, você vai passar, eles precisam de gente, não é fácil achar piloto disposto a jogar bomba. Eles vão investir em você se tiver psicológico pra isso. Muito mais importante do que o conhecimento técnico.

– (...)

– É o que falei, aprender a pilotar um F-15, apertar o botão e acionar a bomba do **cockpit** é tranquilo, qualquer um pode fazer. Isso que você precisa entender. Não se trata disso, do seu conhecimento, mas saber se é isso que você quer. Se pode viver com essa ética dentro da cabeça.

– (...)

– Exato. Porque não é só voar, claro, eu sei que voar é maravilhoso, sim, eu entendo. Os equipamentos e recursos são incríveis. Mas você acha que ficaria tranquilo de chegar em casa de noite depois de ter destruído talvez um quarteirão inteiro de uma cidade, ter matado centenas de pessoas que você nem conhece?

– (...)

– Pois é, você lá de cima vê apenas uma explosãozinha, mas lá embaixo, uma pessoa que foi criada em um lugar a vida inteira, se voltar lá depois que você acionou o botão, não vai reconhecer nada, vai estar tudo acabado.

– (...)

– Então, eles não falam isso, eles mostram lá a ogiva no chão, no hangar, tipo exposição, vários modelos, alta tecnologia avançada, tudo muito fascinante. Eles lhe pegam por aí. Mas ninguém fala pra você da responsabilidade moral, da sua consciência, você está disposto a carregar isso nas suas costas? Essa é a sua questão. É sério.

– (...)

– Pois é, cara, isso que estou falando, o seu treinamento técnico eles garantem, fazem tudo por você, mas e você, a sua cabeça, você se garante em viver em paz com isso? Encarar como trabalho explodir a cabeça de milhares de pessoas?

– (...)

– Sim, é o que falei, você decide a vida de um monte de gente lá embaixo. Eles ainda lhe fazem ter esse gostinho de poder que coça no ego. A vida de muita gente na ponta dos seus dedos. Mas a ordem vem de cima, o que eles esperam é que você simplesmente obedeça, que aperte o botão para eles. Jogar bomba é cumprir ordem, cumprir o dever. É isso, não vai poder questionar. E, claro, ganha um monte de condecoração, sim. É importante isso pra você?

– (...)

– É por aí, sim, tem de avaliar o que quer contar para os seus filhos depois. Que escolheu a carreira porque adora voar? Não é tão simples, é uma decisão que só você pode tomar para si mesmo. Tem opção, sim. Sempre existem diversas possibilidades. Eu já lhe disse, se quiser tentar entrar em uma companhia aérea, sim, de passageiro ou de carga, ou até piloto particular, eu posso lhe ajudar.

– (...)

– Não é isso, quero apenas que pense, que tenha noção do que está querendo. A decisão é sua. Você que vai ter de dormir com isso, são suas escolhas. Porque um dia isso vai virar a história que você escreveu. A sua história e a de um montão de gente... É que eu já vi esse filme lá de cima, cara, você não tem ideia. Eu já tive de apertar o botão. E, sim, claro, tudo começou porque é tão lindo poder voar.

– (...)

Nesse momento, distraída e atônita, concentrada na conversa que ouvia à revelia, piso em algo macio e escorregadio, um excremento de ganso do Nilo, sim, eles voam todo ano milhares de quilômetros até a Europa e se instalam nos parques de algumas cidades. Que bom não ter vindo do alto essa bosta de ganso, qual uma bomba do nada, pensei ao olhar para cima, pois um bando desses gansos migratórios cruzava o céu do parque naquele instante. O barulho da revoada grasnando tornou inaudível o monólogo do piloto que se distanciava pelo caminho a beirar o lago, e preferi deixar que se afastasse para descansar os sentidos naquela contemplação do voo dos gansos. Voo de liberdade e de vida, sim, deve ser lindo poder voar!

(Bertolt Brecht)
(...)
O homem, meu general, é muito útil:
Sabe voar, e sabe matar,
Mas tem um defeito:
– Sabe pensar.

Vaga para piloto de guerra

O que fazem pessoas que vivem para a guerra em tempos de paz? O que significa quando a vida profissional depende da guerra? Pilotos de caças da força aérea alemã estão treinando há anos soldados chineses. São pilotos altamente qualificados, conhecedores da mais moderna tecnologia e equipamentos, das táticas, da logística, da técnica e da estratégia militar da OTAN. Uma investigação da mídia alemã trouxe a público o recrutamento por agências internacionais interessadas no **know-how** e na experiência dos pilotos "encostados" com ofertas irresistíveis não só para ex-pilotos militares alemães, mas também ingleses. Altíssimos salários e uma base em paraísos fiscais são o chamariz para profissionais que normalmente encerram sua carreira com apenas 41 anos no Jet, por questões biológicas de diminuição dos reflexos e capacidade visual a partir desta idade. Depois os militares que se aposentam recebem cerca de 50% do valor do último salário. No auge de suas carreiras profissionais, muitos desses militares então procuram companhias aéreas privadas para continuar na profissão que escolheram e são obrigados a comunicar qualquer atividade privada aos seus governos.

Procura-se "Pilotos para aviões de guerra" – uma profissão que precisa de inimigos como clientes e da motivação do ódio para trabalhar, aliado a uma determinação movida pela indiferença, e algum conhecimento técnico, sim. É oferecido treinamento da melhor qualidade, boa remuneração, condecorações de herói e outras ilusões. Requisito é ter o perfil de quem crê ser a guerra um instrumento para construir a paz. Ídolos seriam os jovens americanos Paul Tibbets, que, com 30 anos de idade, foi especificamente preparado para jogar sobre Hiroshima a primeira bomba atômica chamada de "Little Boy", pilotando o bombardeiro quadrimotor B-29 Enola Gay, ou Charles Sweeney que três dias depois, aos 26 anos, cumpriu a ordem de lançar a segunda bomba nuclear, esta chamada de "Fat Man", sobre a cidade de Nagasaki, em 9 de agosto de 1945. Ambos cumpriam apenas seu dever, e com essa convicção continuaram a viver até a velhice sem arrependimentos. Heróis de guerra? Cada um tem a escolha de que tipo de herói aspira ser, tem a opção em que acreditar, a decisão sobre qual ordem quer seguir e que dever deseja cumprir – mas ninguém pode se eximir da responsabilidade de suas decisões para escrever a história da própria vida.

O Bordado
(Uma história popular)

O menino era pequeno, quando sua mãe já costurava muito. Ele se sentava no chão aos seus pés, olhava para cima e perguntava o que a mãe estava fazendo. E sempre ela respondia: "Estou bordando, meu filho."

Ele inclinava a cabeça para o alto a observar seu trabalho daquela posição mais baixa, vendo apenas o avesso do bordado e os fios que desordenadamente se desprendiam. E ele tornava a perguntar: "Mas o que é isso que está fazendo?", ao que ela respondia, "Estou bordando, meu filho." E o menino retrucava, "Minha mãe, o que vejo aqui me parece muito estranho e confuso!" Ela sorria, olhava para baixo e gentilmente dizia: "Filho, vá brincar a aprender, pois quando terminar meu bordado eu o chamarei a sentar-se ao meu lado e poderá ver o que é um bordado inteiro". E a mãe continuava lentamente, ponto a ponto com a agulha a trabalhar, vendo o filho brincar.

O menino não entendia por que tanto tempo levava aquilo, e o porquê dos fios de cores tão escuras e sombrias. Ele via apenas que pareciam muito desarrumadas as linhas emaranhadas e cheias de nós e sem sentido. Muito tempo se passou e certo dia, quando menos esperava, o menino mais crescido escutou a mãe a chamar: "Filho, vem e senta aqui ao meu lado agora".

De imediato o menino, já não tão pequeno, obedeceu e muito se surpreendeu com o que então podia ver. Sentado ao lado da mãe, lembrou dos fios todos emaranhados de cores que não entendia, mas, emocionado agora, reconhecia aquelas cores ora confusas a formar uma bela flor em um formoso jardim cheio de luzes e sombras e cores, retratado em um enorme bordado com muitos detalhes. Mal podia crer que aquilo que antes parecia tão confuso e sem sentido pudesse formar tão bela arte. Então a mãe disse: "Filho, de baixo para cima o bordado era confuso e você nada entendia, porém era pequeno e não sabia que do outro lado havia um projeto, um desenho que eu seguia. Agora, olhando o trabalho pronto e de cima, pode reconhecer que havia um plano para cada ponto da agulha e compreende o que eu fazia".

Quando o menino se fez um homem crescido, muitas vezes olhava para o céu, sem entender o emaranhado de circunstâncias tenebrosas e incompreensíveis que vivia. Perguntava, então: "Mãe, que plano será esse que se faz tão confuso de onde vejo agora e não entendo o sentido da minha vida?". E a velha mãe sábia, ainda a bordar um novo bordado, respondia: "Estão bordando a sua vida, filho, vá ocupar-se com seu trabalho, faça o que é preciso ser feito, mesmo que não entenda as estranhas cores do bordado incompreensível. Um dia, quando menos esperar, vai poder enxergar a partir de outro momento e lugar o projeto que se tecia". E o menino homem foi ter com os fios da sua vida até que a história lhe chamou a ver o que ora ele não via.

Koans do dia a dia
Uma seleção do livro "Book of Householder Koans",
por Eve Moyen Marko e Wendy Egyoko Nakao
(tradução livre de Sabine Kisui)

Koans são enigmas, exercício de entender, interpretar, contar e viver uma história, para além do intelecto e da razão, a partir do ser e do sentir.

(Herman)
Alegria, alegria, grande felicidade.
Tristeza, tristeza, grande sofrimento.
Lágrimas caem e o coração se abre sozinho.
Por que chora um ser já grande?

(Nena)
Quando você se desapega, o que acontece?
Quando você não tem para onde ir, o que acontece?
Quando uma montanha corre ao longo de um rio,
banhe seus pés nas águas frias.

(Judith)
Finalmente, depois de muitos anos,
ela partiu para atravessar o oceano.
Eu mantenho vigília constante na praia,
Mesmo que muito não aconteça.

(Kanji)
Como viver de acordo com os ensinamentos de Buda?
Nascer e morrer – dia após dia.

(James)
A água fervente quebra ligações moleculares,
Transforma couves, laranjas e até patos.
Diga-me, algo nisso mudou realmente?
Se não, por que todos gritam?

(Walter)
Eu sou o pai preocupado.
Eu sou a família intolerante.
Eu sou o adolescente execrado.
Eu sou aquela que ama a quem amo.
Diga-me, quais são seus verdadeiros nomes?

(Jackie)
Quem doa é vazio,
Quem recebe está vazio,
O presente é vazio...
Então por que sofro tanto?

inspirar

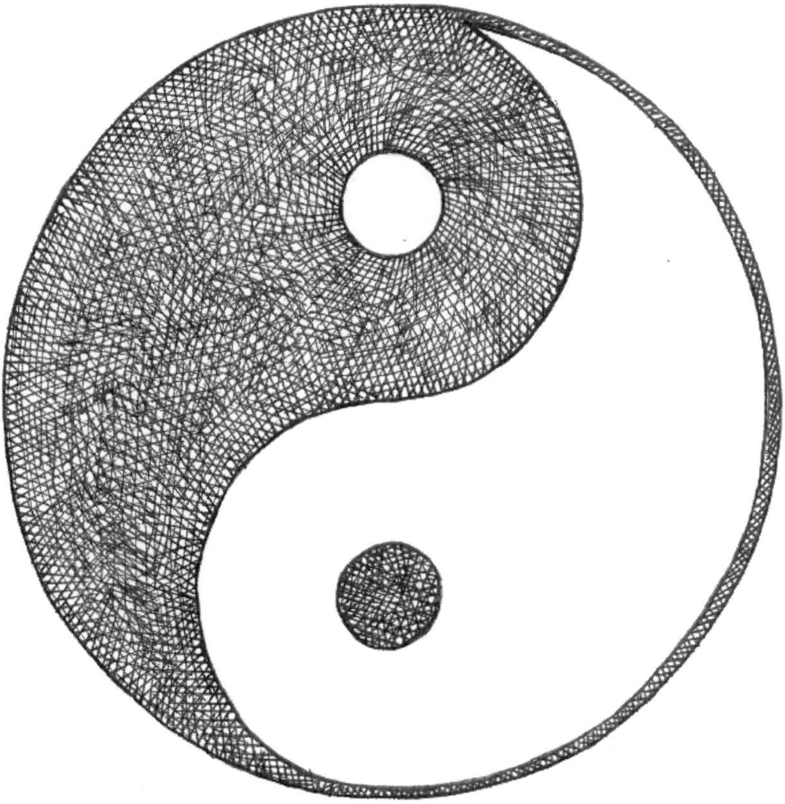

3

Estamos aqui em volta dela, presentes que não pôde abrir, o whisky que não vai beber, o bolo que não pode comer. Mas estamos aqui, e é o aniversário dela, completando um ciclo de 80 anos, a tão admirável Benvinda de todos. Não pude ficar com ela, o hospital só permite um acompanhante. Fica a irmã. Sussuro em seu ouvido uma despedida terna, um parabéns e feliz aniversário porque estamos juntas. Algo como uma tentativa de tranquilizá-la para ir em paz, desprender-se do sofrimento, estamos bem, esteja livre para ir, mãe, estamos bem, não se preocupe conosco, fique leve, pode ir, vá quando quiser. Mas ainda um pedido, por favor, se puder, se comunique comigo de onde possa depois estar, fique em contato comigo. Por favor.

As cinco lembranças
É da minha natureza envelhecer, eu não posso evitar a velhice.
É da minha natureza adoecer, eu não posso evitar a doença.
É da minha natureza morrer, eu não posso evitar a morte.
Todas as coisas e pessoas que amo compartilham da natureza da impermanência, eu não posso evitar a separação.
Os meus atos são as minhas únicas posses verdadeiras, eu não posso evitar as consequências dos meus atos.
Os meus atos são o chão que me mantém de pé.
(Recitação do Budismo Mahayana)

No leito da morte, faz-se grave o sofrer. Diante do inevitável até Clara arrefece, entrega-se ao peso da alma e seu corpo estirado no chão da noite, respira profundo a força gravitacional da Terra, para onde todos irão, ossos, cinzas, poeira, átomos de estrelas. Lembra-se de uma entrevista com o monge amigo e Zen Peacemaker Jorge Koho, que traz à lembrança o que realmente importa quando morre alguém que se ama e que nunca mais terá nos braços, pois nos braços da morte mora a despedida, mas também a eterna união. A conversa viva em seu peito lhe acalma o coração e traz à consciência as tão diversas formas com que as culturas se relacionam com o fim da vida. Tabu na sociedade ocidental, dor e medo da existência, resistência da emoção, tão simples e complicado de lidar: morrer é a única certeza a dissipar todas as dúvidas do viver. Morra um velho ou uma criança, seja morte anunciada ou repentina, é difícil navegar as águas serenas do mar, que abrigam a singularidade de cada onda, de todas as ondas que jamais irão voltar e jamais deixarão de ser mar.

O paradoxo – quando não há solução, a resposta se apresenta

Seu pai estava com 96 anos, por isso um processo de certa forma mais fácil de aceitar. José Mendes Mello já tinha um histórico, e a fase terminal foi rápida. Jorge Dellamora Mello, monge Koho, com viagem marcada para o Brasil a fim de estar ao lado do pai e da família, só chegou em 30 de dezembro, poucos dias após o falecimento do seu pai, em 25 do mesmo mês. O seu irmão, José Ubirajara Dellamora Mello, o Bira, havia tido um câncer de intestino e operou, fez quimioterapia e se recuperou. Passados seis anos, ele teve complicações e um processo de metástase, ficou apenas nove dias no hospital. Ele morreu jovem, acabara de completar 67 anos, era ministro anglicano, uma pessoa muito positiva. Para Koho, a segunda morte na família próxima, tão distante, no mesmo ano, apenas poucos meses depois da morte do pai. Ele conta em conversa como o monge, o filho e o irmão em um só ser humano lidam com a morte.

– *Como foi o baque de duas perdas em tão pouco tempo?*
Ao chegar no Brasil meu pai já havia morrido, e fui direto para a cidade onde ele morava, a cidade onde moramos durante muitos anos e encontrei o meu irmão, que é médico, e minha irmã, que é uma pessoa muito espiritualizada, e seguimos para o cemitério. São seis horas de Porto Alegre para esse lugar, então eu cheguei de viagem e o primeiro

compromisso formal que eu tive foi a cerimônia memorial do meu pai. Com o estado terminal do meu irmão Bira, tive liberação para viajar ao Brasil novamente e consegui estar no último dia de vida com ele.

Foi muito forte do ponto de vista emocional e familiar, pois o meu irmão médico disse assim: "a situação dele é bem grave, mas ele vai te esperar". E foi impressionante, porque eu cheguei, meu irmão me esperou no hospital. Do aeroporto são duas horas, e fui direto para lá. No quarto do hospital, fizemos uma cerimônia no leito dele, fiz a prece do travesseiro, que no zen é uma cerimônia memorial bem definida para isso, que se faz com a pessoa ainda viva. Falamos para ele sobre a natureza da mente, sobre a natureza do que teoricamente o espera e lembrar do que é a verdadeira realidade. Aí, Valéria fez a cerimônia tibetana, minha irmã espírita fez as preces dela. Ele já não podia falar, mas estava consciente, e faleceu às 8:00h do dia seguinte, do dia 27 de abril. A cerimônia memorial foi às 15:00h do mesmo dia. E foi muito bonito também, pois estava eu como budista, estava o pessoal da loja maçônica a que ele pertencia e um frei anglicano, então também foi uma cerimônia inter-religiosa.

— *Que forte e que bonito a família toda, cada um com a sua crença, unidos, fazendo juntos essa passagem dele.*

Sim, e foi impressionante, pois eu fiz a cerimônia memorial normal que no zen tem muito mais uma conotação com a gratidão do que com a tristeza. Faz-se primeiro uma dedicação de gratidão a essa constituição que possibilitou a experiência dessa consciência, honrando os reinos todos, a começar pela natureza. Primeiro foi o orador da loja maçônica, e ele se referiu aos quatro elementos. Aí o frei Albino fez uma leitura da Bíblia que também fazia referência a isso, e na forma tradicional zen também fazemos essa referência. Então foi uma série de sincronicidades bonitas que trouxeram um pouco de lucidez dentro da natural emoção. Talvez seja desrespeitoso dizer isso, mas é desnecessário o desespero. E tanto pela vida dele como pela prática, era algo mais de honrar uma vida e não de supervalorizar a tristeza. Como diz o mineiro, "tirando o que é ruim, foi tudo muito bom."

– *E como ele ficou com a prece do travesseiro, você sentiu isso?*

Ele não estava entubado, no hospital ele teve oportunidade de dizer o que ele queria, pediu que não houvesse prolongamento artificial da vida e a cremação. Ele estava com aquela máscara no rosto, mas consciente. Estávamos segurando a mão dele, ele sorriu, e foi bonito, pois acho que tudo pode ser ressignificado, inclusive a morte. Hoje eu estava refletindo sobre isso, esse paradoxo que só a morte resolve. Tem um ponto que o entendimento deve ceder, se render. E essa experiência que a gente lê, estuda e teoriza um monte, quando não tem mais para onde fugir, aí parece que essa verdade se revela. Então esse último momento em que eu estive com meu irmão era possível perceber pelo olhar dele, pela reação física facial, havia algo lá. E depois, quando está só o corpo, algo não está mais lá. Ali não tem mais como fugir da aceitação, porque é evidente. Não tem por onde fugir. O paradoxo é que, quando não tem mais solução, aí a resposta se apresenta. E é estranho isso, eu sei que não é para qualquer pessoa que se pode dizer isso sem ferir sua suscetibilidade, mas não é algo horrível, chega a ser bonito.

– *Eu estava pensando nas cinco lembranças da prática zen, e você viveu isso muito literalmente, estava consciente disso?*

Sim, primeiro olhando no espelho e vendo que esse é o caminho inevitável de todos nós, meu, inclusive, mas eu diria até que as mais importantes são as duas últimas: a separação de tudo o que a gente quer bem e o fruto das nossas ações, que são o resultado inevitável. Esse também é um paradoxo, quando a pessoa falta no plano físico e se rompem os limites, ela pode estar sempre comigo. E não tem mais fim. Porque essa presença é aquilo que também não passa em mim e eu posso acessar onde eu estou, literalmente além do tempo e do espaço. Quando a gente recebe ordenação, o contato diariamente com essas reflexões, longe de elas nos inquietarem, elas nos pacificam. Quanto a isso não há que lutar, aceite e siga, é uma grande bênção. Mas agora não é mais uma teoria, eu vi na prática, ele era jovem, todas essas elaborações da nossa psique que não têm mais acolhida na realidade, não está mais lá, então o que sobra? Sobra o que não existe, é um paradoxo, é um **koan** extremamente esclarecedor da realidade.

– Koho, e qual é a importância da despedida para a percepção disso tudo?

Creio que é muito importante especialmente se existem questões em aberto. É como nos planos racional e da objetividade poder pacificar a coisa, seja do ponto de vista de um conflito ou do ponto de vista de expressar gratidão. Com meu pai eu tive oportunidade de me despedir quando eu estive lá antes da pandemia, ele já estava em uma idade avançada e começando a demonstrar sinais de desconexão com a realidade. Então eu passei um turno só conversando, dando oportunidade para ele falar das memórias dele. Embora não tenha sido uma despedida tão pontual e dramática no sentido existencial como com o Bira, eu sabia que talvez eu não pudesse vê-lo de novo e não pude. Mas emocionalmente eu consegui me despedir, do ponto de vista do tempo lógico, como diria Lacan, eu consegui me despedir dele.

– E como você acha que é possível a despedida para pessoas que perdem alguém sem aviso prévio, acidente, enfim, como lidar com uma morte repentina sem a oportunidade da despedida?

Sempre convido a família a tomar refúgio no que realmente é real. Convido a refletirem que a pessoa vai mudando, o corpo vai mudando, profissões mudam, as relações mudam, as identidades vão mudando, mas existe algo que persiste. Então como repentinamente aquilo que mudava deixou de existir, vamos conectar agora com aquilo que não muda, que é o que baseia a nossa relação como seres além de tempo e de espaço. E surpreendentemente as pessoas entendem isso, elas sabem, ou melhor, elas sentem que é real. Independentemente do que vejo no espelho, existe algo em mim que não muda, e esse algo que não muda é o elemento onde nós podemos conectar para nos despedir. E na verdade não vamos nos despedir, pois não há mais nada que nos separe agora. E o processo natural da nossa realidade psíquica, dos nossos níveis de consciência requer um tempo para que o mais importante apareça. No início existem as fases do luto, e é natural ficar triste, chorar, ter a dor, aceitar, naturalizar nossa dor psíquica. Isso é manter a saúde do ser como um todo. Tem uma parte de nós que dói, mas o todo, ele entende.

― *Daí vem minha pergunta: como é ser o arrimo espiritual, no teu papel como monge, dentro da própria dor?*

Eu havia recebido um texto de uma professora do zen, uma recitação tradicional em termos contemporâneos. Então eu pensei, isso é uma forma de não me deixar levar muito pela emoção e assim cumprir o meu papel. Mas a solução foi mais simples do que eu esperava, porque, quando chegou a minha hora de falar, nós três estávamos ao lado do caixão com as pessoas formando uma meia-lua. Então eu disse alguma coisa simples assim: para o monge poder exercer o seu papel, primeiro o irmão tem de chorar. Pronto, tomei meu tempo para chorar e esperei passar. São esses espaços de ser que a gente pode ocupar, mas tem de aceitar que existem. Então foi mais fácil do que eu pensava. E eu sinto que foi bom para as pessoas entenderem isso, que não é pelo fato de exercer um papel que precisamos abrir mão de todos os outros. É uma permissão para que a humanidade de todos se manifeste.

― *Quando alguém morre, é destino de quem morreu ou é destino de quem fica vivo?*

Eu lembraria das palavras de alguém que admiro muito, que é o Alan Watts, que no fundo todos nós somos juntos, ele colocava com muita propriedade, nós cossurgimos, então não existe destino individual. Nossos destinos são como uma tapeçaria que os fios se tecem e uns ajudam os outros a formar um todo, mas não existe independentemente um fio do outro. Uma imagem adequada é também a de uma pintura conjunta de um quadro, então meu pincel já tem tons daquela tinta, daquela nuance que é o outro ser. E os quadros que eu pintar daqui por diante vão ter aquele tom também. Como se houvesse um único quadro infinitamente e incompreensivelmente grande, onde minha cor vai sendo matizada pelas nuances de todos os seres com quem eu entrar em contato.

― *Koho, fale-nos um pouco da importância dos rituais na prática do Zen?*

Sinto que o Zen usa uma visão bem técnica do rito como uma forma de visualizar o mito. Tem algo que eu não entendo, então tem um rito para que isso se torne aceitável para a razão, aceitável para o sistema do mundo, a realidade objetiva onde eu vivo. Pela minha experiência é muito importante ritualizar os fatos realmente vitais da existência. É difícil de explicar, pois não há como explicar, mas o ritual permite que nós convivamos com aquilo que a razão não compreende e por uma forma que eu confio. E aí passa pelo rito. Não é que seja lógico, que tenha uma causa, um efeito e uma ordem mensurável, mas faz sentido. O primeiro passo é possibilitar a entrega, a não resistência. E o segundo, que eu realmente não entendo, é auferir um aprendizado. Algo vai para um lugar, algo adquire sentido, embora eu não compreenda. Então, ao menos na minha formação, é muito estranho aceitar que é possível eu aprender com algo que eu não compreenda racionalmente. Mas isso o ritual faz, porque existe uma energia relacional das pessoas que participam do rito, seja quem oficia, seja quem participa nos diferentes papéis, e isso faz algo acontecer. Por isso é um ritual e não uma metodologia, não é um experimento, é um ritual.

– *Você poderia explicar para nós a passagem dos 49 dias após a morte no ritual zen?*
No zen e em todas as escolas budistas existe a concepção de que a consciência transmigra por diversos estados, como que resolvendo todas as questões nos vários níveis de manifestação da consciência. Então é tradicional que a gente faça a cada sete dias o ritual memorial, até o 49º dia. E aí a gente realmente se despede agradecendo à pessoa e dizendo, agora vá, agora você realmente está livre, o que era desse plano está resolvido. E, uma vez por ano, na cerimônia de Obon, a gente convida essas pessoas a nos visitarem para agradecer, e aí refaz-se o altar com *Ihai*, com foto e o nome delas, oferece alimentos, incenso, velas e flores para dizer "estamos bem, somos gratos, que bom que vocês estão livres", e eles vão. Do dia 8 ao dia 15 de julho, é convencionado isso, às vezes em agosto, pelo calendário lunar, tem uma cerimônia muito bonita que a gente solta em um rio ou em um lago, barquinhos com uma luz, uma lâmpada de vela, simbolizando que aqueles seres estão voltando para onde eles são, eles não estão mais aqui, mas eles vêm nos visitar.

– Isso ajuda no processo de quem fica, na despedida...

Demais, nós já acompanhamos famílias, principalmente de mortes trágicas, é impressionante o relato que as pessoas dão, um ano, dois anos depois, dizendo que aquele período em que se oficia a cerimônia e semanalmente a gente compartilha também com a tecnologia do zoom e abre o espaço para as pessoas poderem falar e dizerem como estão se sentindo. É fundamental, tanto pela possibilidade de falar como estão se sentindo como de ser ouvido. Eu acharia muito importante as comunidades voltarem a ter isso, de qualquer tradição ou de nenhuma, um espaço de permissão para que as pessoas falassem o que estão sentindo. E honrar esse sentimento como algo autêntico, natural, que, à medida que se aceita, ele se resolve mais fácil. Nunca é fácil, mas se torna mais fácil pelo fato de ter o acolhimento, no sentido de dizer "nós estamos aqui juntos". O fato de sentir diferente não é que sinta menos ou mais, não é quantitativo, é qualitativo diante daquilo que não tem solução.

– Como foi viver o nascimento de um bebê na família, o filho de sua enteada Mikkha, Mauê, tão pouco tempo depois da morte do seu irmão?

Está sendo muito bom e um contraponto muito importante, pois, justamente bem pouco tempo depois da passagem do meu irmão, mostrou que realmente nada para. Alguém vai, alguém vem e a vida continua nessa dança dos existires. É um *puzzle*, uma complexidade que não tem como entender, e nós voltamos ao mesmo ponto, não é para entender. É só aceitar isso, não é para entender.

– Como você juntou essas duas pontas em tão pouco tempo, a da vida e a da morte?

Espero algum dia juntar, eu não juntei, e essa é a questão, não tem como juntar. E emocionalmente, existencialmente e psicologicamente hoje o que estou sentindo é isso, estou no período ainda de elaboração. A vida verdadeira não tem uma lógica, e isso tem sido para mim uma fonte de encantamento e de aprendizado. No meio dessa incompreensibilidade eu consigo olhar para o que está acontecendo. Não é que eu entenda, mas eu consigo olhar, pronto.

Talvez

Certo dia um amigo perguntou: O que você diria para um cara de 40 e poucos anos, lúcido, à beira da morte?

Talvez eu dissesse "mano, estou aqui, com você, na sua dor, na sua despedida, e quero dizer quanto é importante que tenhamos nos encontrado nessa vida..." Talvez eu lhe desse meu carinho e meu amor, se conseguisse. Lembraria talvez detalhes, choraria talvez e com certeza com ele e por ele, buscaria junto dele o silêncio que une, lhe daria a minha mão, o meu abraço, o meu sorriso, o meu corpo inteiro. Talvez, se eu pudesse. Ofereceria a ele o meu olhar nos seus olhos e dividiria com ele o enorme medo. Nosso medo, que é de todos, onde não estamos sós. Daria a ele o meu tempo disponível, minha presença e minha despedida, talvez dissesse a ele tudo o que eu ainda quisesse lhe dizer. Talvez eu perguntaria se algo houvesse que ele ainda queira dizer, para mim ou para alguém, se algo ainda houvesse que eu possa realizar por ele, que dissesse. Que possa se despedir de quem mais quiser e dissesse o que posso fazer para que possa ele ir em paz. E sim, a vida é bela e a morte é a única certeza que essa existência nos dá. Todo o resto é talvez. Talvez brincasse com ele com a frase de outro amigo "Além de não ser fácil, ainda é difícil". E na angústia que pesa ou no riso que é leveza, eis onde todos nos encontramos, procuraria rir com ele e dizer "talvez, amigo, talvez, quem sabe?". Talvez a gente se encontre outra vez. Talvez.

Quando a Poesia dialoga com a Morte

Álamo-Rei
(Johann Wolfgang von Goethe)

Quem galopa em noturna tardança?
Eis o pai carregando a criança.
Preme-a aos braços com força de brida;
Firmemente, mantém-na aquecida.

– Por que, filho, esse rosto de espanto?
– Meu papai, de coroa e de manto,
Não vês o Álamo-Rei no caminho?
– É a mantilha de névoa, filhinho!

"Criancinha, comigo vem logo!
Muitos jogos contigo então jogo.
Há florinhas bonitas nos prados.
Minha mãe tem vestidos dourados."

– Meu papai, meu papai, não ouvira
Tudo o que Álamo-Rei me suspira?
– Calma, filho, que em breve chegamos:
É o farfalho do vento nos ramos.

"Menininho, não viste quem trago?
Minhas filhas lhe vão dar afago;
Minhas filhas, com cantos e entono,
Vão dançar e embalar o teu sono."

– Meu papai, meu papai, viste bem
Que suas filhas vieram também?
– Mas, meu filho, isto são só chocalhos
Dos antigos salgueiros grisalhos.

O homem e a morte
(Manuel Bandeira)

O homem já estava deitado
Dentro da noite sem cor.
Ia adormecendo, e nisto
À porta um golpe soou.
Não era pancada forte.
Contudo, ele se assustou,
Pois nela uma qualquer coisa
De pressago adivinhou.
Levantou-se e junto à porta
– Quem bate?, ele perguntou.
– Sou eu, alguém lhe responde.
– Eu quem?, torna. – A Morte sou.
Um vulto que bem sabia
Pela mente lhe passou:
Esqueleto armado de foice
Que a mãe lhe um dia levou.
Guardou-se de abrir a porta,
Antes ao leito voltou,
E nele os membros gelados
Cobriu, hirto de pavor.
Mas a porta, manso, manso,
Se foi abrindo e deixou
Ver – uma mulher ou anjo?
Figura toda banhada
De suave luz interior.
A luz de que nesta vida
Tudo viu, tudo perdoou.
Olhar inefável como
De quem ao peito o criou.
Sorriso igual ao da amada
Que amara com mais amor.
– Tu és a Morte?, pergunta.

"Eu adoro o teu rosto jovial.
Se não vires por bem, vens por mal!"
– Meu papai, meu papai, vem chegando,
Está o Álamo-Rei me apertando...

Espantado, o pai galga adiante,
Abraçando o filhinho ofegante.
Mas em casa, com assaz desconforto,
Viu nos braços que o filho era morto.

(Tradução de Wagner Schadeck)

E o Anjo torna: – A morte sou!
Venho trazer-te descanso
Do viver que te humilhou.
– Imaginava-te feia,
Pensava em ti com terror...
És mesmo a Morte?, ele insiste.
– Sim, torna o Anjo, a Morte sou,
Mestra que jamais engana,
A tua amiga melhor.
E o Anjo foi-se aproximando,
A fronte do homem tocou,
Com infinita doçura
As magras mãos lhe compôs.
Depois com o maior carinho
Os dois olhos lhe cerrou...
Era o carinho inefável
De quem ao peito o criou.
Era a doçura da amada
Que amara com mais amor.

expirar

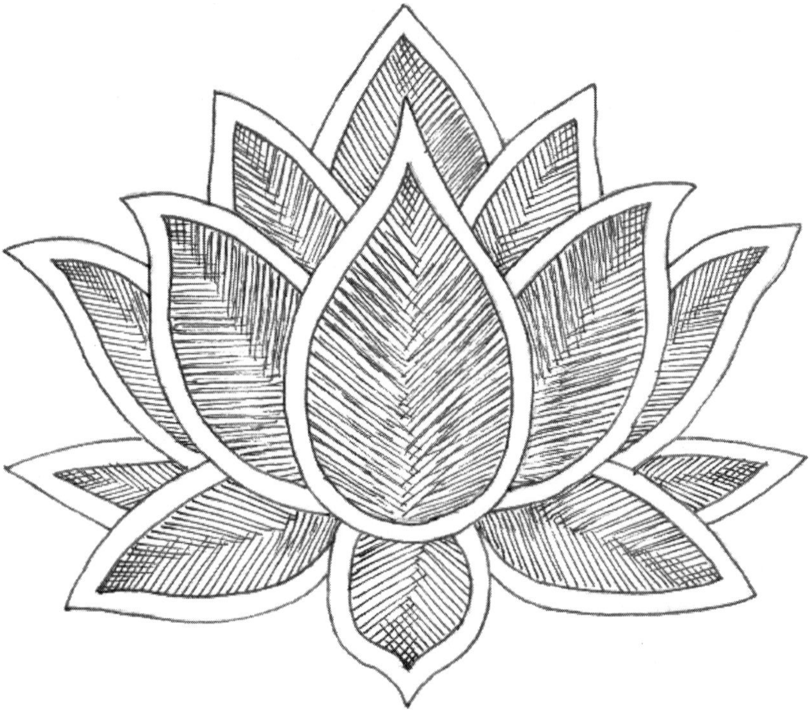

2

O corpo. No rito de passagem os cuidados derradeiros com o corpo sem vida que era ela. Vesti-la, entregar nas mãos do agente funerário, madrugada adentro no ar condicionado de pensamentos. Imensa produção de despedida, velar a morte presente, a festa de aniversário e uma exposição de arte em tecido, seus *patchworks*. Todas as obras levadas para montar de improviso, na sala do velório, o derradeiro *vernissage*. Vieram os amigos para se despedir, beberam o whisky, como faria gosto a mãe-artista falecida, da garrafa que ganhara na véspera, dia de aniversário e morte. O velório de corpo presente, *vernissage* no cemitério, despedida na noite gelada com ossos espetados no coração. Palavras truncadas de exaustão. Última visão de seu semblante, lembrança do corpo da mãe no caixão. Sinistro rastro de serena suavidade e ternura na expressão daquela que nos deixou. Para onde vão corpo e alma quando entre nós já não?

Espiritualidade para Clara não é uma experiência mística e sim a prática diária na busca por uma postura mais digna e humana, reconhecimento e gratidão pela oportunidade de estar viva. E isso não é para ela religião, no sentido da classificação social ou categoria da fé coletiva e institucional que se atribui a essa palavra. O caminho individual poderia ser zen budista ou uma fé qualquer ou nenhuma também. "Veja o que funciona para você, não há caminho certo, mas há aquele que funciona para cada um", disse o professor Alcio Braz Eido Soho Sensei. Cultive o ritual que a faz ser melhor. Clara sempre foi avessa a rituais, não foi batizada, não se casou, não teve educação religiosa e cresceu sem ritos de passagem. Talvez por isso, perdida em sua liberdade, fazia tanto sentido encontrar para si uma prática segura. Clara medita diariamente, assim como toma banho, higiene do corpo e higiene da alma, ambas imprescindíveis para o bem-estar. E, para estar bem, ousa mergulhar na luz e na sombra do momento e segue o fluxo da vida, inteira ou dilacerada, flexível, se possível. A neblina de perdas e mortes na trajetória de Clara desenha o sonho e o acordar, a insônia e o adormecer. Mas o espírito profícuo da aspiração comunga o bom e o ruim, transcende a dualidade do não e do sim, unidade que resplandece. Esta é a "acontecência" dada a cada um, a existência que acontece, como diz Alcio. Acontecemos como fruto das circunstâncias, somos da mesma matéria das estrelas e de todas as coisas na Terra. E para essa poeira cósmica voltamos a fim de que algo novo possa acontecer. Expressamos cada um a singularidade e compartilhamos da impermanência, todos juntos na solidão da existência. Os estudos, as leituras e, sobretudo, a prática zen, levaram Clara a fazer algumas reflexões no horizonte largo da espiritualidade. Em seu caderno de anotações, havia escrito na segunda capa, como para nunca esquecer e repetir sempre para si mesma:

Não saber, *abandonar ideias fixas sobre si mesma e sobre o universo.*
Presenciar, *deixar que seja tocada pelas alegrias e dores do mundo.*
Então permitir que a **Ação Adequada** *aconteça.*

(Três Fundamentos da prática por Roshi Bernie Glassman e professores fundadores da ordem Zen Peacemakers)

Neurociência, Atenção Plena, Espiritualidade – Conexão

No seu significado mais abrangente, não podemos separar o exercício da atenção plena (*mindfulness*) da espiritualidade, quando se trata do desejo de conexão, das questões em torno da vida e da morte, do sofrimento e da felicidade, da compaixão e do autoconhecimento ou da intenção ao meditar e se tornar melhor ou mais feliz. Descobrir o aqui e agora também desperta em nós, naturalmente, a gratidão por cada momento. Se trabalhamos com a atenção plena com qualquer método ou técnica de meditação e para isso citamos ou bebemos das fontes originais budistas e buscamos compartilhar a prática a partir do coração, da consciência do corpo e do si mesmo, da ligação entre as criaturas por meio da compaixão, fica difícil dizer que isso não seja prática espiritual, mas apenas neurociência. Muito além das instituições religiosas que se apropriam das necessidades espirituais das pessoas a fim de manipulá-las politicamente, isso tem apenas a ver com o fato de não existirem fronteiras entre ciência e espiritualidade que possam dividir o ser humano em duas partes, da mesma forma que não é possível separar o corpo da mente. Não importa como se queira classificar, são inquestionáveis os benefícios físicos e psíquicos da meditação, com influência também sobre o redor, pois inevitavelmente a forma de se relacionar consigo e com os outros se transforma com a prática contínua. Estudos da neurociência produziram neuroimagens da estrutura cerebral pela ressonância magnética, onde os efeitos positivos da meditação no cérebro são claramente visíveis, comparando pessoas que praticam regularmente com pessoas sem prática meditativa.

O ser humano usa em média apenas 10% do potencial do cérebro e procura resolver tudo de maneira racional neste pequeno leque de sua capacidade. Pouco ouve ou confia, por exemplo, na intuição, e por isso pouco a desenvolve. Onde ficou essa percepção sensível da realidade, e onde ficou o cuidado com a atenção plena? Por que nos separamos de modo tão doloroso do universo, do agora e do presente e nos isolamos inutilmente de todos os seres? Por que boicotamos o que nos faz sentir inteiros? Atenção plena significa reconhecer e aceitar a realidade tal como ela é, o que nem sempre é confortável, agradável ou relaxante. Temos de abrir mão de convicções, preconceitos, julgamentos, opiniões, expectativas, desejos e rejeições. E o que sobra do "eu", se relativizarmos essas ilusões do ego? Encarar o ser nu com o qual então nos confrontamos significa sair da zona de conforto e se abrir para o desconhecido, e lá criar a verdadeira intimidade consigo. Prestar atenção em quem realmente somos pode ser um processo difícil – mas que desperta também para o simples das coisas. Esse *insight* tem um enorme potencial de cura e fortalece, acalma, promove resiliência e equilíbrio, deixando um perfume de sabedoria, que vem da fonte infinita do ser. Permitir e aceitar o fluxo da realidade não significa concordar nem se resignar passivamente, muito pelo contrário, significa reconhecer a realidade sem ilusões e tomar atitudes. Em vez de tentar manipular os fatos de acordo com o desejo, significa estar presente, disponível e consciente para lidar melhor com o mundo, tal como é.

Mas a prática da atenção plena não é uma via de mão única que só flui na direção do si mesmo com o propósito de alcançar apenas ao próprio bem-estar. Isso é o início, conhecer-se melhor, aceitar-se melhor, mas seria possível ser feliz, se todos à nossa volta estão infelizes? É possível realmente encontrar paz, independente do resto do mundo? Provavelmente não, mas a pessoa que se sente melhor vai causar menos preocupação e sofrimento nas outras pessoas do seu meio e contato. E por estar mais tranquila, também será mais capaz de ajudar àqueles que precisam de ajuda para que também possam se sentir melhor. Portanto, não é egoísmo cuidar de si mesmo, ter atenção plena consigo em primeiro lugar. A questão é que não para nesse ponto, mas é o começo para criar a base de uma sociedade com indivíduos menos manipuladores e menos manipulados, mais livres, mais conectados e mais solidários e conscientes.

Uma boa imagem para ilustrar essa ideia é a comissária de bordo a explicar em cada voo que, se as máscaras de emergência caírem, primeiro se deve colocar a mais próxima em si mesmo e só depois procurar atender as crianças, os idosos ou as pessoas que necessitem de ajuda para colocarem também as máscaras.

A prática engajada significa adotar uma postura oposta ao "isto não é da minha conta" ou "não tenho nada com isso" e tantas outras desculpas que negam uma conexão entre tudo e todos e nos separam de forma tão dura do "resto" ou dos "outros". Porque, quando percebemos algo com empatia, quando nos confrontamos com uma situação, isso é a própria conexão, a relação já está estabelecida pela simples consciência do outro. Permitir que a ação compassiva se realize é simples como estender a mão a quem caiu, dar água a quem tem sede, calar em vez de falar bobagem, escutar quem precisa falar, ou lavar a louça suja que está na pia. Agir sem se perder em questionamentos, buscando culpa e culpados, usar atitudes como linguagem. Assumir a responsabilidade do momento em razão de estar nele, inclusive reconhecendo e dando limites necessários. Este é o tecer da prática contínua que se pode cultivar no dia a dia. A prática formal, como sentar e meditar ou qualquer ritual, serve apenas como treinamento para a prática informal constante que é a postura e a atitude, muito além da compreensão intelectual ou conceitual da meditação. Mas, por meio do intelecto, acessamos, sim, as ferramentas que ajudam na redescoberta de nossa consciência. Por meio da razão e do ego, decide-se praticar, escolhem-se técnicas, método, exercícios, formas de meditação e de expressão e se faz opções por caminhos que permitem o engajamento, o autoconhecimento, a superação do ego e das ilusões sobre si e o mundo para poder se revelar mais autêntico em sua singularidade.

A atenção plena é ler os acontecimentos à medida que acontecem e tentar perceber o que dizem, como se conectam com sua vida, que história contam, entender a lógica dos acasos e o que ensinam. Por exemplo: enquanto penso na consciência e na atenção e discorro teoricamente sobre a atenção plena, o aqui e agora me escapa e quase causo um incêndio ao esquecer as batatas no fogo até ficarem carbonizadas! Por sorte foi só isso. Oportunidade para lidar com o alerta de perigo, com o susto, com a culpa, com a punição, com o alívio refletido por nada ter acontecido. Ainda a gratidão com a pessoa que percebeu a tempo e desligou o fogo e a alegria relaxada das risadas depois de tudo. Quanto posso aprender com esta situação e os muitos sentimentos desencadeados em uma fração de segundos? Atenção plena só pode ser vivida e praticada, não basta compreender ou entender. Ler ou escrever sobre isso sem conjugar o verbo ser é inútil. Cada acontecimento traz uma infinidade de oportunidades, são as escolhas que se faz, de como reagir e sobretudo como agir a cada instante. É o fluir da vida em movimento constante. Temos sempre a opção de nadar contra a corrente de modo exaustivo, morrer afogado ou aprender a surfar na correnteza.

Do exercício da gratidão

Falar dos benefícios da gratidão para o corpo e o espírito pode parecer um ato de fé religiosa, uma beatice, um discurso piegas, mas na verdade é também pura neurociência. É um sentimento positivo, uma postura que contagia todas as células do corpo, formando uma corrente de energia que aumenta a autoestima, fortalece o sistema imunológico e acelera processos de cura em nível físico e superação em nível psíquico. Simplesmente é impossível ter o sentimento de gratidão e ao mesmo tempo nutrir emoções negativas como ódio ou rancor. Está comprovado como sentimentos de carga negativa adoecem corpo e mente. Mas o sentimento precisa ser genuíno e autêntico para que o benefício aflore. Isso requer exercício, desenvolver a percepção e o acolhimento de cada momento qual um presente, uma dádiva sagrada.

Durante o ano sabático, foram inúmeras as lições, e não há como dizer qual fosse mais importante que outra, a começar por reconhecer o privilégio de ter a oportunidade de viver um ano sabático. Varrer as folhas do chão de outono, levar para passear o pequeno cão, preparar a comida da casa, limpar o zendô, salvar insetos presos na janela, sentir o cheiro do campo, ouvir o canto de um pássaro na alvorada e o barulho da chuva no telhado ou mergulhar no amarelo de um campo de canola em flor. Ter tempo para reconhecer a beleza de cada instante, que sempre existe em paralelo a qualquer sofrimento. E, com a consciência dos pequenos milagres, olhar nos olhos da dor sem medo. Ser grata por poder aprender e ensinar, receber e doar. Assim era a postura de Dona Nina, a avó, mãe e bisavó da casa, que, deitada em sua cama a descansar seus 96 anos de idade, olhava sorrindo para a janela e admirava a beleza das rosas vermelhas de sua roseira. Não sem sentir as dores do corpo, a fraqueza e a dependência total de cuidadores para comer, beber, fazer a higiene, qual um bebê, no ciclo natural da vida que se completa. E a cada gesto de cuidado ela agradecia repetidamente, como se ganhasse um presente, sorrindo e olhando nos olhos do "anjo" que a socorria na imensa aflição da velhice. E ela sorria e agradecia, sorria e agradecia.

No estudo formal da gratidão, o treinamento zen propõe um exercício que é dado como um dever de casa. Sentar-se e refletir amorosamente sobre todas as pessoas que foram importantes na sua trajetória para ser hoje quem é, que tiveram influência direta para ser como é. Então, a cada uma dessas pessoas, dedica-se uma meditação para depois anotar sobre ela três coisas importantes: 1) uma breve descrição sobre a pessoa e a relação (também pode ser um animal de estimação, ou uma árvore, por exemplo, se estes seres tiveram importância); 2) um breve relato sobre a contribuição deste ser, os aspectos mais relevantes do legado para a sua vida; e 3) verbalizar, ou seja, colocar em poucas palavras escritas o agradecimento que sinceramente sente. Podem ser incluídas quantas pessoas forem.

E não se trata de pensar apenas em pessoas de quem gostamos e por isso foram importantes. Reconhecer o papel fundamental de alguém que foi cruel ou com quem tenha conflitos, ter consciência de como essa influência ajudou a desenhar e definir quem você é hoje e conseguir ter consciência disto e talvez ser até grato – isso é extraordinário e libertador. Portanto, não é sobre gostar, e sim sobre reconhecer as pessoas que foram determinantes no desenho de sua pessoa. Inclusive desconhecidos, ídolos que lhe inspiram admiração e que são exemplos. Também pessoas imaginárias, personagens da ficção que foram essenciais. A reflexão sobre essa interdependência que clarifica não sermos nada de maneira independente ou isolada dos "outros" pode levar dias, semanas ou meses. Não é algo a fazer com pressa e sim com intensidade e verdadeira compaixão por si e todas as suas relações. Não importa ter a tarefa cumprida e sim realizar o exercício.

A lista pode ser interminável e na verdade é contínua enquanto vivemos. A cada dia novos encontros e relações se estabelecem, sejam fortuitas ou duradouras, profundas ou superficiais, mas todas deixam alguma marca e alguma contribuição pragmática no espaço de ser que habitamos, que nos define e nos modifica a cada dia. Somos mesmo metamorfoses ambulantes, como bem disse o compositor Raul Seixas. Ele certamente sentiu enorme gratidão por certa mosca que um dia pousou em sua sopa e inspirou a música que compôs e marcou sua carreira. São muitas estrelas a brilhar no céu da consciência sobre tudo e todos a quem temos o que agradecer. Com esse intuito, no aprofundamento dos estudos zen é feito também o desenho da linhagem de todos os professores e professoras que foram mestres e monges da tradição que levou até a Ordem dos Zen Peacemakers, até chegar ao nome do praticante, o nome de quem recebe os ensinamentos. Uma prática de humildade, reverência e reconhecimento de que todo conhecimento vem de uma transmissão e de uma prática contínua, passando de geração em geração. E cada um que contribui com algo novo o faz a partir de tudo o que recebeu de bom e de ruim.

A flor de lótus nasce do lodo e precisa do lodo para desenvolver toda a sua beleza e florir. Por isso é símbolo do caminho do Dharma, como inspiração na superação da dualidade. Acolher as dificuldades sem os julgamentos que criam oposição, perceber o que a adversidade oferece, como o lodo, ao lótus, à flor.

No meio dos horrores da guerra e do holocausto, Etty Hillesum foi uma mulher intelectual e espiritualizada, que deixou registros importantes em cartas e diários sobre a Segunda Guerra Mundial. Sem deixar se abater, nem mesmo nos campos de concentração, Etty foi um esteio de alento e inspiração para milhares de pessoas antes de morrerem no genocídio nazista. Ela mesma recusou a oportunidade de se refugiar para enfrentar junto com o povo judeu o próprio fim. Morreu assassinada em Auschwitz, sem nunca desistir. Em uma de suas cartas diz: "E se Deus não me ajudar a continuar, então terei de ajudar a Deus."

Os sentimentos que consideramos maléficos, como raiva, medo e rancor, que surgem quando nos confrontamos com realidades ou fatos que nos contrariam, são nossos amigos, se pudermos aproveitar o que nos ensinam. Pois irão se alternar em um ciclo eterno com emoções que causam prazer e pelas quais é tão fácil sentir gratidão. Se não negar a emoção negativa e nem se identificar com ela, mas agradecer a sua dolorosa visita, então poderá com ela conversar e tomar um chá, e daí se despedir. Deixar ir. Ao ser verdadeiramente grato, o rancor e outros sentimentos difíceis, que sempre coexistem em nós, podem nos fortalecer. É legítimo sentir indignação, e não querer sentir também é legítimo, e querer gritar também – gritar o silêncio e o vazio até fazer do grito uma canção, do ódio, o amor, da dor, a compaixão, da raiva, um poema. Tudo em constante transformação.

> *Há um preço a ser pago por todo aumento de consciência. Não podemos nos abrir para estarmos mais sensíveis ao prazer sem ficarmos também mais sensíveis à dor. (Alan Watts)*

Um quê de raiva em tanta gratidão

A noite foi mal dormida, adormeço na hora de acordar, o despertador não toca, tudo amanhece atrasado e errado. Abro o armário e não sei que roupa botar, saio correndo de qualquer jeito, lá fora o dia chove, esqueço o casaco em casa e o guarda-chuva também. O carro quebrou e resolvo ir a pé, o sapato novo faz bolha, a calcinha entra na bunda e fico encharcada da cabeça aos pés. No trabalho o dia promete *estresse*, além do mau humor do chefe, falta papel higiênico no toalete. Vou para a cantina e o café derrama no carpete. Quero preparar a reunião, mas a impressora emperra, o sistema cai, a senha dá erro, o arquivo não vai. Onde ficou o *back-up*? Almoço, esqueci em casa, no restaurante o prato preferido acabou, o pagamento no cartão travou. A conta de luz venceu e o aplicativo não abre, a fila do banco, imensa. Eu, tensa. Chego em casa exausta, o porteiro relata um assalto e tem aniversário no *play*, para mim um barulho infernal, para o vizinho é festa, direito ele tem. Ligo a TV e a notícia é guerra, no *podcast* o assunto é inflação, ligo o rádio e falam de eleição. Minha série da hora acabou. A geladeira está vazia. O namorado saiu, mas não interessa, hoje não tem para ninguém. É possível ainda agradecer por um dia assim? Sim! Estou viva, e a prova disso é me sentir irritada por ser contrariada! Tenho uma casa, um namorado, tenho um trabalho, e um chefe e um salário no final do mês. E minha fome é passageira. Tenho o que vestir e onde tomar banho, tenho uma *smart tv* e um *laptop* que ligo e desligo quando quiser. Tenho como refletir sobre isso tudo, pois não me faltou educação, formação e oportunidades.

Sempre tive opções, estou tensa, sim, indignada, mas sei que isso dá e passa. Sou muito grata por ter tantos privilégios, mas por todos esses privilégios sinto muita raiva também. Pois, se existem privilegiados, é porque há uma maioria de desprivilegiados que nada disso têm, nem raiva têm, e nem forças para se indignar, muito menos energia para lutar, nem opção nenhuma essa maioria tem. O que fazer com esse dilema de sentir tamanha gratidão com tanta raiva? Se enquanto vivo bem, tantos outros mal sobrevivem também. Nem sequer sei o que é sentir a fome de dignidade, que neste mundo insano, tão desumano, tantos humanos têm. O dilema é justo, uma fisgada no útero da existência, cólica de indulgência ferida. Mas nenhum sentimento é em vão, pois brota do âmago da vida, esse "precioso nascimento humano". Ainda assim a noite foi mal dormida, quando dormi era hora de acordar, o despertador não tocou, tudo amanheceu atrasado, e a errada era apenas eu.

Certo dia um mestre disse ao seu aluno, após um aborrecimento que o deixou com raiva, "existem cinco virtudes básicas para o caminho zen", e mostrou sua mão de punho cerrado. "Diga-me, mestre", pediu o aluno. O mestre abriu o primeiro dedo, ele disse, "uma é a paciência". Abrindo então o segundo dedo, falou, "duas é a paciência". E sorrindo acrescentou com o terceiro dedo, "três é a paciência". Fez então uma pausa e, percebendo o olhar de interrogação do aluno, disse, "a quarta virtude eu não vou revelar, mas a quinta é com certeza a mais importante de todas: é a paciência". "Mas, mestre, diga, por favor, qual é a quarta virtude que não quer revelar". Então o mestre, sentindo a angústia do aluno, cochichou em seu ouvido: "a quarta virtude é o limite da paciência, mas não conte a ninguém".

No templo, o tempo Zazen – sussurros nos muros

Aqui começa e termina a prática
_____

Trajes simples e escuros, sem joias ou perfumes, sem ego e sem celular,
sem poeira e sem sapatos,
livre de julgamentos e opiniões. Aqui e agora, si só. Silêncio.
_____

Água da montanha,
emana e cristaliza Amor.
Água, vida a fluir –
Não a desperdice.
Os copos lhe servem,
retorne-os limpos para o próximo usar.
Pia limpa para melhor limpar.
_____

No Zendô, pés andam descalços.
Chinelos ficam na entrada
arrumados, na espera de os pés voltarem.
_____

Banheiro, templo do corpo
Lugar de purificação e de asseio.
Aqui limpamos o corpo
seja e faça a limpeza do banheiro.
Deixe-o como a si mesmo:
mais limpo ao sair do que quando entrou.
_____

Aqui termina e começa a prática.
_____

Algumas reflexões sobre meditar

- O que fazemos a cada momento, dia e noite, sem nos darmos conta?
- O que temos em comum com todos os seres vivos deste mundo?
- O que sempre fomos capazes de fazer sem nunca termos aprendido?
- Qual é a primeira coisa que fazemos ao nascer e a última coisa que fazemos antes de morrer?
- Para onde podemos sempre voltar, mesmo que estejamos completamente perdidos?
- O que não tem passado nem futuro, mas apenas aqui e agora?
- Qual é a diferença entre a vida e a morte?

Respirar. Meditação não é esvaziar a cabeça, muito menos não pensar ou entrar em um estado de êxtase ou alcançar a iluminação. Meditar é justamente estar com tudo o que surge no aqui e agora, sem fazer esforço para superar qualquer coisa ou chegar a qualquer outro lugar onde já não esteja. Sentar com essa consciência sempre voltando ao momento presente sem julgar, apenas estar aí para respirar, inspirar e expirar. Contrair e expandir – e contrair e expandir... como as ondas no oceano em movimento contínuo, sentir que não "respiramos" e, sim, somos respirados. Não há necessidade de acreditar ou confiar nisso, nem criar de si qualquer imagem, a respiração acontece independente da vontade como manifestação da vida pulsante.

A meditação focada na respiração é o coração de todas as meditações, dando estrutura e apoio como uma âncora, uma técnica que nos traz sempre de volta ao aqui e agora. Respirar é a conexão em si: conosco, com o espaço, com o presente, com tudo o que é vivo na atmosfera. Inspirar e expirar com consciência abre a porta para um espaço interior de liberdade infinita, onde tudo pode ser como é, a cada novo instante. E nesse espaço infinito que se abre, onde tudo é impermanência e devir, nascem todas as decisões na imensa dimensão do livre-arbítrio – que é o que nos torna verdadeiramente humanos. A respiração nos conecta com as aspirações mais íntimas. A maior parte do tempo não percebemos como a respiração é importante, esquecemos que respiramos. Esquecemos que estamos vivos... O sopro como dom que torna possível a nossa existência única e idêntica a tudo o que é vivo.

Não se trata de controlar ou adequar a respiração para alcançar algum objetivo, mas, sim, de observá-la. Quando observamos o fluxo do ar que flui para dentro de nós, sentimos o ar fresco que entra, levando o oxigênio para os pulmões e depois, aquecido pelo corpo, é devolvido ao espaço como dióxido de carbono. Podemos perceber o espaço dentro de nós como sendo o mesmo espaço que nos envolve. Também percebemos como tudo se transforma o tempo todo apesar de nossa constante tentativa de controle. Receber e doar é o ritmo da natureza e também de nossa natureza humana. O desejo de viver é muito maior do que nós, e por isso não seria possível controlar a respiração, simplesmente decidir parar de respirar, pois a vida grita e rasga nossos pulmões.

A maneira como respiramos revela sobre nós as diferentes ondas do estado de espírito: quando choramos, quando rimos, se temos medo, alegria, êxtase ou exaustão. Às vezes o movimento respiratório é longo e profundo, às vezes curto e frenético, às vezes vem da barriga, como nos bebês em seu sono, às vezes é o peito que se dilata, como é comum no estresse. O diafragma interpreta nosso estado, ora sincopado e sem ritmo, ora coordenado com o batimento cardíaco, como em uma peça musical, mas sempre em sintonia com o que somos.

Ao sentar para meditar com consciência na respiração, surge o confronto inevitável com "os três venenos da dualidade", o apego, a rejeição e a indiferença, que procuram sempre estabelecer uma oposição entre nós e o mundo. Parece não haver uma alternativa para essas armadilhas, mas, ao seguir em frente, apesar de, sem por que, sempre, entregar-se ao moto contínuo da vida que respira, é possível assistir como o veneno se dissolve.

A meditação da respiração pode expandir a compaixão, pois compartilhamos todos o mesmo ar, que penetra e conecta a todos os organismos vivos deste planeta. O ar que nos respira, inspira, já foi aspirado por inúmeras criaturas na Terra, penetrou diversos sistemas respiratórios, a manter os seres vivos. O ar que respira agora talvez já tenha sido de alguém o último suspiro. E poderá ser o primeiro sopro a arder em um pulmão recém-nascido. Inspire a dor de todos e expire amor, vitalidade e alívio. Talvez espiritualidade seja essa dimensão que une dentro e fora, o interior e o universo, leitor e escritor, personagem e autor, intenção e atitude, passado, presente e futuro, indignação e reverência, profano e sagrado, escuridão e luz, vida e morte.

Tatuagem na memória. Um exercício de atenção plena

"Terra, água, fogo, ar e espaço se combinam para que se tornem este alimento. Inúmeros seres deram a sua vida para que possamos comer. Que estejamos nutridos para nutrir a vida"
(Verso de agradecimento pela comida.)

Antes de matar a fome, pare um instante diante da refeição servida e, em silêncio, pense em todas as pessoas envolvidas na imensa cadeia de relações e ações que levaram o alimento à mesa. Por exemplo, o arroz. Cada grão de arroz nasceu envolto em uma casca, foi semeado e levou muito tempo para se desenvolver. Foi irrigado e absorveu a energia do Sol, nutriu-se da terra, para então ser colhido e armazenado em um silo. Depois o arroz desse prato de comida foi beneficiado e processado, foi ensacado, transportado, talvez por trem ou navio ou caminhão. E, ao fim de longa viagem, os grãos foram colocados em sacos menores de um, dois ou cinco quilos, e distribuídos ao supermercado, onde um funcionário os colocou na prateleira e colou o preço, valor de toda essa história de muita gente e de muito trabalho, que agora serve de alimento. Todo o processo tatuado no grão de arroz.

E quando a boca saliva, ávida por comida, a barriga ronca, o estômago dá pontadas de fome, pare diante do que vai levar à boca e lembre também o que está oferecendo ao seu organismo, que precisa de energia. Quais nutrientes estão servindo de combustível, quais sabores compõem essa comida – doce, azedo, amargo, salgado –, que cheiro a comida tem, qual é a temperatura, que textura tem na boca, que prazer suscita, quando os olhos se fecham para melhor degustar? E como é processada essa comida na boca, como mastigam os dentes, que trabalho a língua tem, antes de enviar, engolindo, o alimento para o estômago, onde já não comandamos nada, apenas o organismo vivo funciona e sabe o que fazer, quando está saudável: aproveitar o que há de bom e eliminar os resíduos para o ciclo da cadeia dos seres vivos. Sentidos e consciência, tatuar o invisível.

Certa vez fui a uma exposição de arte sacra cristã em um museu de Viena. Peças valiosíssimas de diversos países, santos e santas esculpidos em madeira antiga, imagens sacras que vinham de igrejas que talvez já não existam, de diferentes países, épocas, regiões e estilos. Parei diante de uma Nossa Senhora do século IX, trazida da Itália, uma delicada escultura de madeira, já quase petrificada. Foi necessária toda uma equipe internacional para colocá-la cuidadosamente em um pedestal para esta exposição. Ao olhar para essa Nossa Senhora, posso ver como em um filme a semente que um dia brotou, o tempo de crescimento da muda na floresta, a árvore que gerou o tronco percorre a minha espinha. Vejo os ninhos de passarinhos que sua copa abrigou, os insetos que a habitaram e os frutos e as flores que desabrocharam e murcharam. Depois a dor nas fortes mãos do lenhador, posso sentir em meus punhos e vejo então esse pedaço da madeira já nas mãos do artista. As ferramentas que talharam a peça, as farpas que, ao chão caírem, excluídas para dar expressão na imagem que se desenhava como escultura. E seria ainda possível escutar as tantas preces que essa imagem ouviu de gerações mortas, vidas e histórias de sofrimento, alegria, fé e esperança que essa árvore santa conheceu. Poderia ajoelhar no solo fértil dessa floresta milenar de esculturas sacras. Chão de tábua corrida no museu – uma floresta horizontal sobre a qual o público andava. Memória do tempo tatuada no presente.

Haikais
(Matsuo Basho)

Quero ainda ver
nas flores do amanhecer
a face de um deus.

--------x--------

Vozes das aves.
Momento em que o poeta
fica mudo.
--------x--------
Ainda a morrer
A cigarra em seu canto
nada revela!

Buda
(Rainer Maria Rilke)

É como se ele ouvisse, silêncio: uma distância...
Esperamos, e as coisas não mais se escutam.
Ele é estrela. E outras estelares instâncias,
Que não vemos, à sua volta se plantam.

Oh, ele é tudo. Esperamos mesmo que ele
Nos veja? Que deseja ele, afinal?
Quando nos prostramos diante dele,
Permanece denso e prostrado qual um animal.

Pois tudo o que nos impele até ele
Gravita há milhões de anos dentro dele.
Ele, que ignora o que vivenciamos
E que vivencia o que renunciamos.

(Tradução de André Deluart)

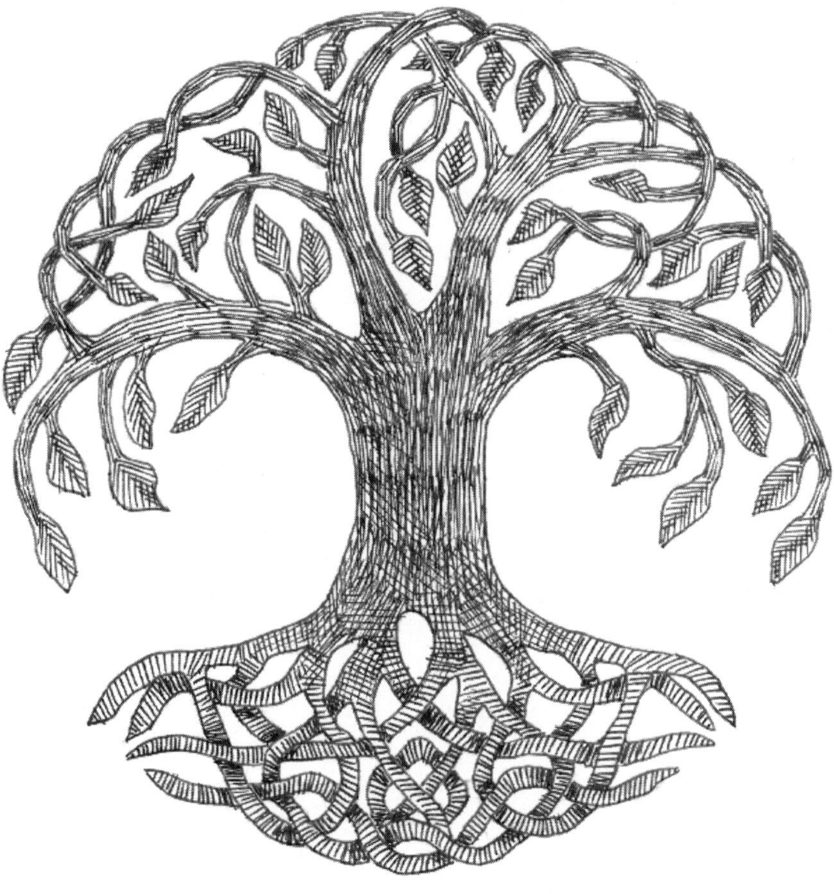

1

Dias depois, as cinzas vieram em uma urna vegetal para ser plantada como semente na terra. Nós, mulheres do seu círculo, filhas e netas, sabíamos o que fazer, pois não havia dúvidas quanto ao carinho do processo de adeus. Levamos a urna com as cinzas para o lugar preferido da nossa mãe, o mais lindo jardim no Rio de Janeiro, e buscamos a árvore que a chamaria para perto dela. Longas andanças se fizeram necessárias, até que a árvore tão sóbria, elegante e altiva, antigo tronco reto e alto a sustentar a copa até o vento, se mostrou com clareza. Seria ali o cemitério para lembrar dela e deixar as suas cinzas virarem terra e raiz. Um ritual de cósmica ancestralidade plantou a vida em pó no chão a se erguer em busca do céu.

Para Clara, subir em árvores sempre foi mais importante do que qualquer outra brincadeira, também para suas filhas e todas as crianças, vigor da infância. É um brincar completo a dar noção de corpo, equilíbrio, gravidade, perigo, medo, mistério e comunhão com a natureza. Tudo isso e muito mais se aprende de forma lúdica ao subir em uma árvore quando criança: coordenação motora, imaginação, respeito, prazer. E Clara trepou em muitas árvores, a começar pelos altos pinheiros para espiar o coelhinho da Páscoa a esconder ovinhos de chocolate no jardim. E o pé de nêspera do pomar onde conversava com Deus, a mangueira na fazenda da amiga a se lambuzar chupando manga no pé. Já a jabuticabeira astuta nunca deixou que lhe subissem nos galhos, pois ali pipocam as doces jabuticabas que fazem a melhor geleia do mundo. E havia um pé de canela, que muitas tristezas com suas folhas acolheu da criança chorosa, mas os sonhos, presentes e esperanças da menina dengosa, foi o pinheiro de Natal que recebeu. A intimidade de Clara com as árvores bem como sua melancolia encontraram eco na leitura de *Meu pé de laranja lima*, de José Mauro de Vasconcellos, que lia escondida a pequena menina. Na TV era Tarzan o seu herói, a viver na selva e balançar de cipó em cipó. Como ele, Clara também construiu sua casa na árvore, no meio de uma enorme seringueira do quintal da casa da tia. Ficava na altura do telhado que um dos galhos alcançava a se fazer de ponte para a perigosa travessia. Clara era destemida no seu universo lúdico, onde tudo cabia. Aprendeu a reverenciar o milagre de uma semente que brota e cria raízes e se ergue segura em busca da luz do Sol. Quando era moça jovem e se permitiu algumas experiências psicodélicas, como um chá de cogumelos colhidos no pasto, passou horas abraçada a uma imensa árvore no parque, sentindo o pulsar e a seiva correr no gigante ser vegetal. Andar descalça na terra, tomar banho de cachoeira, tomar banho de floresta sob as bênçãos de Oxum fazem parte do seu dia a dia. Clara também plantou várias árvores pelas terras onde passeou, algumas vingaram, outras, não, umas cresceram muito, outras morreram, e outras tantas, com certeza, a ela sobreviverão. O que fica são apenas homenagens e lembranças, amor e indignação com o poder de destruição da natureza nunca antes visto como agora. Aflição diante do bicho homem, enxame de insetos venenosos a zumbir com suas motosserras, praga descontrolada que devora a si mesma, destrói seu *habitat* e sua consciência.

Alguns pés de Memórias
(Sabine Kisui)
Chovem as flores do ipê amarelo sobre nós
viajantes da serra entre quaresmeiras lilás
e embaúbas prateadas e seus formigueiros.
Já as cobras e aranhas preferem canafistas e bananeiras.
O vento de eucalipto traz eterno perfume no ar.
Brota na montanha a casa de maçaranduba vermelha a
sustentar o telheiro que o bouganville rosa adentra e levanta –
vaso de primavera, no dia das mães, o presente da criança.

A noite acende a lareira, queima a lenha também na fogueira,
troncos em brasa a virar cinzas, metáforas de transformação,
qual o pau-brasil plantado e morrido a ser esculpido por habilidosa mão –
ou o botão do manto Rakusu talhado no galho pelo monge do templo.
É preciso abraçar as sequoias gigantes da Califórnia!
E deitar na rede entre coqueiros nas areias do nordeste,
relaxar à sombra do maior cajueiro do mundo na praia de Pirangi.
Testemunhar no asfalto em Cracóvia raízes a levantar a história
rasgando o chão:
sobe o elegante cajá-mirim fecundado pelas cinzas da doce mãe,
enquanto a lápide paterna se esconde sob o cobertor de um pinheiro-anão
e a araucária gaúcha da infância será também cemitério derradeiro.
Dança brincante a lembrança infantil nas aveludadas folhas da mimosa serena
e balançam os galhos do chorão a lamber os lagos de Monet e da solidão.
Mas quatro mil anos viverá o majestoso baobá no Quênia, árvore
símbolo da vida terrena.

O abacateiro

O Rohatsu (retiro de celebração budista para lembrar a iluminação de Buda) de 2016 foi uma mágica preparação e um marco para o início de uma prática mais intensa. Cheguei após quatro semanas de férias na Europa e fui direto para o retiro. Uma experiência em particular foi como um resgate da prática genuína, sem nome, sem linha, origem da contemplação infantil, da comunhão com os fenômenos do mundo, da criança ainda enredada à teia universal. Mas é bom lembrar que contar a experiência, seja de forma escrita ou falada, não é a experiência, é só a memória refletida do ego, aqui a serviço de compartir.

Como é no Rohatsu, perto de meio-dia já havíamos feito cinco meditações zazen desde 3:30h da manhã. Enquanto esperava o almoço, que ainda demoraria um pouco, pensava em como passar este tempo. Olhando a belíssima paisagem do Itororó, avistei a copa de uma árvore que nitidamente me chamou para ter com ela. Não questionei o convite e fui até lá, lembrando de quando eu era criança e gostava de subir nas árvores do sítio da tia. Havia as árvores preferidas que eram como amigas, acolhiam-me em seus galhos e, em meio à copa, eu podia ser árvore entre a terra e o céu, completamente abrigada pelo universo.

Com essa memória cheguei perto da árvore que me chamou e vi então que era um velho abacateiro. Duvidava que eu pudesse ter a ideia de subir na árvore agora, com mais de meio século de idade. Mas o abacateiro foi claro: vem! Nem sabia ainda como era o seu tronco, seus galhos, se tinha como subir nele ou não. Então, sob sua sombra e aos seus pés, olhei para cima e vi entre seus velhos galhos, alguns até apodrecidos, um galho novo e vigoroso, cheio de vida e vitalidade, que saía do seu tronco bem na altura da minha mão estendida. Ele se espichava rumo à luz entre a folhagem densa e se oferecia na inclinação ideal para que eu pudesse me puxar para cima. Embora estivesse insegura sobre ser isto uma boa ideia e se teria força para isto, segurei firme e, como em um impulso do passado, fui erguida até a forquilha principal dos galhos primários e me encaixei perfeitamente em uma torção gostosa para compensar o movimento feito para subir. Então, pude resgatar a união original, o ser uno com a natureza, sendo um com o abacateiro, agradecendo seu convite, seus galhos falecidos e seu galho juvenil renovado.

Passado um longo instante hesitei em me mexer, mas precisava mudar de posição e virei, espantada – ou não – por sentir conforto ainda maior, agora com um galho apoiando minhas costas, de novo completamente encaixada, como se um galho eu fosse. Assim permaneci por outra eternidade efêmera até tocar o sino para o almoço. Plena da experiência pura que agora, por meio das palavras, pode se tornar uma história como a de tantos outros pequenos milagres que nos oferece a natureza.

Lições do Bambu

O bambu é um símbolo de boa sorte e um dos símbolos das celebrações do Ano Novo no Japão. No inverno ele se dobra com o peso da neve para se reerguer na primavera em toda sua altura. Ele suporta invernos e verões extremos, e suas varas resistem mais do que muitas árvores grandes no rescaldo de uma tempestade.

O *Kanji* (caractere chinês) para sorrir ou rir é 笑う., e no topo deste caractere estão dois pequenos símbolos para bambu (竹 ou *take*). Diz-se que o bambu lembra o riso por causa do som que as folhas de bambu fazem em um dia ventoso. Esta alegria sorridente do bambu associa-se à importância de rir e de brincar para a saúde física e mental.

O bambu está entre as plantas que crescem mais rápido no mundo. Tem o impulso do crescimento contínuo e de constante renovação. A simplicidade da sua forma lhe empresta enorme utilidade e estimula a criatividade para as infinitas possibilidades de ser útil, seja para construir uma casa ou uma bicicleta, servir de cano d'água, virar um objeto de arte, tocar o som de uma flauta, fazer tecidos com as fibras ou simplesmente ser a melhor vara de pescar.

A estrutura interior oca do bambu nos remete à sabedoria do vazio e da importância de nos esvaziarmos das nossas noções preconcebidas. A estrutura com diversos nós marcando o tempo do crescimento lembra que os nós na nossa vida servem como pontos de suporte para o desenvolvimento, como pontes entre as partes ocas, dando forma ao vazio.

E sabe-se que a resistência do bambu é comparável ao aço! Sendo que ele ainda é maleável, dobra-se sem se quebrar, um símbolo de humildade e resiliência. No vento o bambu dança e balança harmoniosamente, nunca lutando contra ele – imagem para paz de espírito. Este movimento e sua incrível flexibilidade são possíveis porque a base do bambu é muito sólida e possui uma complexa estrutura radicular, que torna o solo ao redor de um bambuzal muito estável. É tão fortemente enraizado que é quase impossível de se remover completamente.

Ode ao bambu

Em algum lugar do passado gesta no interior de um bambu a semente de um instante. Votos de além-mar fecundam ao luar prateado o farfalhar das folhas sibilantes do bambuzal. Orgia de cantos e ventos e pontes e labirintos, estala a verde vara que se verga alada a lamber o rio defronte, ao lado de uma ponte. O desejo de amar sem fim risca no corpo verde de celulose uma tatuagem de símbolo sagrado. Reverenciam a cena infinitas palavras-poema em um ato sem fim de bem-me-quer. Flor amarela de luz introduz o néctar no orifício, ninho de um colibri. Brotam verdes risos dos nódulos em escala, a compor o oco na forma e no vazio, para ecoar em assobio. Bambual, Sol que sopra entre frestas e arestas faz a palheta vibrar, soa a flauta do brilho eterno a voar. Selado em cerimônia profunda, dorme no casulo de bambu a alma secreta a corporificar em segredo a metamorfose do inseto.

O Tannenbaum, ó pinheirinho de Natal

Era uma vez uma árvore de Natal. Linda, frondosa e iluminada de luzes que piscam, com velas acesas, enfeitada de bolas coloridas, anjinhos e Papais Noéis. Estrelas que brilham, doces deliciosos, **glitter** perfumado e cartões de Natal adornam seus galhos e folhas. Qual uma borboleta esplendorosa, sua beleza tinha vida curta. Cerca de três semanas lhe eram dadas, o tempo que tinha para brilhar com sua linda vestimenta, simbolizando a esperança. Os pinheiros são as únicas árvores a resistirem com sua folhagem durante o inverno na neve do Hemisfério Norte. Crianças se alegram com os presentes embaixo dela, a família toda tira fotos com ela, postam no Instagram, fazem concurso da árvore mais bela para depois... sim, deixar tudo se acabar como se fosse Quarta-Feira de Cinzas. Tal qual no carnaval, os foliões com suas fantasias rasgadas em final da festa, largados, bêbados pelas calçadas, assim jaz também a árvore da esperança ao término da época de Natal, decepada e despida de sua magia, arrancada de seu belo pedestal, em uma esquina qualquer à espera do caminhão de lixo.

Na Alemanha há plantações enormes de pinheiros exclusivamente para servirem de Árvore de Natal. Segundo levantamentos publicados na imprensa, cerca de 30 milhões de árvores são vendidas anualmente perto da época de Natal no país. Podem ser adquiridas pela internet, compradas em vasos nas floriculturas ou hortos e também é possível escolher a sua árvore diretamente na plantação para ser abatida com machado ou serra elétrica, pelas mãos do próprio comprador. Isso mesmo, "abater" é o termo que se usa e é um programa de família muito disputado no final do ano. Escolher, abater e então amarrar seus galhos em volta do tronco já sem raiz, fadado a morrer em pouco tempo. Daí arrastar o pinheiro assim até o carro e levar para a grande ceia, o símbolo cristão do menino Jesus. Levou de cinco a dez anos para crescer na plantação de pinheiros de Natal. São cortadas as pontas duplas, pois não devem ter pontas duplas, devem ser simétricos, retos, ordenados, certos, encorpados, sadios e bonitos de se ver.

Jaz agora o pobre pinheiro, casulo ressequido da esperança verde, reduzido a lixo nas ruas das cidades. Envergonhados os seus braços ora enfeitados cobrem o tronco nu a se esconder do olhar das crianças. Depois do Dia de Reis se muita sorte tiver, o pinheiro de Natal irá para a compostagem servir de adubo, quem sabe para uma próxima geração de árvores de Natal que mal sabem nascerão para o abate. Está em debate a questão, assim como o veganismo, a criação de porcos, as galinhas felizes, monocultura de soja, gado nas florestas da devastação, nossa alimentação. O que cultivamos para nutrir corpo e mente, pensa o pinheiro, alimento cristão da alma, antes de se entregar ao abjeto estado do sacrifício feito, oferenda de Natal.

O Tannenbaum
(Ernst Anschütz, 1824)

Ó pinheiro, ó pinheiro,
Como são fiéis as tuas folhas!
Não verdejas só em época quente
Mas também quando a neve é inclemente!
Ó pinheiro, ó pinheiro,
Como são fiéis as tuas folhas!

Ó pinheiro, ó pinheiro,
Como a tua beleza me ilumina!
Quantas vezes no Natal
Árvore assim foi essencial!
Ó pinheiro, ó pinheiro,
Como a tua beleza me ilumina!

Ó pinheiro, ó pinheiro,
Tua túnica sempre me ensina
A persistência e a esperança!
Consolo e força que me alcançam
Ó pinheiro, Ó pinheiro,
Tua túnica sempre me ensina!

(Tradução de André Deluart)

As nossas Florestas

Sobe a rampa de concreto do Palácio do Planalto, de braços dados com o presidente da República eleito Luiz Inácio Lula da Silva para tomar posse de seu mandato, um senhor com seu cocar, o cacique Yanomami e seus 90 anos de idade. Raoni Metyktire, conhecido como Cacique Raoni, nasceu provavelmente no início da década de 1930, em uma antiga aldeia Mebêngôkre (Kayapó) denominada Kraimopry-yaka, no nordeste do estado de Mato Grosso. Conhecemos os Yanomami não pela riqueza e sabedoria de sua cultura, mas pelo seu martírio sob o jugo da nossa sociedade "civilizada". Sabemos sobre o genocídio cometido por um governo irresponsável que deixou morrerem desnutridas as crianças e os velhos Yanomami, mas quase nada nos é ensinado sobre os saberes deste e de outros povos ancestrais da terra Brasil. Asháninka, Yawanawá, Suruwahá, Zo'é, Kuikuro, Waurá, Kamayurá, Korubo, Marubo, Awá e Macuxi e tantos outros habitantes naturais das florestas, o que sabemos sobre a vida, as etnias, a cultura dos povos originários de antes de nós aqui? Colonizadores vis que fomos a ignorar e desprezar toda a riqueza que nos foi mostrada. O Instituto Socioambiental (ISA) tem listados 256 povos indígenas no Brasil, e o Censo do IBGE em 2010 relacionava mais de 305 povos indígenas, que somavam 896.917 pessoas, o que corresponde aproximadamente a 0,47% da população total do país. Felizmente algumas lideranças têm dado expressão e voz às causas dos povos ancestrais dessa terra, e é importante mencionar alguns nomes aqui, como Raoni Metyktire, Davi Kopenawa, Sônia Guajajara, Jacir de Souza Macuxi, Daniel Munduruku, Joênia Wapichana, Aílton Krenak entre outros. Pois é preciso gritar a agonia das florestas, da natureza e dos homens e mulheres que em harmonia com ela vivem e a protegem.

A Amazônia perdeu 18 árvores por segundo em 2021 e só entre 1º de janeiro e 10 de agosto de 2022 a maior floresta tropical do mundo contabiliza uma perda de mais de 300 milhões de árvores. Nos últimos 35 anos 20% da cobertura florestal da Amazônia brasileira como um todo foi perdida. Em comparação, as terras indígenas nesse mesmo período perderam por volta de 1%, o que mostra a importante capacidade de preservação da natureza em terras indígenas. Esta é a conclusão de um relatório da ONU baseado na revisão de mais de 300 estudos publicados nos últimos 20 anos, com dados científicos que provam o potencial dos povos indígenas como os melhores guardiões das florestas. Os territórios coletivos titulados evitaram entre 42,8 e 59,7 milhões de toneladas métricas de emissões de CO_2 a cada ano – o equivalente a 10 milhões de veículos a menos em um ano. O estudo revela que os territórios indígenas contêm aproximadamente um terço de todo o carbono armazenado nas florestas latino-americanas e caribenhas, e 14% do carbono armazenado em florestas de todo o mundo.

O fotógrafo Sebastião Salgado engajou-se muito ativamente pela Floresta Amazônica durante toda a vida e em especial nos seis anos quando documentou os rios, as montanhas e sobretudo as pessoas que vivem e sobrevivem em defesa da Amazônia. As imagens produzidas revelam a beleza dos laços familiares, a caça e a pesca, a maneira como preparam e compartilham os alimentos, o talento artístico para pintar os rostos e os corpos, o simbolismo dos xamãs e das danças e rituais. O trabalho resultou no livro ***Amazônia***, onde o autor escreve no prefácio: "Para mim, é a última fronteira, um misterioso universo próprio, onde o imenso poder da natureza pode ser sentido como em nenhum outro lugar da Terra. Aqui está uma floresta que se estende ao infinito, que contém um décimo de todas as espécies de plantas e animais vivas, o maior laboratório natural único do mundo. E o fotógrafo ainda desabafa: "Meu desejo, com todo meu coração, com toda minha energia, com toda a paixão que possuo, é que em 50 anos este livro não se pareça com um disco de um mundo perdido. A Amazônia deve viver". Na Amazônia vive e se reproduz mais de um terço das espécies existentes no planeta. Ela é um gigante tropical de 4,1 milhões de km². A floresta abriga 2.500 espécies de árvores (um terço da madeira tropical do planeta) e 30 mil das 100 mil espécies de plantas que existem em toda a América Latina.

A natureza se oferece como ferramenta e laboratório em que a experiência de se refazer a cada instante é sempre viável, desde que sejam dadas as condições adequadas de restabelecer o equilíbrio natural da flora e da fauna, dos elementos minerais da terra, da água e da atmosfera. A vida tende sempre ao equilíbrio e ao renascimento em um ciclo constante, quando se respeita a natureza e o meio ambiente. Um exemplo disso é o Instituto Terra, fundado pelo casal Lélia Deluiz Wanick Salgado e Sebastião Salgado, que, na década de 1990, se colocou o desafio "vamos plantar uma floresta?". Conseguiram fazer com que uma antiga fazenda de gado em uma região de Mata Atlântica que estava completamente degradada se transformasse em um berço florestal a gerar sementes e biodiversidade aos quatro ventos. Em 1998 o casal Salgado assumiu o compromisso para a recuperação de pouco mais de 600 hectares de Mata Atlântica na Fazenda Bulcão, em Aimorés, Minas Gerais, e recebeu o título de Reserva Particular de Patrimônio Natural (RPPN). Hoje a Fazenda Bulcão compreende uma área com mais de 700 hectares recuperados. Até dezembro 2019 realizou o plantio de mais de 2 milhões de mudas de árvores dentro da área da RPPN, utilizando mais de 290 espécies nativas de Mata Atlântica com retorno também da fauna natural deste bioma. O viveiro criado pelo Instituto Terra tem capacidade para produzir 1 milhão de mudas por ano de espécies nativas da Mata Atlântica, um ecossistema de importância mundial que reúne cerca de 20 mil espécies vegetais. O mapa de biomas do IBGE (2019) mostra que a Mata Atlântica ocupa 1,1 milhão de km² em 17 estados do território brasileiro, estendendo-se por grande parte da costa do país. Porém, devido à ocupação e às atividades humanas, não restam nem 30% de sua cobertura original.

Instituto Terra

"Manter em pé o que resta não basta
Que alguém virá derrubar o que resta
O jeito é convencer quem devasta
A respeitar a floresta." (Gilberto Gil)

O segredo dos fungos

É recente a descoberta de uma rede de comunicação entre as árvores, muito mais sofisticada mesmo do que a nossa internet. Conhecida como *woodwide web*, esta rede que se utiliza da conexão com os fungos subterrâneos revela que as árvores se relacionam entre si. Além de ser uma rede essencial à vida e ao armazenamento de carbono, as plantas estabelecem, por meio dela, relações de amizade, rivalidade, proteção, liderança, e sentem até mesmo dor e alegria. Como engenheiro florestal, o alemão Peter Wohlleben aprendeu que as árvores são concorrentes e lutam umas contra as outras por luz e espaço, mas em seus estudos e na sua prática profissional Wohlleben observou e comprovou o contrário disso, uma relação colaborativa entre os indivíduos vegetais da floresta. "As árvores são muito interessadas em manter todos os membros de sua comunidade vivos", afirma ele. Quando ameaçadas, as árvores comunicam sua angústia para as outras ao redor e emitem sinais elétricos a partir de suas raízes e de redes formadas por fungos. Assim também conseguem nutrir árvores atingidas por alguma praga ou restringir outras para manter a comunidade forte. "As árvores são capazes de decidir, ter memórias e até mesmo personas diferentes", escreve ele em seu livro *The Hidden Life of Trees, What They Feel, How They Communicate.*

Os fungos da **woodwide web** têm uma estrutura de raízes semelhante às plantas com funções de alimentação e crescimento, o micélio. Composto por células que formam uma teia de delicados e finos fios – as hifas –, o micélio se desenvolve no subsolo e se liga às raízes das plantas e das árvores, envolvendo ou conectando partes para criar com elas as chamadas micorrizas.

A micorriza designa estas associações simbióticas entre um vasto conjunto de fungos e as raízes da grande maioria das plantas terrestres, em uma relação em que ambas as espécies se beneficiam. As plantas têm acesso melhor a nutrientes como fósforo e azoto que os fungos absorvem do solo, enquanto os fungos recebem das plantas os hidratos de carbono que elas produzem durante a fotossíntese e que os fungos não conseguem produzir, mas precisam deles para crescer. Estas redes são altamente complexas e formadas por centenas de espécies de fungos micorrízicos, sendo que cada árvore pode ser colonizada por dezenas deles, cada um fazendo ligações com outras árvores que, por sua vez, integram outras redes de associações, e assim por diante.

O termo "micorriza" tem origem nas palavras gregas *mukes* e *rhiza*, que significam cogumelo e raiz. O termo foi usado pela primeira vez em 1885, pelo biólogo alemão Albert Bernard Frank, depois de observar a relação mutuamente benéfica entre alguns fungos e certas espécies de plantas que formam estas associações micorrízicas. Esta relação entre fungos e plantas ainda promove um melhor enraizamento das árvores e dá às plantas envolvidas na rede uma maior resistência e tolerância a fatores externos, como períodos de seca, salinidade, presença de metais pesados no solo e agentes patogênicos que podem causar doenças nas raízes. Os fungos também aumentam a diversidade dos microrganismos no solo e melhoram assim a sua estrutura. Os estudos sobre esta linguagem das plantas é bastante novo e nos dão a noção de que o conhecimento científico ainda tem muito a descobrir. Como o solo constitui o maior reservatório de carbono terrestre, preservar o equilíbrio desta invisível internet das árvores significa, inclusive, frear o ritmo do aquecimento global.

Haiku cogu
(Sabine Kisui)

nuvens pastam no azul
grama cai do céu
brotam cogumelos pelo chão

Vozes das Américas

Os índios Duwamish habitavam a região no extremo Noroeste dos Estados Unidos, divisa com o Canadá. O Chefe indígena Duwamish (Chefe Seattle) fez um discurso ao governo americano quando da proposta de comprar grande parte de suas terras, oferecendo, em contrapartida, a concessão de uma "reserva". O discurso foi transcrito em 1887 pelo Dr. Henry Smith.

Trechos do discurso proferido pelo Chefe Seattle ao presidente dos Estados Unidos, Franklin Pierce, em 1854

"Minha palavra é como as estrelas – elas não empalidecem."

"Como podes comprar ou vender o céu, o calor da terra? Essa ideia nos é estranha. Se não somos donos da pureza do ar ou do resplendor da água, como então podes comprá-los? Cada torrão desta terra é sagrado para meu povo, cada folha reluzente de pinheiro, cada praia arenosa, cada véu de neblina na floresta escura, cada clareira e inseto a zumbir são sagrados nas tradições e na consciência do meu povo. A seiva que circula nas árvores carrega consigo as recordações do homem vermelho."

"Esta água brilhante que corre nos rios e regatos não é apenas água, mas, sim, o sangue de nossos ancestrais. Se vendermos a terra, terás de lembrar que ela é sagrada e terás de ensinar a teus filhos que é sagrada e que cada reflexo espectral na água límpida dos lagos conta os eventos e a história da vida de meu povo. O barulho da água é a voz do pai de meu pai. Os rios são nossos irmãos e saciam nossa sede. Os rios transportam nossas canoas e alimentam nossos filhos. Se vendermos nossa terra, terás de lembrar disso e ensinar a teus filhos que os rios são irmãos nossos e teus, e terás de dispensar aos rios o amor que darias a um irmão."

"De uma coisa sabemos: a terra não pertence ao homem, é o homem que pertence à terra, disso temos certeza. Todas as coisas estão interligadas, como o sangue que une uma família. Tudo está relacionado entre si. Tudo quanto agride a terra, agride os filhos da terra. Não foi o homem quem teceu a trama da vida: ele é meramente um fio da mesma. Tudo o que ele fizer à trama, a si próprio fará."

Trechos do discurso do vice-presidente da Bolívia, David Choquehuanca, na posse, em 8 de novembro de 2020

"Sabemos que o bem-estar de todos é o bem-estar de si mesmo, que ajudar é razão de crescer e ser feliz, que desistir pelo bem do outro nos fortalece, que nos unir e nos reconhecer em tudo é o caminho de ontem, hoje, amanhã e sempre, de onde nunca nos desviamos."

"Não podem nos desligar, nós estamos vivos, somos de Tiwanaku, somos fortes, somos como pedra, somos cholke, somos sinchi, somos Rumy, somos Jenecherú, fogo que nunca apagou, somos de Samaipata, somos jaguar, somos Katari, somos Comanches. Somos maias, somos guaranis, somos mapuches, mojeños, somos aimaras, somos quechuas, somos jokis e somos todos os povos da cultura da vida que despertam larama, iguais, rebeldes com sabedoria."

"O ayni, o minka, o tumpa, nosso colka e outros códigos de culturas antigas são a essência de nossa vida, de nosso ayllu. Ayllu não é apenas uma organização da sociedade de seres humanos, ayllu é um sistema de organização da vida de todos os seres, de tudo que existe, de tudo o que flui em equilíbrio em nosso planeta Mãe Terra."

"Estamos a tempo de voltar a ser Iyambae, é um código que os nossos irmãos Guarani têm protegido, e Iyambae é o mesmo que não ter dono, ninguém neste mundo tem de se sentir dono de ninguém e de nada."

"Um dos cânones inabaláveis da nossa civilização é a sabedoria herdada em torno da Pacha, garantir equilíbrio em todo o tempo e espaço é saber administrar todas as energias complementares, a cósmica, que vem do céu, com a terra, que emerge do fundo da terra. Essas duas forças cósmicas telúricas interagem criando o que chamamos de vida como uma totalidade única visível (Pachamama) e espiritual (Pachakama)."

"Voltaremos ao nosso Qhapak Ñan, o nobre caminho da integração, o caminho da verdade, o caminho da fraternidade, o caminho da unidade, o caminho do respeito por nossas autoridades, nossas irmãs, o caminho do respeito pelo fogo, o caminho do respeito pela chuva, o caminho do respeito pelas nossas montanhas, o caminho do respeito pelos nossos rios, o caminho do respeito pela nossa mãe terra, o caminho do respeito pela soberania dos nossos povos."

O mundo ideal
(Werner Bergengruen)

Saiba, quando em horas de pesar profundo
o sangue lhe jorrar do coração,
que ninguém há de ferir o mundo:
só a casca irá expor um arranhão.

No fundo dos anéis, no interior agudo
repousa o núcleo seguro e intacto.
E em meio à criação de tudo
você é parte do vigor compacto.

Uma bondade constante e severa
segue a agir inquebrantável e forte.
Frutas e flores se alternam em eras,
pássaros voam para sul e norte.

*Rochas despontam, a correnteza flui,
e o orvalho continua ileso a tombar.
E para você, a eternidade que nada exclui
oferece um caminho de repouso e vagar.*

*Novas nuvens brilham à distância,
novos picos se erguem rumo ao céu,
até que invisíveis estrelas sem ânsia
para você gotejam o mais puro mel.*

(Tradução de André Deluart)

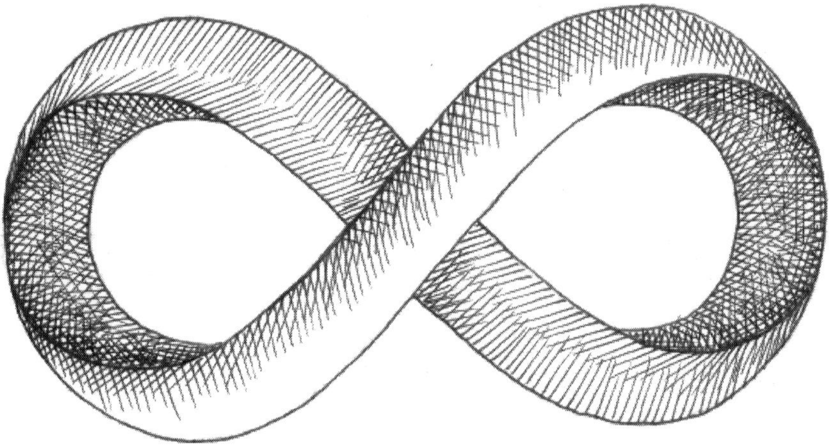

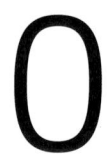

0

∞

Como se salvar da tragédia anunciada da humanidade perdida, como se conectar com a vertigem de luz que todo fim reinventa no gume afiado que faz a vida falecer? Esse corte de lâmina dentro de cada um, cisão contínua do que é uno, a mãe e a filha, o velho e o jovem, o ser e não ser. Uma pandemia se abalou sobre nós. Toda a existência estarrecida, falência da sociedade materialista, capitalista, machista, vestida de máscara a disfarçar a respiração ofegante, a falta de ar – mas também a esconder o batom, o sorriso delirante e o beijo. O que vem depois que a vida acaba? Para onde vai o sonho quando acorda? O que vem do além depois que a morte for embora? O que haverá depois do depois? Quando nada mais faz sentido para a vã razão e a filosofia, quem sabe se abra um vão, um clarão no espaço entre o céu e a terra, entre o sim e o não, um lampejo de sabedoria...

Enquanto Clara chorava e chorava o sofrimento da mãe protetora falecida, seus amores perdidos, a esperança abalada, o Sol refletido no olho nu a queimar as retinas, sua solidão rasgada pelo oceano do mundo com as pontes partidas – nada pude fazer a não ser soprar no seu ouvido de mansinho o consolo do tempo, minhas próprias histórias do além, vento de fantasia. Desse jeito profundamente abalada a encontro ao acaso no meio da praça onde brincava de ser alguém. Coloco-a no colo e, sentadas no banco em abraço entrelaçado, o silêncio nos acalenta. Respiramos em compasso, coração no coração arfante a nascer e morrer toda vez que palpita, a cada sopro de ar que entra e que sai dos pulmões. E com o oxigênio pleno no peito então soa a voz no cânone da música de ninar e vem cantar a lenda como se algo pudesse explicar. Quando nada mais se espera da luz e nem da reverência, ouve-se o ritual do sino a tocar o aqui no agora, tinir do Sol quando toca o horizonte da noite, perfume de estrelas a nos embalar, faz dormir a dor, faz dormir o cansaço e o pranto insepulto por tudo o que ficou para trás – até que do escuro denso volte o dia a raiar intenso.

> "Só a noite é que amanhece."
> (Alphonsus de Guimaraens Filho)

Até o esquecimento será também Deus
(Inspirado em uma lenda hebraica)

O amado e velho mestre estava morrendo e chamou a si os seus discípulos: "Estou velho e não posso mais seguir com o ritual que tem guiado nossas vidas. Depois que eu partir, terão de fazer isso sozinhos. Sabem o lugar no meio da floresta escura onde chamamos por Deus? Apenas precisam voltar sempre a este local e fazer o mesmo. Aprenderam como acender a fogueira e conhecem a oração. Se fizerem isso, Deus virá." E com essas palavras, o mestre morreu. Todos seguiram as suas orientações por toda uma geração, e Deus sempre veio. Na segunda geração, as pessoas haviam esquecido como se acendia a fogueira do ritual, mesmo assim, dirigiram-se ao lugar especial da floresta, disseram a oração que ainda conheciam, e Deus veio. Na terceira geração, as pessoas não sabiam como fazer a fogueira, e já não lembravam o lugar na floresta, mas a oração ainda era conhecida e mesmo sendo a única coisa que lembravam, ela foi dita, e Deus veio assim mesmo. Na quarta geração ninguém sabia mais sobre uma fogueira, todos haviam esquecido que existia uma floresta e também não lembravam da oração que deveria ser dita. Sabiam apenas que se sentiam tristes. Mas, uma mulher do povo, velha e simples, que percebeu o anseio daquela gente, ainda lembrava de uma história sobre um mestre, uma floresta, uma fogueira e uma oração, e então resolveu chamar todos à sua volta para contar o que sabia em voz alta. E Deus, no esquecimento, ainda veio.

Post Mortem

Além 1

Nas semanas que se seguiram à cerimônia das cinzas, visitei algumas vezes este jardim. E parecem inacreditáveis as coisas que aconteceram neste lento soltar a mão de quem está indo, mas que ainda toca o suave contato da pele. A primeira vez que voltei e rodeava a árvore envolta em lembranças, percebi algumas inscrições antigas, mas ainda muito nítidas no tronco, que nós realmente não tínhamos visto no dia em que depositamos as cinzas no chão da raiz. Havia um coração com a letra K dentro dele. E lembra o acaso que o nome de minha mãe começa com K. Quase do lado dele havia uma letra S entre duas setas, uma apontando para cima, para a copa, e outra para baixo, apontando as raízes. E minha irmã e eu, as duas filhas, temos nomes com a inicial S...

Além 2

Em outra visita neste período abraçamos a árvore, revisamos emocionadas as inscrições no tronco que alguém alheio tinha feito em algum tempo também alheio ao que significava para nós. Ajeitamos o lugar ao redor, as pedras, os galhos secos, acertamos o banco, sentamos e de repente vejo um único lixo jogado no chão ao lado do banco, destoando no cenário natural. Catei o que parecia um papel amassado para jogar na lixeira. Mas estremeci. Era um maço de cigarros vazio da marca Benson&Hedges mentolado, o único vestígio deixado por alguém ali. Quem é que fuma Benson&Hedges Mentolado, gente, quem? Sim, minha mãe. A marca preferida dela, que ela fumou até o fim da vida, até que o câncer consumiu o seu pulmão. Como pode alguém deixar justamente esse vestígio nesse lugar, a marca dela, uma sensação muito estranha tal coincidência...

Além 3

No final do período dos 49 dias de despedida, mais uma vez voltei para meditar e me lembrar da mãe protetora, perto da árvore dela. Não sabíamos a espécie de árvore que era, mas um dia dos galhos caíam pequenos frutos no chão e com a ajuda da neta bióloga conseguimos identificar a espécie: um cajá-mirim. Estava feliz com aquela descoberta, com o cheiro do fruto, com a brasilidade da espécie, com a majestade do seu porte. Resolvi comprar um livro sobre as árvores deste jardim para poder sempre lembrar. Comprei o livro fechado, sem olhar, já era lindo assim selado, e eu abriria em outro momento a degustar. Assim fiz um dia depois, sentada ao Sol na varanda, curiosa para saber se no livro teria alguma coisa sobre o cajá-mirim. E o livro tinha um marcador, nem todo livro tem, este, sim. Quando curiosa conferi o que marcava, estava exatamente na página do cajá-mirim! Fiquei arrepiada, nervosa, chorei, liguei para minha irmã, que também tinha comprado o mesmo livro para perguntar – seu livro também tem o marcador na página do cajá-mirim? Não, apenas este meu exemplar...

Além 4

Magia do lugar. Quando organizamos os trabalhos de *patchwork* para fazer a exposição *post mortem* de minha mãe, só então nos demos conta de que um dos primeiros trabalhos de paisagem que ela fez era a vista do Cristo Redentor, exatamente da perspectiva que se tem a partir da árvore em que suas cinzas descansam e viram terra. O enquadramento perfeito entre copas de árvores, um buraco no céu e o Cristo no corcovado como prestes a decolar. Forte magia e emoção no ar... Estranhamente, também coincidência, que a única foto dela a costurar a paisagem da ponte em Tiradentes tem visualmente as mesmas cores e distribuição de volumes, e as texturas que tem o próprio *patchwork* que ela costura, visão difusa de uma voz rouca, impressão louca...

Além 5

Tudo obras do acaso, extensão do além, cosmo sideral. Espaço onde a mãe desejava estar e por meses se pôs a costurar seu projeto final. Uma fita de Moebius, símbolo do infinito, feita em tecido também, suporte da sua obra que mostraria estrelas, nebulosas, planetas e constelações, o Sol no universo, o cosmo como a origem e matéria de tudo e de todos, e do fim também. Essa era a obra inacabada da mãe, pois nada se conclui, tudo apenas flui. Justamente a obra que ela costurava nos seus derradeiros dias, seus últimos pontos tortos com o fio na agulha, quando sua mão já não obedecia mais e ela dizia: "quero ir para o cosmo, quero terminar esta nebulosa que vou chamar de 'dança com a morte'". E era assim mesmo sinistra e bela, iluminada e escura que a imagem da nebulosa dela parecia convidar a dançar...

Abduzidos em três atos – o teatro do improvável

Prólogo

O mundo estava totalmente diferente. O cenário da vida havia sofrido um *timelapse* de toda uma era com acontecimentos esdrúxulos, jogados com tinta na lona estendida no fundo do palco. Nele, bombas e balas perdidas traçam trajetórias para fazer jorrar o sangue das crianças que brincavam de amanhã. Na mesa posta para a família, apenas baratas vivas são servidas como proteína prometida, e nas taças de vinho sorvem o esgoto, filtrado disfarçado.

Políticos cruzam o palco com megafones gritando a ordem do capitalismo no último acorde da escala musical, bebem petróleo com canudos longos de plástico supersônico. Uma equipe trajada de branco aplica injeções em doentes mórbidos na linha de montagem. Nas ampolas de laboratório gigantescas os vírus da pandemia se multiplicam em bolhas no líquido neon fosforescente. Todos têm um *chip* implantado, usam máscaras, fones de ouvido e óculos 3D. Passam continuamente na frente do tablado inúmeras macas carregadas por soldados uniformizados.

Os protagonistas e os figurantes e mesmo o contrarregra estão aceleradamente ocupados na execução de suas tarefas automáticas, com controles remotos à frente de telas individualizadas, onde escolhem o grau de felicidade que desejam e que podem e que lhes cabe sentir. Mas o volume do som não tem controle, ora mudo, ora ensurdecedor, penetra o tímpano dos ouvidos como flechadas no cérebro de esponja, encharcado de pesadelos que fingem ser sonhos azuis.

Completamente improvável seria aquele rasgo visível no terrível cenário, onde penetrasse um raio de luz na estranha peça de teatro surreal. E o raio de luz incide sobre um casal apaixonado dentro de uma concha de cristal, flutuando acima do ar denso em uma nave-bolha em que, abduzidos, vivem a realidade de emoções lancinantes. Um grito perpassa o instante, profecia de um encontro de paz plena e de amor, na neblina indecifrável da esperança no meio da escuridão da dor.

1. Ato

Ele chega quase 20 minutos antes da hora marcada no parque. Encontra ao acaso uma fã que o admirava e foi falar com ele, pedir autógrafo e contar a vida. O que está fazendo aqui? Estou esperando alguém. Aflito, ele olha o relógio diversas vezes, até que ela percebe estar sendo inconveniente e vai embora, não sem antes fazer uma foto.

Então chega quem ele espera. O reencontro anunciado de uma era. Ela o reconhece de costas, de longe, no meio de várias pessoas indo e vindo em todas as direções. Ele se volta e a vê chegando. Olhares se aproximam na multidão, corpos se abraçam, bocas sorriem largamente, olhos brilham fininhos na expressão da alegria que se oferecem. Procuram um banco da praça para descansarem as pernas bambas. Conversam, conversam, riem, sorriem, se abraçam.

Ela propõe invadir um apartamento com placa de aluga-se na mesma rua do parque. Fazem como se fosse uma visita. Sobem, olham o imóvel, a linda vista, o verde que os seduz. Eles se abraçam mais à vontade, nervosos. Sentam no chão onde ela tira da sacola os presentes que trouxe de longe. Um Veuve Clicquot, um livro com versos de mistérios e melancolia e um cartão dourado em branco, cheio de mensagens escritas com tinta de cores invisíveis.

Depois, encostado à janela, ela o abraça demoradamente, ele sussurra ao seu ouvido, abre lentamente os botões da blusa para sentir e beijar os seus pálidos seios. Cheiros, beijos, lábios, línguas, olho no olhar risonho, abraço que aperta e esfrega cintura abaixo, a paixão. Posso te visitar amanhã? Sim, por favor. Amanhã eu posso. O relógio bate meio-dia, agora preciso ir, diz o homem-abóbora, e some na carruagem de sombra.

Ela vai para casa e fica feito barata tonta rindo à toa pelos cômodos e corredores. Ela está só. Ninguém é testemunha de como anda de um lado para o outro, de como dança feliz pelas salas vazias. Então vai para a cozinha e decide fazer a comida para o almoço do outro dia, quando, conforme anunciado, ele viesse. Queria cozinhar para o seu homem que, de um ser encantado de ilusão, de repente tomou forma em carne e osso e precisava de alimento, cama e comida em comunhão.

2. Ato

Ele vem de táxi, sobe com seu disfarce pelo elevador dos fundos, a campainha toca minutos antes da hora marcada. Ela abre a porta, tiram os sapatos e na ponta dos pés vão até a janela admirar a bela vista. O sofá os chama a sentar e, com emoção, soltar as conversas que esqueceram de ter na era que passou sem que se dessem conta. De um livro na estante, saltam versos de R. M. Rilke sobre seus colos existenciais. Os olhares reconhecem as antigas expressões, vão descobrir e conhecer as rugas e as marcas do tempo, um certo cansaço, cicatrizes e a força vital existente – e percebem que tudo ainda está lá, bem vivo, fremente. Me mostra a sua tatuagem, preciso ver. Sim, aqui no meu quarto. Sim, vem, sim, sim...

O nervosismo dos iniciados em nova estreia torna-se terno aconchego, vira enlace, vem o erotismo, e carícias confundem e as almas se fundem, preenchem vazios e formas, e a saudade é tanta a se deitar no agora. O rolar na cama sem defeitos, sem fuga nem contratempos, com leveza, venerável enredo, dança de corpos nus vestidos de desejo e de tão profundo amor e amar. E muitos silêncios, o silêncio compartido de hiatos entre os gritos e os segredos.

Então vem o meio-dia e a hora de ir embora, a mesma hora-abóbora de ontem e de amanhã. Sinal da realidade no tique-taque do tempo, marcapasso do mágico encantamento que garante e permite tudo mais uma vez. Mas antes, por favor, se alimente, experimente minha comida que fiz para você. Que gostoso o seu almoço, verdade, que delícia saudável, leve e perfeito de gosto e de sal. Nutriente de elementos que degustam assim bem lentamente, pelo lado do puro sabor intenso.

3. Ato

Estava deitado no sofá em contraluz, o homem nu no terceiro ato, com seus olhos profundos cor de mel. O rosto dela colado em seu peito, ela mirava o relógio digital que avançava nos minutos ainda restantes antes do meio-dia em que a carruagem de abóbora viria. A vitrola *vintage* tocava Rolling Stones, "As tears go by", lembranças de um show, mas antes reproduzira a tão perfeita "Detalhes" de Roberto Carlos, conduzindo os carinhos das mãos, longamente sorrindo, no reino romântico do Rei.

Sobre eles o intervalo pardo do prazer esgotado, do vinho bebido, do momento realizado. Hora de deixar entrar a brisa pela janela aberta balançando cortinas, e que traz a inevitável solidão do depois que virá. Enquanto esse intervalo sofria, enlaçados e nus dançavam na frente do espelho. Olhos fixos a gravar na retina para sempre a imagem que se imprime. Lembrança projetada do casal-esfinge em roupagem de enigmas no reflexo de cristal.

Ele chegaria em casa e rápido tomaria um banho e trocaria de roupa para se livrar do comprometedor perfume de saliva e flor impregnado na memória. Ela ficaria sem banho, usaria a mesma roupa, a mesma que atirara na poltrona, a mesma que a deixara nua ao se despedir na porta do elevador e levaria então as mãos ao rosto e inalaria o perfume de madeira e terra abrigados em todos os orifícios, na palma quente e macia. Na alma que sente e se delicia.

Epílogo

Nada de melodramas, ele sabe o que faz, ela sabe o que sente e conhecem bem a peça que escrevem e onde atuam. Por isso decidem assim deixar os olhos dele castanho-mel e os dela azul-mar se casarem com alianças de pupilas negras, versejando como um assovio de vento no bambuzal. Rindo. Toda a eloquência a decifrar a melancolia, como sendo a inevitável trilha que os leva agora à despedida, o eterno meio-dia cor de abóbora madura, onde o reencontro celebrou a vida.

Passeio errante de mãos dadas e beijos escondidos, permitidos entre a folhagem e a paisagem do vagar contente a descobrir os tons de verde no imenso jardim. A tarde é bela, o Sol é quente, o tempo de cruzar a ponte veio festejar o rio que por debaixo dela passa e já levou as dores a se dissolverem longe no oceano. Todas as árvores do jardim ela conhece e a ele apresenta e conta o que representam, o gosto que têm, das raízes, dos troncos, dos galhos, das folhas, das flores e frutos, e das sementes também. A casca, as marcas, a seiva e o cheiro, textura e cores que elas têm. Consagram a morte com cinzas de areia aos pés do cajá-mirim e a vida com versos de orvalho no útero oco do bambuzal.

E da cabeça dele saem pássaros e personagens que habitam esses caminhos de céu e de chão. Brotam de sua boca e da memória de infância as mais loucas e trágicas histórias de heróis e infantes, astronautas, guerrilheiros, princesas, poetas mudos e musas descabeladas e seres delirantes. Recitam juntos a arte consagrada que nunca, que sempre, que agora e que antes era e é novamente o que sempre foi, desde o início da criação. A impermanência eterna do misterioso acaso, um adeus que se despede já reconectado e com um beijo, desfaz simplesmente toda a atuação indesejada. Espectadores inexistentes aplaudem em silêncio ovacionado.

Cai a cortina de veludo vermelha sobre o tablado, a luz se apaga e ninguém vai saber se o casal não passa de um holograma. Se é real a cena do drama ou se é ficção da tecnologia e da tragédia, palco & público de um teatro imaginário. Do cenário inicial montado resta a fresta por onde se infiltra ainda o fecho de luz pela cortina resgada. Dançam partículas de pó iluminadas no raio, vento do movimento encerrando o ensaio, mas na sombra silenciosa do *backstage* acontece então a ação verdadeira e tem início o espetáculo real que dispensa aplauso e fama.

A redenção ao som de J. S. Bach

Querido Bach!
É com imensa alegria que recebo a sua resposta à minha carta no concerto das suas suítes 4 a 6 para solo de violoncelo, no Mosteiro às margens do Reno. Obrigada por me responder com as notas do meu instrumento preferido e com tão intensos movimentos, tocados pelo virtuoso violoncelista Kilian Soltani. É mesmo incrível como basta um único instrumento para revelar toda a inefável grandeza da música. Depois de me chamar a ouvir uma orquestra inteira em uma única igreja, me convidou agora para essa redenção de domingo, a ouvir um único instrumento dentro de um mosteiro inteiro!

Sob os arcos do salão no antigo monastério cisterciense toca o arco mágico do instrumentista. Sua música preenche com eco os espaços das paredes milenares e com som, os profundos vãos da alma. E ele conduz as peças de cor e de olhos fechados, a dedilhar com uma mão e com a outra, roçar as cordas sem partitura, melodia a soar apenas de memória. Pausas e intervalos repletos de silêncio, véspera do próximo movimento.

Fincado com a ponta aguda no tablado, pousa entre seus joelhos o violoncelo, que o abraça com doçura e cintura de mulher que se entrega. O arco como extensão dos dedos faz cantar e geme, sussurra e grita quando executa as suítes musicais. Nenhuma dúvida em seu rosto de infinitas expressões de prazer e sintonia. O músico mais parece ser o instrumento do seu instrumento nesta dança memorável – corporifica ele a sua figura, Senhor Bach?

A cultura ancestral do jovem Kilian Soltani traz a fala de terras persas lendárias e abraça a universal dimensão musical divina, sem nenhum deus e de todos os deuses, do tempo sem tempo, a qualidade sublime. Sua interpretação da morte de Jesus na trágica suíte 5 e o renascimento na celestial suíte 6 transforma a religião em pura fé na arte, a mais transcendental perspectiva humana.

Então, caro Bach, obrigada por ter recebido minha carta desta era distante e aqui me redimo. Sua resposta me encanta, me acalanta e me perdoa de tão pequena compreensão de outrora ao ouvir sua paixão de São João. Mas como já disse Luís de Camões, apenas um século antes do seu nascimento, somos todos "bichos da terra tão pequenos", e precisamos da arte e seus paradoxos para redimensionar e engrandecer nossa existência medíocre e mesquinha.

Ouvidos atentos do público pagante, será que têm eles noção do privilégio imenso de estar neste lugar a ouvir Bach? Atrás do palco as janelas revelam o eco da história, o passado presente nas muralhas de pedra do mosteiro perdido em um mar de vinhedos. O chão gasto de milênios na sala que outrora fora dormitório de leigos, reflete a labuta dos que na colheita da uva faziam o vinho virar sangue de Cristo. A música acende enquanto o dia anoitece lentamente e o escuro faz brilhar reluzentes os tons do violoncelo. Ao som impalpável – elo da impermanência – se faz o instante a entoar acordes do tempo e lançar sobre o fim e o recomeço as pontes de vento.

Nunca e sempre, Clara.

Só é meu
(Marc Chagall)

O país que trago dentro da alma.
Entro nele sem passaporte
Como em minha casa.
Ele vê a minha tristeza
E a minha solidão.
Me acalanta.
Me cobre com uma pedra perfumada.
Dentro de mim florescem jardins.
Minhas flores são inventadas.
As ruas me pertencem
Mas não há casas nas ruas.
As casas foram destruídas desde a minha infância.
Os seus habitantes vagueiam no espaço
À procura de um lar.
Instalam-se em minha alma.
Eis por que sorrio
Quando mal brilha o meu Sol.
Ou choro
Como uma chuva leve
Na noite.
Houve tempo em que eu tinha duas cabeças.
Houve tempo em que essas duas caras
Se cobriam de um orvalho amoroso.
Se fundiam como o perfume de uma rosa.
Hoje em dia me parece
Que até quando recuo
Estou avançando
Para uma alta portada
Atrás da qual se estendem muralhas
Onde dormem trovões extintos
E relâmpagos partidos.
Só é meu
O mundo que trago dentro da alma.

(Tradução de Manuel Bandeira)

respirar

https://www.facebook.com/GryphusEditora/

twitter.com/gryphuseditora

www.bloggryphus.blogspot.com

www.gryphus.com.br

Este livro foi diagramado utilizando as fontes Courier New e Exo Soft
e impresso pela Gráfica Eskenazi, em papel off-set 90 g/m²
e a capa em papel cartão supremo 250 g/m².